U0085180

穿越馨生愛上你

卷五

越千年，終能共枕眠【完】

尤加利 著

千帆 繪

朱雀文化

目錄

【卷五】越千年，終能共枕眠／完（特別收錄八回番外篇）

第二百三十八回　詐　4
第二百三十九回　解決漢王　10
第二百四十回　薛良娣入府　17
第二百四十一回　將死　21
第二百四十二回　被陰了　28
第二百四十三回　陰霾　33
第二百四十四回　風波不止　38
第二百四十五回　藉口　42
第二百四十六回　終於……造反了　47
第二百四十七回　兩難（上）　54
第二百四十八回　兩難（下）　60
第二百四十九回　會合　66
第二百五十回　開拔　70
第二百五十一回　異心　77
第二百五十二回　安營　83
第二百五十三回　主僕談心（上）　88
第二百五十四回　主僕談心（下）　94
第二百五十五回　滬城赴宴　99
第二百五十六回　隨行　106
第二百五十七回　越江箭　115
第二百五十八回　江對岸來人　121
第二百五十九回　逃亡　128
第二百六十回　謀害　136
第二百六十一回　毒殺　142
第二百六十二回　殉葬　148
第二百六十三回　善後　154
第二百六十四回　請求他賜婚　160
第二百六十五回　夜裡來人　166
第二百六十六回　震怒（上）　172
第二百六十七回　震怒（下）　179

第二百六十八回 挨打 185
第二百六十九回 侯爺駕到！ 190
第二百七十回 漢王遺孤 196
第二百七十一回 處置 200
第二百七十二回 奪權 204
第二百七十三回 兄嫂之心 210
第二百七十四回 她最合適 214
第二百七十五回 林端如報恩 221
第二百七十六回 帝之心 225
第二百七十七回 慧嘉剃度 232
第二百七十八回 聚會 238
第二百七十九回 終見故人 243
第二百八十回 備嫁 249
第二百八十一回 謝家那點事（上） 254
第二百八十二回 謝家那點事（下） 258
第二百八十三回 挑選陪嫁 264
第二百八十四回 赴宴 270

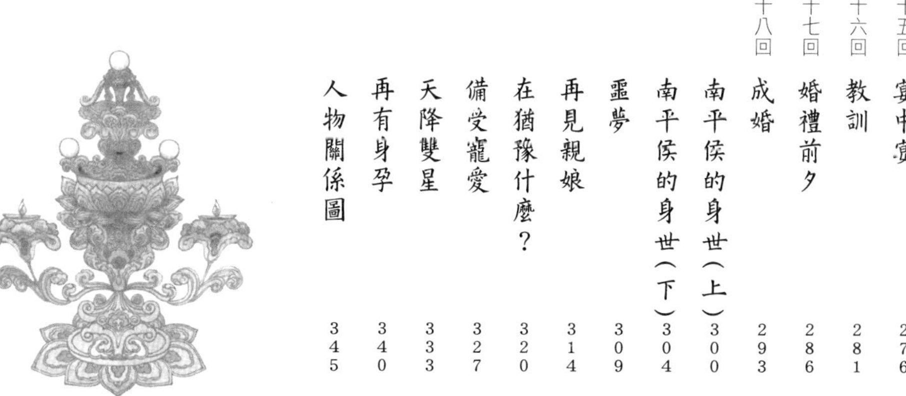

第二百八十五回 宴中宴 276
第二百八十六回 教訓 281
第二百八十七回 婚禮前夕 286
第二百八十八回 成婚 293
番外一 南平侯的身世（上） 300
番外二 南平侯的身世（下） 304
番外三 噩夢 309
番外四 再見親娘 314
番外五 在猶豫什麼？ 320
番外六 備受寵愛 327
番外七 天降雙星 333
番外八 再有身孕 340
特別收錄 人物關係圖 345

【第二百三十八回】

詐

「大不了由王爺去跟皇上說他與妳有私情，到時候荷包和畫就是證明，只不過這樣妳就做不成良妾只能做侍妾，妳該懂得這個道理。」慧嘉看著慧馨說道。

「二姊，那幅畫不是被做成了扇面，上面還有妳親手提的詩？那可是妳和漢王的定情信物，與我何干？這世上有誰見過我的畫？荷包？那是多少年前的事了，一個舊物又能說明什麼？」慧馨說道。這些年雖然她並沒有完全不動筆，但知道她畫畫的人也只有南平侯，其他包括謝家人都沒見過她作畫。對於古人這種憑一個物件就能定終身的做法，慧馨一向不以為然。

慧嘉聽了慧馨的話後皺起眉頭，把手中的茶杯啪一下放在桌上，「妳為什麼就這麼頑固不化？婚姻之事本來就是父母之命，妳一次兩次不聽話，以為父親母親還會饒妳第三次？妳明明小時候很聽話，為何長大後變得這麼有主見了？」

慧馨看著慧嘉著急上火的樣子嘆了口氣，「二姊，妳總說我不聽話，妳可記得當年妳出嫁之前跟我說的話。當時妳並非心甘情願嫁給漢王，只是不能違抗父親的決定而認命，而我現在與妳不同，有機會拒絕就不會屈從。姊妹共侍一夫，二姊真覺得這是好主意？

父親心裡只有謝家，我們這些女兒的事他從沒真正放在心上，我們只是家族聯姻的工具，妳明明心裡很清楚，我就不懂為何妳這些年來這麼唯命是從。況且現在妳是漢王府的側妃，還是先帝下旨賜的婚，又有了兒子，就算沒有謝家妳也可以過得不錯，又何必非摻和謝家的事？非要聽父親的話？

當年我們姊妹剛到京城，最初的日子不管有多難熬，我們都互相扶持走過來，父親也好，謝家也好，他們幫助過我們什麼嗎？為什麼到了如今我們姊妹變成這樣互相算計？我不指望妳能幫我，只求妳不要跟著他們來算計我！」

說實話，慧馨一直都覺得慧嘉被謝老爺洗腦了，從小就是。大概謝老爺從小親自教養她，對她影響太過深刻，所以總是很容易就被謝老爺控制。連慧嬋被逼急了都會離家出走，可慧嘉卻從來沒違抗過謝老爺的決定。

「二姊，不管妳說什麼，我都不會離開聖孫府的，更不會按你們說的做什麼良妾，我能把你們的安排攪合一次，就能再攪合第二次。時候不早了，如果二姊的話說完了，我便先告辭，還有差事要做。」慧馨不願再跟慧嘉多說，她已經知曉慧嘉他們要做什麼，她也不會任他們隨意擺佈的。

慧嘉好像想到了什麼好事，嘴角一撇說道：「妳能有什麼差事急著去做，聖孫妃這會又不用妳服侍，跟妳同來的幾位女官也忙著呢，好不容易來一趟漢王府，其他幾位也有熟人要敘舊，妳以為只有妳一人被叫出來嗎？聖孫妃身邊的人可都不簡單，只不過這次回去，她還會相信誰？就算妳有再大的能耐，主子不信任也是沒用，這場宴會可不是給妳一個人設的局……」

「別人怎麼做我管不了，總之妳說的事是絕不會成真的，我們姊妹之間已經沒有什麼好說。我敬妳是我姊姊才跟妳說這麼多，以後我們姊妹還是妳走妳的陽關道，我走我的獨木橋吧！妳不要再插手我的事，江寧那邊我也會自個處理，妳就少操些心吧。」

慧嘉瞪大眼睛看著慧馨，好像被慧馨表露出的氣勢嚇到一般。慧馨轉身往外走了幾步，見慧嘉並未阻攔她，便頭也不回直接離開了。

慧馨記得剛才她走過來的路，也懶得找王府侍女帶路，一路疾行回了那個女官歇息的屋子。慧馨推門看到空蕩蕩的屋子先是一愣，又想起剛才慧嘉說的話，心下了然，肯定是漢王府派人把她們都叫走了。

屋子裡只剩一位聖孫府的女官，她身旁是一位漢王府的嬤嬤，兩人正說著悄悄話。那女官看到慧馨，臉上忽然有些尷尬，慧馨倒是很坦然地對那女官報以一笑。

漢王今天這一手確實夠狠毒，原來這場宴會不是針對袁橙衣本人，而是要挑撥袁橙衣對身邊下人的信任感。女官們在漢王府遇到熟人，需不需要跟袁橙衣解釋？說了，會有欲蓋彌彰之嫌；不說，又怕袁橙衣要猜忌她們？漢王不愧是老奸巨猾，難怪泰康帝跟他鬥了十幾年都贏不了。

這會女官們陸陸續續回來，大家神色都有些不妥，包括陳司記也是一臉的陰晴不定。慧馨心下嘆口氣，這真是樹欲靜而風不止，她們這些人不招惹別人，可別人卻不願放過她們。

袁橙衣沒有在漢王府待太久，她本來也只是過來打個逛，跟太后那邊可以交代便好。慧馨等人聽到袁橙衣要打道回府，心下都鬆了口氣。她們在漢王府才待了一個時辰，卻好像過了一年那麼久。

回府的路上，聖孫府的女官個個沉著臉，袁橙衣大概已經聽到了消息，一路也很沉默，廣平侯府的十四小姐，也就是袁橙衣的堂妹，跟她順路一同回府，小姑娘原想跟到聖孫府玩一會，可是見袁橙衣臉色不好就沒敢開口。

回到聖孫府，袁橙衣回屋休息，慧馨等女官守在門口。慧馨想來想去，這事不宜拖延，她要儘快回謝府一趟，也得儘快跟兩位主子坦白，與其互相猜疑，不如由她先提起，說不定還能得到袁橙衣和顧承志的幫助。

待袁橙衣午睡起來，慧馨便單獨求見了她。慧馨把漢王欲納她為妾的事情跟袁橙衣說了，但隱去了謝家跟此事有關的部分，只說成是漢王一個人的主意。慧馨跪求袁橙衣，她堅決不要嫁給漢王，請袁橙衣給她兩日休假，她要回家跟家人商議此事。

袁橙衣沒想到慧馨如此坦白，對她的表態也很滿意，很爽快地答應了慧馨的請求。袁橙衣也被慧馨的真誠打動，還應承她將來的婚事由她自個做主，即使顧承志將來要給她賜婚，也會先徵求她的同意。

慧馨從裡間出來，經過門口拿手帕擦了擦臉上的淚痕，跟旁邊的女官打了個招呼。她這樣一番做派，其他人應該也懂得接下來該怎麼做吧，這種內憂外患的時候還是得要先安內才行。主動跟袁橙衣坦白，大家以後的日子才好過。人活幾十年，誰沒點把柄呢……只是不能讓這些小事影響大局。

慧馨坐上送她回府的馬車，她沒有直接回謝府，而是先去了一趟無名茶樓，留下一封給南平侯的信請他們轉交，這才回了謝府。

慧馨一回府便拉著吃驚的謝睿進了書房，她把慧嘉說的話隱去荷包之事跟他覆述了一遍，看著謝睿吃驚的樣子，想來他是真的不知道了，謝老爺竟然瞞著謝睿跟慧嘉商議這些事，還是慧嘉根本就在撒謊？

謝睿吃驚地說道：「怎會這樣！父親從未跟我說過此事，二妹真是這樣說的？」

「二哥，二姊的確是這樣跟我講的，不過此事真假還不能確定，也或許是二姊自己編造的一套說辭。不過，這件事攸關整個謝家，馬虎不得，所以我才跟聖孫妃要了休假回來跟你商量。投靠漢王之事絕對做不得，雖然現在皇上跟皇聖孫不合，但皇聖孫在朝中影響力絕不容小覷，加上皇上龍體欠安，皇聖孫又是大趙皇位名正言順的繼位人選，這天下早晚會是他的。漢王縱然一世梟雄也不可能有機會。說句大逆不道的話，就算他要造反，前頭還有南平侯擋著。父親身在江寧，不了解朝政時局，大概是聽信流言才生了這種想法，二哥可要多勸勸。」

謝睿站起身來回踱步，「七妹放心，這事無論如何都使不得，我立刻給江寧去信。」謝睿想著謝老爺竟然瞞著他暗地跟慧嘉密謀這些事，就覺得背後一身冷汗。

慧馨把謝老爺那邊交給謝睿對付，荷包那邊就看南平侯了，雖說這些舊物起不了多大作用，可是慧嘉現在有心用這些來對付她，就不能再讓這些東西留在慧嘉手裡。她今天留給南平侯的信裡，就寫了請他想辦法把那些東西從慧嘉手裡偷過來。南平侯連聖孫府都敢夜闖，漢王府應該難不倒他吧。只是不知南平侯什麼時候能看到她的信，事情若是拖久生了變數就麻煩了。

慧馨晚上躺在床上翻來覆去，有心事難免睡得不踏實。她嘆了口氣睜開眼睛，爬起來點了燈燭，拿出《十方遊記》來讀。看著書中描述的異域風景，慧馨的心緒漸漸平靜下來。一陣風拂過，燭火輕晃了一下，慧馨轉頭望向窗口，竟見到南平侯已經進了屋，他手裡拿著東西，正是慧馨的舊荷包和一把扇子。

【第二百三十九回】解決漢王

慧馨驚喜地看著南平侯，南平侯拿著東西坐到了她床頭，把荷包和扇子交給慧馨檢查。慧馨拿起荷包仔細看了看，又把扇子打開看了看上面的畫，點點頭說道：「正是這兩樣東西，怎會這麼快就被你得手了，我還以為得過幾天？」

「從妳那次說起我就記在心裡了，妳的東西怎麼能落在別人手裡？尤其還是會讓妳擔心的東西。這兩件東西我前幾天就得手了，把東西盜出來容易，可打聽妳姊姊把東西藏在哪裡花了些時間，要不然早就拿來給妳了。」

原來南平侯早就惦記著這些東西，那次慧馨跟他提起這事也是一臉的失落，侯爺自然不能讓慧馨的把柄留在別人手中。

「這麼說這些東西早就不在她手裡了，那她後來說那些嚇唬我的話是在詐我了？依我看，我離不離開聖孫府不是他們的主要目的，他們不過是想藉這個機會，離間皇聖孫和聖孫妃與身邊下人的關係，越是這種說不清的事越讓人起疑心。不知府裡頭現在怎樣了？兩位主子終究年輕，不一定是漢王的對手……」

「妳不用擔心，」南平侯伸手把慧馨身上披的衣衫攏了攏，「漢王就快沒時間想這些事了，先帝的孝期已過，漢王也該回自己的封地，現在的皇帝可不會像先帝那樣容忍他……」

「回封地？漢王若是回了封地，大家確實能清靜不少，沒有他在旁挑撥皇上跟皇聖孫的關係，京裡也能太平點。只是會由你出面嗎？你不在朝十幾年了，若是被泰康帝發現你在朝堂上的影響力，他會不會猜忌你？不如我在聖孫妃面前提點幾句，讓他們去想辦法跟皇上提這件事……」

「妳不用擔心，我有辦法處理，皇帝不會知曉跟我有關。我過幾天會離開京城，宿衛宮中的事已經交接給泰康帝的人。」

「直接回上港嗎？」

「不，我會先在京城附近的莊子住段時間，泰康帝氣度狹小，我無法跟他提賜婚的事，否則他會以為皇聖孫要拉攏我。不過他的日子也不多了……」

「你是說……皇上身子又不好了？」

「泰康帝病了這麼多年，身子骨早被掏空了，他現在已是油盡燈枯，能撐下來全靠一股執念，現在這股執念沒了，他的日子也到頭了。」

「不是聽說他現在身子比以前好，飯量也比以前大了？」

「那不過是放出來的風聲罷了，真正了解他身體情況只有太醫和他身邊伺候的人，他最近睡得

越來越少，用藥量越來越大，甚至讓太醫院給他配虎狼之藥[1]……這樣下去，他最多只能支撐一個月。」

「難怪……難怪皇聖孫一直隱忍不發，他肯定是從太醫那裡知道了泰康帝命不久矣，這種時候，他可不能跟泰康帝對著幹。」

「承志心裡有數，不用替他擔心。先帝把一些重要的人脈都交給了他，沒有留給泰康帝，連先帝都知道泰康帝活不久了。」

雖然他們在這裡說著泰康帝可能會早死的話有些不厚道，但要慧馨恭祝皇帝萬萬歲，她可也做不到。

南平侯看著慧馨的樣子輕輕一笑，把她手裡的書拿過來瞧了瞧，「這麼晚了還看書，可是擔心得睡不著了？」

慧馨臉上一紅，輕輕點了點頭。

南平侯笑著在慧馨額頭親了一下，「有我在，沒人能動妳……」

慧馨蒙著腦袋在被窩裡偷偷笑，南平侯已經走了，可她還是止不住地一遍遍回味侯爺剛才說的話，心中一陣陣甜蜜。

❖

次日起床，慧馨心情跟昨天比起來大不相同，有了侯爺的親口承諾，她再不需要擔心。既然私事已經解決，便簡單收拾了一下準備返回聖孫府。

跟謝睿夫妻告別時，她忽然想起侯爺昨晚說到泰康帝命不久矣的事，便跟謝睿提醒道：「二哥，慧嬋的婚事趕緊辦了吧，時間拖得久了容易讓人說閒話。」泰康帝萬一在慧嬋成親前去世，大家又要守三個月孝期了。

再度回到聖孫府裡，慧馨發現那日一起去漢王府的女官少了兩位，她沒有向其他人詢問那兩位的去向，大家也都心照不宣再不提起。

沒過幾天，泰康帝就在朝堂上提起了漢王回封地的事，有人贊同有人反對。漢王妃還跑到許太后的宮裡哭訴，漢王回不回封地的事一時成了朝堂上談論的焦點。

顧承志這邊自然是萬分贊成漢王馬上回封地，他發動人手在朝堂上造勢，漢王這邊漸漸頂不住壓力了，只有漢王妃天天進宮找太后，因著她是要表孝心，皇帝和皇后也無法攔她。許太后也有些猶豫，漢王畢竟是她親生兒子，對這個無法登上皇位的兒子她總感覺有些虧欠，狠不下心將其趕回

【注釋】

①又稱虎狼之劑或狼虎之劑，是指藥性猛烈的中藥。

封地。

直到有一日，袁橙衣帶著聖孫府的大少爺顧燁磊進宮給太后請安，在一旁吃東西的磊少爺被「不小心」的漢王妃給燙傷了手，太后才終於決定不再護著漢王，丟給漢王妃一句：「只要誠心孝順，不管在哪裡都能盡孝！」便把她給打發了。失去了太后的支持，漢王只得接下泰康帝命令他即刻啟程返回封地的聖旨。

話說磊少爺被漢王妃燙傷一事，慧馨覺得疑點頗多。這麼敏感的時候，漢王妃會對聖孫府的大少爺下手除非她腦子壞了。可若說是袁橙衣利用自己兒子演這一齣苦肉計卻又不像，看著磊少爺手上的傷可真是不輕，且袁橙衣一個勁地抹淚也不像裝的。每次進慈甯宮，慧馨她們這群聖孫府的女官不被宣召就不能進殿，裡面伺候的人只有慈甯宮的宮女嬤嬤，那麼能動手腳的人便只有慈甯宮的人了，能使動太后身邊的人除了太后便只剩南平侯了。

慧馨看著袁橙衣心疼地給磊少爺上藥，心下吐吐舌頭，少爺受苦了，不過這苦吃得值，反正他父母也想著漢王趕緊離開京城，大家各得其所了。

經過這事，顧承志和袁橙衣都減少了出府的次數，乖乖地待在府中，心知皇帝日子不多的慧馨對他們這樣韜光養晦的做法很贊成。漢王雖不情願，可泰康帝的聖旨他不能違抗，只得帶著一大家子人離了京城。他的送行宴辦得挺盛大，聖孫府這邊只有顧承志參加，袁橙衣是堅決不願再見漢王一家人。

漢王惹出的風波暫時結束了，謝家給慧馨送了信過來，慧嬋要成親了，問她有沒有機會回家一趟。慧馨跟袁橙衣說了一聲，袁橙衣很爽快地給她放了假。

❁

因成親在即，慧嬋終於回到了謝府中居住，雖然沒有盛大的婚禮，可謝家這邊也開了幾桌酒席，請了親戚朋友來參加。反正謝老爺謝太太沒來京城，大家都還挺開心。

夜裡，慧馨拿著一匣首飾給慧嬋添妝，她專門準備了一些小首飾，耳環啊珠花啊之類的，做工精緻卻不會太貴重，可以讓慧嬋拿來打賞下人。慧嬋嫁人之後便不能住在原來那個小院子，她要跟著易宏公子住到義承侯府中。

慧嬋見了慧馨，起身行了一個大禮，慧馨忙上前把她拉起來，「自家姊妹，行這大禮做什麼？」

「七姊，小妹想再多謝妳一次，若非有妳幫我，我可能連命都沒了，又哪來的這場姻緣？」慧嬋說著說著眼淚就流了下來。她是真心感激慧馨，若不是慧馨勸著謝睿夫妻又幫著聯繫易家，她最後會落得什麼下場還是未知。

「胡說什麼呢，這姻緣是妳自個掙來的，明天是妳的好日子，可別哭腫了眼讓人笑話。」慧馨勸她道：「這是我給妳準備的一些小東西，侯府不同一般人家，過去之後少不得要上下打點一番，這些東西不值多少錢又拿得出手，用起來有時候比銀子更方便。」

慧馨把東西交給慧嬋的丫鬟，兩姊妹坐在一起說話。慧嬋有些害羞說道：「……公子說我們只在侯府住幾天便出海，天冷漸涼了，他要趕在冬天來之前去一趟南洋，他跟我說會帶我一起。」

慧馨聽慧嬋說得開心，心裡也為她感到高興，「要出海啊，那妳會不會泅水呢？我聽說出海可是有危險的，要出海的人都要學會泅水才行。」

「我剛學會了，公子之前讓人在京郊的小院給我造了一只超人的木桶，每日都讓人放滿水讓我在裡面學泅水，公子說，這樣雖然跟真正海裡下水不同，但是比較安全，況且先這樣學會了，下海一般都不會有問題的……」慧嬋邊說邊跟慧馨比劃。慧馨看著慧嬋放光的小臉，心裡很是欣慰，這個孩子大概是現在過得最開心的謝家女兒了。

次日，謝家一大早便開了席面宴客，慧嬋上了一乘花轎抬進了義承侯府。沒有華麗的場面，沒有太多的賓客，但是慧嬋肯定會比慧嘉更幸福。

【第二百四十回】薛良娣入府

漢王離開了京城，顧承志也老實地待在聖孫府裡教導自個兒子，燕王和魯王又表現得很孝順，整日把泰康帝哄得開開心心，皇后這邊有太后壓著，也沒機會找聖孫妃的麻煩，就在這種和平的氣氛中，京城迎來了難得的短暫平靜。

顧承志這幾天在府裡親自教導大少爺熚磊。這孩子還小的時候，顧承志忙著在南方做假縣令，後來回京城又發生太多事，顧承志也沒顧得上跟自家兒子好好相處。而這次磊少爺被燙傷後，顧承志對自家兒子才上了心，每天都會詢問磊少爺的功課。

慧馨每次看到磊少爺站在顧承志面前背誦功課，就感覺一個是大孩子一個是小孩子。吳良娣生的二少爺熚華年紀還小尚未啟蒙，所以二少爺就沒磊少爺受寵。

王良娣不知是身體原因還是運氣不好，明明妻妾中她受寵最多，卻一直沒有身孕，倒是敖敦良娣先有了身孕。敖敦雖然不受寵，可是聖孫府的所有人都很尊敬她，包括顧承志在內都對她禮遇有加。

可惜太平日子沒過幾天，泰康帝那邊又開始折騰事了，他下旨要提前選秀……慧馨一聽說這個消息，就在心裡大大嘆了口氣。泰康帝大概也知道自己的日子沒幾天了，便想著在有生之年把皇帝該享受的特殊待遇都享受一遍。前段時間的祭天儀式不得不放棄，這回便想給後宮多添幾個美人。

大趙有幾個人不知道泰康帝是身患重病的？選秀消息一出，不論是京城還是民間，有適齡女子的人家都忙著說親結婚，誰願意把自家如花似玉的女兒嫁給一個行將就木的病秧子，就算這個病秧子是萬人之上的皇帝！因此，這場選秀還沒給泰康帝的後宮添到人，反倒造就了民間無數的倉促姻緣。

顧承志和袁橙衣聽到這個消息只是淡淡地嘆了口氣，雖然整個大趙都怨聲載道，身為兒子的顧承志並沒有辦法阻止這次選秀，前幾日他又召見了太醫，他心裡清楚泰康帝很可能根本活不到選秀結束。

還有一件更重要的事情讓顧承志心煩，那便是冊封太子一事。泰康帝若是沒在活著時冊封他為太子，雖然日後他也可以憑著皇聖孫的身分繼承皇位，但總少了點名正言順，特別是泰康帝還曾斥責過他「不孝」。最近六公子和幾位門客就跟他提到這事，希望最好還是能把太子的名分早點確定下來。

立太子之事上回被漢王利用，害他背了個「不孝」的名聲，這回可不能再在朝堂上提起，得要換個方式下手，最好的辦法就是由皇后出面勸解泰康帝，顧承志總歸是他們的親生兒子，不能真教外人挑撥導致父子生隙吧。泰康帝心裡不平衡，發洩一下也就算了，可也不能一直如此不分輕重下去。

可是皇后有心偏向燕王，要想皇后回心轉意只有一個辦法，那薛皇后歸根究柢只是想給娘家多爭取一些利益。顧承志想了半天，終於下定決心來找袁橙衣商量。

袁橙衣聽著顧承志說了幾句話，便知道顧承志的打算。要想薛皇后改變態度，勢必要給薛家一點甜頭，最好的方法便是讓薛家的女兒嫁入聖孫府。顧承志來找袁橙衣，便是想讓袁橙衣在薛家選個合適的人，並由她去向皇后或太后求娶。

袁橙衣心中有些失落但又欣慰，顧承志再娶新人是無法避免的事，他願意讓袁橙衣來操辦此事，可見對她還是非常尊重和信任。

袁橙衣沉吟了許久才說道：「……薛家的嫡出十小姐薛晴，年方十四，德才兼備賢良淑德，去年剛從靜園乙院畢業，聽說她在薛家也很受父母兄姊的疼愛，燕王妃是她親姊，殿下若是能得她相助，皇后那邊定會回心轉意。有她在，也能幫著殿下緩和與燕王的關係。」

「得妳為妻是我之幸，此事我便交給妳了，若是不好直接跟皇后開口，便找太后做這個媒，太后她老人家心裡什麼都清楚，她肯定是希望皇家能安穩下來。」顧承志語帶感激地說道。

顧承志夫妻兩人又商量了一些細節，袁橙衣第二天便跟太后提了顧承志求娶薛家薛晴小姐的事。太后心知顧承志的打算，很是欣慰地幫著撮合。有太后說媒一切都很順利，泰康帝選秀活動還沒開始，薛良娣便被抬進了聖孫府。

對於薛家來說，薛晴能嫁入聖孫府正是他們求之不得的事，雖然已經有了燕王妃，可是皇聖孫畢竟是名正言順的大趙未來天子，幫皇聖孫比幫燕王篡位省力多了。

皇后心裡還有點彆扭，但薛良娣跟著袁橙衣進了幾次宮，哄得皇后開心，再說顧承志也是她兒子，還是從小就疼愛的小兒子，一時的那些彆扭很快就消散了，連帶袁橙衣在皇后面前也提高了禮遇。燕王妃雖然心有不甘，可自家小妹年紀比她小更可人疼，她自知爭不過寵，漸漸也就死了那份心。

薛良娣一進聖孫府就佔了獨寵，顧承志整整一個月都宿在她那裡。袁橙衣對她也照顧有加，不時便讓慧馨帶了東西去看她，一時間薛良娣在聖孫府中風光無二。好在其他三位良娣都是知書達理之人，她們心裡清楚顧承志為何會娶薛良娣，也對薛良娣十分禮讓，聰明的女人總知道什麼時候該做什麼事。

顧承志這邊萬事都準備好了，現在就差個時機讓皇后提醒皇上立太子之事。好在這個時機沒讓顧承志等太久，某天午後，正在閱覽秀女畫像的泰康帝，突然吐血昏厥了過去。

太醫們手忙腳亂地搶救了半天，泰康帝再次有驚無險地醒來。只是泰康帝這次吐血後，身子大不如前，雖然沒有昏迷太久，但醒來後精神明顯萎靡許多。皇后服侍泰康帝用藥時遣退了眾人，哭著跟他提起了冊封太子之事……

【第二百四十一回】將死

泰康帝看著薛皇后，眼含戾氣。薛皇后跟泰康帝生活幾十年了，對他這種眼神早就不陌生，也不像其他人那般害怕。

泰康帝嘆了口氣，躺在床上閉上了眼，薛皇后坐在床頭等著他發話，她最了解泰康帝的脾氣，當別人都以為泰康帝睡著的時候，她知道泰康帝只是在沉思。

良久，泰康帝深吸了口氣睜開了眼睛，「把承志找來……」

顧承志奉旨匆匆趕到宮裡，太監卻跟他說泰康帝睡著了，皇后要他先去坤甯宮坐一會，顧承志婉拒了皇后，堅持跪在崇陽殿外等候。

約莫過了一個多時辰，泰康帝才召見顧承志。顧承志跪在屋裡，泰康帝用瘦骨嶙峋的手指了指他，旁邊的太監過來跟顧承志說道：「殿下，皇上叫您到跟前說話。」

顧承志膝行到泰康帝床頭，泰康帝忽然猛一下從床上坐了起來，瞪著像骷髏般的眼睛盯著顧承志問道：「你恨不恨朕？」

慧馨看著袁橙衣坐臥不安地在屋子裡折騰，心下嘆了口氣，顧承志進宮已經兩個多時辰，一點消息也沒傳回來，難怪袁橙衣要擔心。

「娘娘，宮裡有皇后和太后看著，殿下不會有事的，這種時候沒有消息傳出來，就是好消息。」慧馨說道。

袁橙衣嘆了口氣，「哎，我也曉得，但還是忍不住擔心，自從磊兒被燙傷，這宮裡頭……算了，我也做不了什麼。讓長史司那邊把府裡這個月的帳冊呈上來我看看……薛良娣那邊怎樣了，聽說她昨日不舒服，你帶著燕窩過去替我看看她，若是她身子還是不好，就請御醫過來看看吧！」

慧馨應了是，取了燕窩往儲芳苑行去，說實話，慧馨是真佩服袁橙衣，對自家老公的小妾這麼好，換作是她絕對做不到。

慧馨見到薛良娣時，她正抱著痰盂大吐特吐。慧馨見這情形，心下一動，忙派人去跟袁橙衣回話，叫人拿了聖孫府的帖子去請御醫。

「這幾日胃口不好，其他倒沒什麼，就怕虛驚一場，沒想到還是要驚動聖孫妃。」薛良娣漱了口，坐在一旁跟慧馨說話。

「良娣可別這麼說，還是要請御醫來看一下主子們才好放心，您別著急，我到外面跟巧雲妹妹說會話，您只管歇著便是……」慧馨等著御醫過來，若是薛良娣有了身孕，她得第一個報與袁橙衣知曉。

薛良娣精神不太好，便也沒強撐，在貼身宮女的服侍下躺在榻上。慧馨見薛良娣閉了眼睛，這才拉著巧雲到屋外說話，詢問薛良娣這幾日的飲食作息。

御醫很快就到了，袁橙衣得了消息親自過來看望薛良娣。薛良娣有八成希望是懷了身孕，只是時日尚短，御醫說再過半個月才好確定。但薛良娣年紀太小，身子骨有些弱，需要早日吃補藥調理身子。

袁橙衣目光一閃便吩咐御醫開方子，也吩咐府裡頭拿了不少補品過來，安慰薛良娣好好保重身子後才離去。

袁橙衣帶著喜氣回了僖未殿，府裡頭現在有兩位良娣懷著身孕，雙喜臨門，袁橙衣吩咐今日全府加餐。慧馨看著袁橙衣的笑容，總覺得她的笑意有點勉強，原本以為她的最大對手會是吳良娣，可如今突然闖進來的這位薛良娣才真正佔了天時地利人和。不過薛良娣還有一個關口要過，她今年才十四歲，這麼小就生產風險比較大……

顧承志直到掌燈時刻才回來，聽說在宮裡陪皇上皇后用了晚膳才回府。慧馨看看顧承志的臉色，皇上願意跟他一起用膳應該不是壞事吧。

待內官們都退下，顧承志突然抱住了袁橙衣。袁橙衣詫異地愣了一下，她拍了拍顧承志的肩背安撫他。

今天泰康帝和顧承志經歷了一段激烈的對話，像發洩一般，泰康帝把心中對顧承志的怨氣全都一股腦地說了出來，而顧承志也是頭一次知道泰康帝是如此嫉妒他。但是當一切發洩過後，泰康帝終於恢復了正常。泰康帝大概到了「人之將死其言也善」的境界，恢復正常後他又變回幾年前那個疼愛顧承志的父親。已經有許多年顧承志沒有同父母一同用飯了，今日這頓晚膳可能是他們一起吃的最後一頓。雖然泰康帝沒有馬上下旨冊封太子，但是很明顯他的內心已經鬆動了。人在掙扎之後總要面對現實，即使是皇帝也逃不掉天命。

夜裡，慧馨剛進入夢鄉不久，府裡頭忽然傳來吵鬧聲，她趕緊起身喚瑞珠去打聽消息。雖然晚上不是她值班，可這麼大動靜，肯定是發生了大事。

瑞珠匆匆地出去又匆匆地回來，「大人，宮裡頭送來消息，皇上又昏過去了，太醫說怕是要凶多吉少，皇后娘娘召了皇子皇孫們進宮守候，殿下剛剛進宮去了。」

這一天終於要來了嗎？泰康帝登基五個多月，這就到頭了嗎？慧馨揮揮手讓瑞珠下去休息，她也上了床，把握時間休息吧，明天肯定要忙碌一天，這次她可不能像上回永安帝去世時請假回家了。

次日，慧馨跟著袁橙衣進了宮，昨夜被宣召進宮的只有皇子皇孫，皇家的媳婦和女兒今日才被召進宮。皇后在崇陽殿服侍皇帝，袁橙衣這些人便都在慈甯宮裡陪著太后。宮裡的人沒有永安帝去世時那麼緊張，大概是大家早就料想到有這麼一日了。

女官們都守在慈甯宮外，慧馨抬頭看看天色，京城的天氣已經入冬了，院子裡颳的小風還是挺冷的。泰康帝病危，不知會不會宣召南平侯進宮。侯爺現在就在京城郊外的莊子上，這宮裡的一舉一動他應該都瞭若指掌。

忽然一陣喧譁，慧馨轉頭看去，是惠妃帶人過來了，不過惠妃身邊的嬤嬤還押著一名女子，看那女子的裝扮應該是一位美人。

「看好這個賤人，我這就進去稟報太后，看妳還怎麼逃！」惠妃對那位美人惡狠狠地說完話，便甩袖進了慈甯宮。

❖

這邊一群女官看著惠妃帶來的人不免好奇，有熟人的便跑過去打聽。沒一會，大家便都知曉發生何事。原來那位被惠妃押過來的美人姓竇，正是前段時間死諫而亡竇御史的女兒。本來竇御史一家都被發派邊疆，偏偏此女不知託了什麼關係進宮，短時間內就見到了泰康帝，順利升做了美人。惠妃不知從哪聽說此女的真正身分，又聽說昨日泰康帝吐血昏厥之前都跟竇美人廝混在一起，禦膳房那邊還說，這幾日泰康帝吃的飯菜都是竇美人親手做的，惠妃便把竇美人當作謀害泰康帝的凶手給抓了起來。皇后一直陪在泰康帝身邊沒空閒理會惠妃，惠妃便把人押到太后這裡。

沒一會，慈甯宮就派人押了竇美人進去問話，沒過多久，裡頭就傳出瓷器摔碎和辱罵的聲音。

一群嬤嬤宮女把那竇美人又押了出來，只見竇美人臉頰已經腫了起來，口中卻塞著一團帕子。

慧馨等女官看這架勢不好，呼啦啦跪了一地。慈甯宮的太監拿了條凳和杖板出來，四個嬤嬤把竇美人按在條凳上，一人抓著她一隻手腳，旁邊兩名太監拉開架勢，劈裡啪啦就打了起來。

竇美人的髮髻散了，衣服亂了，搖著頭想要喊叫，可是口中的帕子讓她只能發出嗚嗚聲。

眾女官們互相對視一眼，都什麼時候了，怎麼會上演這麼一齣？前頭皇帝都快不行了，後頭嬪妃們還在這裡爭風吃醋？

慧馨看著竇美人，心下有些不安，竇御史是漢王的人，這竇美人應該也是漢王的人，可是在泰康帝眼裡竇御史是顧承志的人，漢王把這個竇美人弄進宮，該不會是想栽贓陷害顧承志吧？

崇陽殿裡，泰康帝再度醒來，看旁邊太醫手裡捧著湯藥，心中一嘆，這個場面多麼熟悉啊，五個多月前永安帝也是喝下這樣一碗藥，走完了人生最後的日子。

薛皇后顫抖著雙手服侍泰康帝喝下湯藥，不知是藥劑作用還是心理作用，泰康帝忽然精神煥發，好像年輕了十幾歲，像是回到他年輕沒有得怪病的時候。

薛皇后抖著聲音喚道：「皇上……」她要提醒泰康帝立太子之事。

泰康帝揮了揮手，「妳不用說了，我知道該怎麼做，宣陳閣老覲見吧。」

重臣們早就候在崇陽殿外等著宣召了，泰康帝吩咐陳閣老道：「這種時候也不必冊封太子了，朕要直接下旨傳位給皇聖孫顧承志，令內閣起草傳位詔書。」

陳閣老退去後，泰康帝又召了宿衛宮中的幾位統領，「……宮中守衛就交給你們了，暫時封鎖宮中一切消息，所有人員一律不得擅自離開。」

「皇上，要不要宣南平侯進宮？還有漢王那邊要不要派人去送信？」薛皇后問道。

「不必了，等一切都成定局後，妳再讓承志下旨通知他們就可。」泰康帝嘆了口氣說道，在最後的時刻，他沒糊塗，還記得要防備南平侯和漢王。

【第二百四十二回】

被陰了

甯妃攙扶著太后站在慈甯宮門口，惠妃低著頭跟在後面，袁橙衣皺著眉頭站在太后身後，後面還有一堆嬪妃和夫人們。

「把這賤人拖下去，等皇后空了由她處置。惠妃，既然妳閒得沒事做，那就去冷宮旁邊的皇莊耕田吧。」許太后冷冷地下了旨。她現在恨死這個惠妃了，皇帝命在旦夕，她竟然還被人挑唆在後宮挑事。竇御史死諫上摺建議皇帝冊封太子，害得顧承志被皇帝訓斥「不孝」。偏偏惠妃還上了別人的當，當著這麼多人說竇美人毒害泰康帝。這些話若是傳出去，別人會怎麼想？

一群女官全都跪在地上低著頭，慧馨也在其中。太后把竇美人打了一頓之後留給皇后處理，惠妃被發配去了皇莊，太后顯然看得清楚，這必是別人設的一個局。現在到了最後關鍵時刻，最好不要再出什麼意外了。

泰康帝召見完幾位重臣，吩咐身邊的太監道：「傳膳吧，朕好久沒好好吃一頓了，請皇后和皇聖孫一起來陪朕用膳。」

薛皇后和顧承志陪著泰康帝用膳，好像之前泰康帝對顧承志的刁難從未發生過，一家三口吃得很溫馨。

用完飯，陳閣老送來了擬好的詔書，泰康帝坐在榻上，斟酌著詔書上的一字一句，忽然他感覺肚腹一陣蠕動，忙喚身邊的太監扶他去淨房。

薛皇后看到淨房的珠簾垂下，嘆了口氣出了崇陽殿，後宮那邊不知怎樣了，她把後宮託給惠妃看著，雖然寧妃淑妃地位比惠妃高，可是自從那次太后罰她之事後，她跟寧妃淑妃之間就有些微妙。

薛皇后帶著人往後宮去了，一個本來守在崇陽殿門口的小太監忽然伸頭看了看她的背影，轉身就跨進殿裡。

小太監見殿裡的人都垂著頭，便大步竄到了剛從淨房出來的泰康帝面前。

泰康帝身旁的太監見到是守門的小太監，便呵叱道：「你怎麼進來了？莽莽撞撞地衝撞到皇上，該如何擔當？還不快出去！」

平日老實木訥的小太監忽然眼光一閃，一下跪在泰康帝面前，在老太監開口喚人之前嚎啕大哭道：「皇上，求您快救救竇美人吧！她被惠妃誣陷給您下毒，現在已經被打得不省人事了。」

泰康帝前段時間便開始服用虎狼之藥，身體似乎會產生了一定的抗藥性，最後的這碗「回魂湯」在他身上的效用沒有當初永安帝服用的效果好。小太監一嗓子嚇了泰康帝一跳，泰康帝用瘦弱的手掌拍著胸口，好像有些喘不過氣來。

老太監被小太監的莽撞氣得仰倒，見皇帝不好，顧不得整治小太監，他一邊幫皇帝順氣一邊叫人去喚御醫。

泰康帝看著還跪在地上的小太監，命他把事情說清楚。小太監便把事先準備好的一通話一股腦說給了泰康帝聽，泰康帝瞪著眼睛看著小太監，「你說……竇美人是竇御史的女兒？」

小太監眼珠子一轉，哭喪著臉說道：「奴才不曉得，聽惠妃娘娘是這麼說的……」

泰康帝好似想到了什麼，猛然抓住身後老太監的手，「你去，把竇美人給朕帶過來，朕有話要親自問她，快去！」

老太監被泰康帝嚇了一跳，可是又不敢違抗泰康帝的命令，只好帶人下去找竇美人。崇陽殿裡跪了一地的宮女太監大氣也不敢出，只盼著皇后趕緊回來。

❈

薛皇后回坤甯宮歇了一會，派人去找惠妃，回來的人報說惠妃去了太后那邊。薛皇后從昨晚就陪在泰康帝身邊，身上又乏又髒，她知道今天大部分女眷都待在慈甯宮陪太后，也沒怎麼在意，洗漱一下換了件衣裳便又回了崇陽殿。

薛皇后看著崇陽殿跪了滿地的人皺了皺眉，她以為泰康帝又無端發脾氣了，泰康帝自從得了怪病後經常會莫名其妙地發脾氣，薛皇后早就見怪不怪了。

泰康帝眼中的戾氣尚未消失，他看了看走進來的皇后沒有說話，揮了揮手讓地上的小太監出去。

薛皇后用清水打濕了帕子給泰康帝擦臉，然後一根根擦乾淨他的手指。泰康帝盯著薛皇后看了許久，皇后疑惑地抬頭看向他，他迅速地挪開了眼睛說道：「把承志叫進來吧，朕有話問他。」

泰康帝看著跪在地上的小兒子，心中五味雜陳，他不知道該相信自己的兒子還是相信自己的直覺。他深吸了一口氣問道：「……竇御史可是你的人？」

顧承志心下疑惑，剛才還好好的泰康帝為何又提起了竇御史，他轉頭看了一眼薛皇后，見薛皇后也是一臉疑惑，只得如實跟泰康帝回道：「回父皇，兒臣跟竇御史並無私交，只聽說竇禦史跟漢王府的某些人走得比較近……」

「如果他不是你的人，為何會上折請求冊封你為太子？」泰康帝沉著臉說道。

「……這是他們使的離間之計，以退為進，請父皇明察。」

泰康帝深吸了幾口氣，他心裡頭有些拿不定主意，雖然當時他斥責了顧承志「不孝」，可那是他一時氣在心頭，發洩一下罷了。

老太監這時上前稟報，竇美人帶到了，泰康帝點點頭，讓他們把竇美人帶上來了。

挨了八十大板的竇美人已是出氣多進氣少，太監們只好把她放在地上。竇美人微微顫抖的手指，顯示了她還活著。

顧承志和薛皇后都沒搞清楚這是怎麼回事，慈甯宮發生的事他們還不知道，只能乾等著泰康帝的下文。

泰康帝看著趴在地上發抖的竇美人，陰沉著臉問道：「竇氏，妳真是竇御史的女兒？是誰派妳接近朕的？」

竇美人聽到泰康帝的聲音，抬頭看了看周圍。泰康帝見竇美人不做聲，便又重複了一遍問話。

竇美人聽到泰康帝的問話，臉上露出了一個詭異的笑容，她沒有答話，只是嘴唇微動好似在說話，可是沒有人能聽到她在說什麼，她忽然哆哆嗦嗦向跪在一邊的顧承志爬去。

【第二百四十三回】陰霾

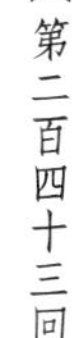

顧承志還沒弄清楚究竟發生了什麼事，只不明所以地愣在那裡盯著地上的女了。竇美人爬了幾步就不動了，身體顫抖幾下便沒了氣息。

泰康帝站起身指著顧承志，身子哆嗦得厲害，他腳下一軟倒在榻上。手掌撐著床榻，泰康帝感覺到手心裡一片絲滑，他低頭看著手掌下的詔書，忽然感覺喉頭一陣腥甜，一口熱血就噴在詔書上。

薛皇后嚇了一跳，忙上前攙扶泰康帝，泰康帝白眼一翻又昏了過去。一時間崇陽殿裡一陣人仰馬翻，叫人的叫人，找御醫的找御醫。

顧承志看著好像已經死去的竇美人，似乎明白了什麼，氣得咬牙切齒，沒想到千防萬防竟然在最後關頭被漢王捅了一刀。

顧承志看了一眼床邊忙碌的人們，上前撿起沾滿鮮血的詔書，他咬了咬唇，出殿門找侍衛把裡面地上的女人抬走。顧承志攥緊手中的詔書往內閣議事房走去，這份詔書廢了，得重新起草一份。

慧馨等一群女官惴惴不安地等在慈甯宮外，剛才泰康帝身邊的公公帶走了受完刑的竇美人，太后派去崇陽殿打聽消息的宮女也還沒回來，大家都很擔心，泰康帝已經下旨封閉宮門，她們這些人現在都被困在宮裡了。

打聽消息的宮女終於回來了，太后聽到泰康帝再度陷入了昏迷，眉頭緊緊地皺了起來。大趙天子臨死前喝的那碗湯藥，一般情況下藥效可以支撐三天，而泰康帝連一天都沒過完就又昏厥了，說明他的身體狀況糟糕到了極點。

慧馨低著頭皺緊眉頭，泰康帝沒有宣召南平侯進宮，看來他對侯爺並不信任，這種政權交替的時刻，泰康帝有沒有足夠的能力鎮住那些蠢蠢欲動的人，顧承志有沒有足夠的能力力挽狂瀾呢？漢王為了爭奪皇位積蓄了十幾年的力量，雖然他現在身在封地，可他在京城和宮裡的影響力還是不容小覷。

慧馨覺得肚子很餓……太后她們無心用膳，只在中午用了一點粥，御膳房那邊忙著給候召的大臣和皇子皇孫們做飯，卻對她們這些外來的女官置之不理。慧馨早上只喝了兩碗粥，現在已是該吃晚飯的時候，她只感覺餓得前胸貼後背。

當崇陽殿那邊傳來震天的哭聲，慧馨心裡終於鬆了一口氣，泰康帝這麼快就嚥氣了，這樣也好省得折磨大家。

❖

女官們就地跪下痛哭，太后帶著嬪妃們急急往崇陽殿去了。慧馨跟著擠了幾滴眼淚，學著旁邊的人做出痛哭狀，其實大家都趴在地上根本看不到臉。

慧馨感覺她們大概哭了一個時辰，深秋的地上冰冷一片，腿又麻又冷。終於等到聖孫府長史司的人來把她們帶走。

主子們這時候要去哭喪，她們這些聖孫府的下人可沒這麼閒，三日後聖孫府的人就要搬進皇宮，慧馨她們這段時間有得忙了。

宗人府那邊派人來指揮聖孫府的人準備搬家，慧馨忙著打包司言司的文書資料，雖然一切看起來還算平靜，但不知為何她心裡總有一種不安。這次泰康帝去世顯然沒有上回永安帝去世那般井井有條，由於時間短，泰康帝很多事情都沒安排好，不少交接的事情都沒有做。幸好永安帝去世時跟顧承志交代了不少皇家祕辛，顧承志這會倒還不至於摸不著頭腦。

但是最終，泰康帝並沒在傳位詔書上簽字，所以顧承志登基仍然是靠永安帝封給他的皇聖孫名分。宗人府的人私下裡談論，泰康帝死得太快了，而且死前貌似跟顧承志發生了不愉快的爭執。如今宮裡頭有流言傳出來，說泰康帝死前想要換掉顧承志改立燕王，結果兩人就吵了起來，泰康帝最終被皇聖孫活活氣死。

慧馨聽到屋裡的女史也湊在一起小聲議論，她嘆了口氣走到那幾個女史身邊厲聲說道：「都不想活了嗎？竟然在這裡議論主子是非，這個樣子怎麼進宮當差？這次我饒了妳們，再有下次，別怪我不講情面，多嘴多舌的人那裡來回那裡去，省得到了宮裡連累大家丟了性命！」

女史們見慧馨發了話，忙告罪去忙差事。慧馨發了這一通脾氣，心下舒爽了一些，但是心底那種不安還是存在。漢王在泰康帝臨死前設局陷害顧承志，他不可能沒有後續行動。漢王手裡有兵權，若是京城有所動盪，他便可以打著漢王的旗子發動兵變。而且泰康帝臨死前沒有把皇宮的守衛安排好，顧承志能不能支使得動那些人還是未知，他終究還是太年輕了。

顧承志揉了揉額角，泰康帝還真是給他留下了一堆爛攤子，泰康帝總共才做了五個月十六天的皇帝，卻把朝政和皇宮弄得一團亂。尤其是皇宮裡新進了不少太監宮女，居心不良的人佔了不少。若不是宮裡人太雜亂，又怎麼會讓一個小太監在泰康帝臨死前進言，後宮那邊也不會冒出個竇美人了。

顧承志把他帶來的侍衛叫到身邊吩咐道：「馬上召南平侯進宮，讓內閣起草文書，通知天下泰康帝駕崩。」皇宮裡的人不能信任，需要南平侯幫他穩定人心，一方面也需要時間把皇宮裡換上他自己的人手。

顧承志沉吟了一會，轉頭又吩咐六公子去把內閣的人都叫來，傳位詔書雖然沒有了，但總要給外面一個說法，當時泰康帝宣召陳閣老，許多在外面的朝臣都知曉此事。若不能對傳位詔書一事做出完美的解釋，顧承志這個皇帝位子會被人詬病。

一個老太監匆匆進了大殿，「皇上，燕王帶了人在先帝靈堂上鬧事，他們要求……要求……」

顧承志皺皺眉，不耐地問道，「燕王要求什麼？」

「他們要求檢驗先帝的屍身，說是……說是……」老太監看了一眼顧承志的臉色，腿一軟跪在地上說道：「他們懷疑先帝是被人給毒死的！」

【第二百四十四回】

風波不止

顧承志霍地一下從椅子上站起身，甩了衣袖就往殿外走，老太監忙爬起來跟上。顧承志走了幾步忽然又停下，從袖中拿出一張紙，「把這上面的人都召進宮來，待他們進宮直接領去先帝的靈堂，再去請太后和太皇太后到靈堂那邊看看。」

說完，顧承志又轉身回了大殿，燕王好對付，找人勸阻他就可以，現在顧承志心頭掛念的人是漢王。經此一事，顧承志對漢王是恨之入骨，他不能再像泰康帝那樣手軟了，即使漢王待在封地也不會老實的，他要把漢王重新召回京城來，只要漢王有行差踏錯就可以圈禁起來。

陳閣老等幾位內閣元老都到齊了，顧承志直接發話道：「傳位詔書一事各位要商量出對策，給天下人一個交代。速速起草詔書，召漢王進京為先帝奔喪。」顧承志說到漢王時，眼底閃過一道精光，陳閣老等幾個老油條自然沒錯過這一幕，他們心中都明白，大趙皇家不能繼續不明不白下去了，顧承志下定決心解決漢王，對大趙朝政來說是幸事。

南平侯在第二日進了宮，在顧承志的吩咐下，他迅速接手皇宮守衛。昨晚燕王幾個來鬧靈堂的人已經被顧承志宣進宮的大臣和太后勸走了，顧承志要接手朝政沒時間跟他們耗，怕他們又再找事，便把御林軍派出去圍了燕王魯王的住處。

結果派去的人說魯王不服，還打傷了幾名御林軍。顧承志聽說這事後，直接召了內閣擬旨，泰康帝下葬事宜交由燕王處理，事後由魯王為泰康帝守陵。這就等於顧承志直接把魯王放逐了，這也是他對燕王的警告。警告他們從泰康帝死去的那一刻，顧承志便是這個皇朝的帝王，不再是他們聽話乖巧的弟弟。

顧承志現在還有一個問題要解決，大趙皇帝有一支私人情報組織「鷹組」，鷹組只對皇帝一人負責，永安帝去世時把鷹組交給了泰康帝，而泰康帝死得太突然，顧承志還沒有從他手裡接收。他必須找到代代相傳的信物才能得到鷹組的承認，而這個信物藏在哪裡他卻是沒有頭緒，他派人把整個崇陽殿翻了個遍也沒有找到。

顧承志頭疼地揉了揉額頭，他派六公子去探聽消息，不知那人知不知道信物藏在哪裡。當初永安帝去世時，顧承志便猜到永安帝不會直接把鷹組傳給泰康帝，於是他便對鷹組留了意。打聽到的結果更讓他吃驚，也不得不感嘆永安帝真的很偏愛他，永安帝指派給他伴讀的六公子，他的大哥易宏，居然便是永安帝時期鷹組的負責人。

六公子包著一個匣子匆匆進了大殿，把匣子放到顧承志面前，「皇上，找到了。大哥說這是永安帝託他保管的東西，說是讓他待先帝去世後交給你。」

顧承志打開匣子，裡面放著一塊玉佩還有一個名冊，正是他在找的鷹組信物和成員名單，「你大哥還有沒有說什麼？」

「……大哥說，永安帝並沒有把鷹組交給先帝，而是吩咐他們待命等候皇上您登基。」六公子邊說邊心下一嘆，永安帝真是太偏寵顧承志了，難怪泰康帝會這麼嫉妒。不過話又說回來，若不是永安帝有先見之明，泰康帝丟下的這個爛攤子他們還真不好收拾。

顧承志拿起名冊看了看，吩咐六公子道：「馬上召集鷹組的人，讓他們密切注意朝中重臣的動向，尤其燕王和魯王那邊，把他們的日常行蹤每日上奏。還有漢王那邊也要密切注意，尤其是封地上的軍隊有無異動……」

❖

慧馨合上一本冊子，拿起案頭的筆在上面寫上一個「封」字，然後把冊子放在旁邊一堆冊子的上面。她哈了口氣，背著手捶了捶腰，好累啊。慧馨今天一早就進了宮，她過來交接尚宮局的事情，打量著文書要重新歸置和封存，這些都要在她過目後才能做出安排。

宮中司言司的人比聖孫府多了三倍，這些人使喚起來也很麻煩，慧馨做為新上任的尚宮局的司言，想在這些宮裡的老人面前立威，很是頭疼啊。袁橙衣和幾位良娣將在六日後正式入住後宮，慧馨她們得在那之前，擔起宮中女官的職責，之後後宮的相關事宜，就要由慧馨她們操持了。皇帝的後宮可比聖孫府複雜了十倍不止，慧馨看著疊成小山高的書冊就頭疼不止。

慧馨聽到門口有聲音，抬頭一看，是陳司記和幾位女官來找她一同用午膳。慧馨放下筆，上前跟幾位女官寒暄，她們幾個是從聖孫府過來的，相處還算融洽。

宮女上來把領來的午飯擺在案上，慧馨幾個人圍著坐了，邊吃邊交流今天進宮的所見所聞。

「原本想著做了宮裡的女官身分比在聖孫府升了兩級，待遇應該也提高才對，可是剛才我去咱們住的地方轉了一圈，發現屋子比在府裡小了不少，而且所有司官都是住在一個院子裡，只有尚宮才有單獨的小院子。」

「聖孫府的女官才有多少人，皇宮裡頭又有多少，我今日整理內官冊子，發現光宮裡存放的冊子就比聖孫府多了整整兩間屋子……」

「是啊，我今天一上午光整理冊子，累得腰都疼了。」

「這樣妳就累了？先帝大喪、新帝登基大典，這些事情可都要我們操持，那才是真的累人。」

「對了，今天我聽那邊有人在爭執，好像是咱們皇后娘娘住的宮殿出了問題……」

「出什麼問題了？快說說。」

「咱們大趙的皇后不是都住坤甯宮嗎？可是薛太后不願從坤甯宮裡搬出來，說是太皇太后住在慈甯宮，她沒地方住……」

「啊，若是薛太后不肯搬，那皇后住哪啊？總不能讓皇后去跟嬪妃住一起吧？」

慧馨聽了女官們的話，心下不禁嘆了口氣。這泰康帝屍骨未寒，後宮就又要掀風浪了，泰康帝這一代帝后都不是讓人省心的人啊！

藉口

夜裡，慧馨仍然伏在案上看卷宗，屋裡頭點了五六盞燈，除了慧馨還有其他幾位女官也在忙碌。慧馨揉揉眉頭，把剛看完的卷宗放在一邊，站起身伸了個懶腰，見旁邊的人還在忙碌，便無聲地往門外走去。

慧馨站在外面扭扭腰伸伸胳膊，深呼吸了幾口空氣，深秋的夜應該是寒冷的，可是皇宮裡卻是異常地悶，大約是高高的圍牆阻擋了風，使得這個深秋的夜異常安靜。

慧馨抬頭看了看天上的星辰，感覺周圍的一切都與她離得好遙遠，身處皇宮之中感覺一切都好不真實，她頭一次生出一種感覺，想要趕緊逃離這座皇宮。以前她在聖孫府中從沒這麼迷茫，這個龐大的皇宮和皇宮裡的人都讓她感覺從未有過的害怕。

慧馨嘆了口氣，眨眨眼睛，眼前忽然閃過一片模糊，只覺眼前一黑，便被攬入了一個溫暖的懷抱。

「妳這丫頭，也不知道害冷，半夜三更地站在院子裡乘涼嗎？」南平侯緊了緊手臂，他今天巡視完想過來看看慧馨休息了沒，沒想到看到她一個人站在院子裡發呆，那幅寥落的神情讓他很心疼。

「我正覺得冷了呢，你就來了……」慧馨在侯爺的懷裡蹭了蹭，只是片刻的接觸，她就可以從他身上汲取到溫暖。

南平侯把慧馨的小臉從胸前抬起來，仔細端詳了一會，「怎麼又瘦了……看來真是不能再把妳放著不管了，我得儘快想辦法把妳帶走，放在身邊才能安心。」

慧馨對著南平侯勾起一個笑容，臉頰上的小酒窩誘惑著南平侯，「那你可得趕緊了，要不我可要憑自個兒的能力離開這裡了。」

南平侯嘴角慢慢翹起，「妳跑不掉的……」

兩人靜靜相擁在皇宮的角落，彷彿孑然獨立於這個繁雜的人世。良久，南平侯才又開口叮囑慧馨道：「以後在皇宮裡，切忌一個人獨自行動，即使是白天，也要找人陪著，懂嗎？」

慧馨眨眨眼睛，「宮裡頭還是有危險嗎？」

南平侯臉色有些沉重地說道：「這次我回來發現宮裡人手換了不少，外頭也有些異動……」

慧馨也嘆了口氣道：「皇上畢竟還太年輕，想得太簡單，不過這樣也好，『吃一塹，長一智[1]』，他以後會是個好皇帝的。漢王跟皇上的結怕是解不了了，聽說皇上要召他回京，他會乖乖聽話進京嗎？」

南平侯眼光一暗，「漢王的封地離京城不遠，這時候他已經收到詔書了，明後天就會有消息回來。我希望他能老實回京，不過他封地上的私軍最近好像不太老實……」

【注釋】

①意指多經過一次挫折，就可以多增長一份知識。多用於經歷失敗取得教訓的場合。

慧馨皺著眉嘆了口氣，若是漢王要造反，顧承志便只能派南平侯去鎮壓。在軍隊中，積威能跟漢王一拚的只有侯爺，顧承志上位不久還沒提拔將領，而那些新上來的將領也沒有足夠的威信跟漢王一戰。

慧馨一頭鑽進了侯爺懷裡，手臂緊緊摟住他的腰。南平侯大約是察覺了慧馨的擔心，在她耳邊輕聲說道：「別擔心，我在戰場比在朝堂上更得心應手。」

南平侯抬起慧馨的頭在她額頭親了一下，「如果我要上戰場，妳就來做我的監軍吧……」

慧馨捂著臉回到屋裡，屋裡頭的女官們有幾個趴在案頭睡著了，有幾個還專注地閱覽著卷宗，沒有人注意到此刻慧馨的小臉紅得像蘋果一樣。

慧馨又看了一本卷宗便趴在桌上小憩，她這幾天可是得連軸轉[2]，不睡點覺會累死的。至於宮裡的煩心事，還是讓顧承志和袁橙衣去煩惱吧。

❖

顧承志看著跪在下面的官員，再度問道：「漢王不能回京奔喪？」

官員哆嗦了一下說道：「……漢王派人帶話回來，他今日身體微恙，不良於行，恐是不能回京為先帝奔喪了，望皇上諒解。」

「身體微恙不良於行？這可真是巧了，漢王怎麼說也是朕的叔叔，他生病朕也甚是掛心，即刻擬旨，派人前往封地替朕看望漢王。不過，先帝大喪，漢王不回來奔喪怎麼都說不過去，讓御醫一同前去看望漢王，只要漢王沒什麼大問題，就是用八人大轎也要把他抬回京城來……」

看著官員退了下去，顧承志展開右手，手掌中躺著一個紙團，這是鷹組昨晚傳回來的消息，漢王殿下的小妾前幾日生下一位小姐，漢王昨日在府中擺宴為小女兒洗三。

顧承志一怒之下把手中的紙團砸在桌上，不良於行？他絕對要把漢王弄到京城來，有漢王一日，他這個皇位就坐不穩，這一次他不會再讓漢王繼續逍遙下去。

殿外有人求見，還是為了皇后住處的事情，顧承志心下嘆了口氣說道：「……讓母后移居崇陽殿，崇陽殿更名為長壽宮，皇后入主坤甯宮，把景仁宮修整一下，以後朕就住景仁宮。」後宮的爭鬥在顧承志看來實在沒什麼意義，不就是個住處嗎，就算讓薛太后仍然住在坤甯宮，她也不再是皇后了，而整個後宮權利最大的女人也不會是薛太后，而是太皇太后。若是薛太后也像太皇太后那般懂事理該多好。顧承志一直知道自己的親娘是個小心眼的人，這後宮裡頭三位最有權勢的女人，太皇太后、太后和皇后，她們互相牽制對顧承志來說反而更放心。後宮女人不可獨大，這就是帝王的

【注釋】

②比喻夜以繼日地勞動或工作，沒有休息的意思。

制衡之道。

慧馨坐在梳粧檯前拿著一面手鏡照來照去，熬了五天五夜終於把事情都理順了，不過她今天早上起來一看鏡子竟然發現她有黑眼圈，莫非真是皇宮的女人容易老嗎？慧馨拍拍臉讓自己不再胡思亂想，今天袁橙衣要正式入主後宮，她得去宮門口迎接。

慧馨用過早飯便去了尚宮局那邊，女官們會在那邊集合，吉時還未到，大家還在等待，女官們三三兩兩地圍成一堆寒暄。一名小太監忽然進來找司闈司的人，大家有些詫異，怎麼這時候還有事？

那小太監拉著司闈司的人急道：「太后的東西不見了，長壽宮的人現下正在坤甯宮裡到處翻找，大人們快去看一下吧！」

【第二百四十六回】
終於……造反了

慧馨暗自搖了搖頭沒有做聲，薛太后和袁橙衣之間的爭鬥才剛剛開始，她可不想再摻和了。侯爺那晚說的話，慧馨明白她大概再過不了多久就要出宮，所以宮中的是非她能躲就躲。

迎了袁橙衣到坤甯宮，果然見宮裡頭還是鬧哄哄，薛太后老人家帶頭在裡面亂翻東西。

慧馨側眼看了看前面的袁橙衣，袁橙衣只是瞇了瞇眼便吩咐道：「妳們在這裡守著，讓太后娘娘帶人找，省得粗手粗腳弄壞了太后的東西。」

太后的人自然沒找到什麼丟失的東西，袁橙衣見太后帶著人要走，揮了揮手，上來一群太監抓住了太后的人。

「皇后，妳這是什麼意思？」薛太后瞪著眼睛說道。

「這些人弄丟了太后的東西，按宮規要杖責八十板，兒媳今天已入主中宮，這些奴才已該由本宮管理，他們犯了錯，本宮不能是非不分不罰他們，太后也掌管過後宮，自然能體會兒媳的為難之處，這宮裡的奴才有錯就該罰。」袁橙衣大義凜然地說道。

薛太后咬了咬牙回道：「哼！這些奴才弄丟了東西是該罰，不過本宮的東西可是丟在坤甯宮裡，皇后不罰自己人說不過去吧，不怕人說妳偏袒嗎？」

「宮中各人各有其職，各司各職。坤甯宮裡的人管的是本宮的衣食住行，長壽宮的人打理太后的各項事務，太后的東西是長壽宮的人管著，如今丟了東西，若是坤甯宮的人也有責任，那豈不是說坤甯宮以後要負責太后宮裡的事情了。若太后願意如此，那待兒媳稟告皇上，皇上批准後，兒媳必會幫太后把長壽宮打理好。」袁橙衣誠懇地說道，她料定了薛太后不會讓她管長壽宮的事。

「妳……好，妳倒是做得個好皇后。」

「不過今日兒媳是頭一天進宮，傷了人命總是不吉利，我看這八十板子就分四天打吧，一天打二十板子就行了……太后，您覺得要不要後宮的這些奴才都去觀刑呢？也好給他們一個教訓，省得整日丟三落四忘東西……」

慧馨站在袁橙衣身後看著她跟太后鬥嘴，這第一場應該算是袁橙衣大獲全勝，每天二十板連續打四天，這比一次打八十板讓人還難熬吧！

太后氣哄哄地走了，袁橙衣意氣風發進了坤甯宮，新皇后上任也要燒三把火啊，她遞了份單子給慧馨，派慧馨去送賞賜。

慧馨看了看單子便急忙帶人去準備，單子上有欣茹的名字，她們好久沒見了，動作快一些或許還夠時間讓她們藉機聊一會。

❀

敬國公府裡頭，敬國公世子夫人陪著欣茹接了賞賜，慧馨衝著欣茹眨眨眼睛，欣茹跟世子夫人說了幾句話，便拉著慧馨進了旁邊的內室說話。

慧馨看看欣茹的肚子，再看看欣茹胖了一圈的臉，說道：「妳什麼時候懷上的？瞧這樣子可有七、八個月了？」

「快八個月了，最早沒出頭三月，府裡沒跟外面說，後來又碰上孝期，家裡就沒聲張，所以京裡知道這事的人不多。」欣茹臉頰泛紅地說道。

慧馨有些羨慕地跟欣茹敘著話，以前她總覺得古代女子結婚生子太早很傷身，可是這次她是真心的羨慕起即將做母親的欣茹。也許是因為以前心裡空空的，所以她很少考慮到婚姻之事，但是現在她心裡有了南平侯，便跟以前不一樣了。尤其是近段時間，看多了皇室家庭恩怨，她的心境也在快速地變化。不論是對皇宮的厭惡，對家庭和婚姻的渴望，都已在她心中達到頂點。雖然她現在這個身體還不到二十歲，但她的靈魂卻活了四十多年，厭倦爭鬥的她，只想要有個安全的港灣可以停靠。

辦完差事回到宮中，慧馨有些心不在焉，對於這個皇宮她是一刻也不想多留了。終於撐到換班休息，慧馨匆匆往自己的住處趕。

❁

行至御花園附近，慧馨四下看來看去，此時侯爺應該巡邏到附近才是。陳司記見慧馨一副神不守舍的樣子便問道：「怎麼了？謝司言在找什麼？」

慧馨搖了搖頭，正見前方南平侯帶隊巡視到此，忙退避到一旁躬身行禮。趁著大家都低著頭避讓，慧馨快速地抬頭看了南平侯一眼。

夜晚，慧馨吹了燈坐在窗前，午夜時分，侯爺翩然而至。慧馨看著站在她眼前的南平侯，嘴角的酒窩越來越深。

南平侯拿出一個大斗篷把慧馨一裹，抱著慧馨就飄了出去。慧馨蜷在斗篷裡，貼在南平侯胸前一動不敢動，她感覺飛了一會腳才踩到地面。

南平侯把慧馨放下，把她從斗篷裡抱了出來，「瞧這是哪？」

慧馨扭頭四下瞧了瞧，「這好像是宮門的鐘鼓樓……這裡不是有守衛的嗎，我們在這裡被看到了怎麼辦？」

「不用擔心，我都安排好了，」南平侯笑著說道，「今晚月色極佳，小姐是否有興致陪在下對月共飲幾杯？」

慧馨瞧瞧旁邊鼓架下支著一個小方桌和兩個蒲團，小方桌上放了一碟下酒小菜，一壺酒和兩隻酒杯。慧馨抬頭看看頭頂的圓月，側身對著南平侯行了一禮笑著說道：「如此月圓之夜，公子誠意相邀，此情此景怎可不相陪。」

兩人相視一笑，南平侯幫慧馨緊了緊身上的斗篷，拉著慧馨的手走到方桌邊。兩人往蒲團上一坐，慧馨先幫侯爺斟了滿杯，看看那碟酒餚竟是爆炒花生。慧馨撚起一粒花生米放入口中嚼了嚼，「真香。」

南平侯為慧馨斟了酒舉杯道：「配上美酒才是真香……」

南平侯抱著慧馨回到她的房間，把已經睡著的慧馨輕輕放在床上，幫她收拾好蓋上被子。慧馨小臉被酒熏得紅紅的，她已經醉得睡了過去。

南平侯在慧馨眉間輕吻了一下，喃喃道：「……快了，再過幾日我就可以帶妳走了。」

次日清晨，慧馨伸個懶腰從床上爬了起來，沒有宿醉反而一夜好睡。侯爺帶來的酒果然是好酒，助眠又不會頭疼。跟侯爺昨夜喝酒賞月後，慧馨感覺心情好了不少，拍拍臉打起精神，又該輪班了。

四日後，慧馨正站在袁橙衣身旁聽她吩咐，明日便是泰康帝大喪了，會有許多命婦進宮，慧馨這邊需要協調的事情不少。

巧蘭忽然急匆匆進了殿，「娘娘，出事了！漢王造反了！」

慧馨聽了巧蘭的話，當下便愣住了，不會吧，漢王這麼快就造反了？侯爺前幾天就說漢王的軍隊有異動，這才幾天就憋不住起兵了？

「朝廷今日才收到密報，聽說漢王昨日就起兵了，皇上派去探望漢王的官員和御醫都被漢王殺了祭旗，漢王還寫了個『招討書』，列舉了皇上的種種罪狀，說是皇上聽信讒言害死了先帝，漢王要率兵進京『清君側』……」巧蘭劈里啪啦說了一大堆。

慧馨聽明白了，漢王果然利用竇美人的事情發難。哎，顧承志會不會派侯爺去跟漢王對抗呢？

袁橙衣不待巧蘭把話說完便起了身，「皇上現在還在上朝嗎？」

「……朝廷一早得了消息吵成一片，剛才皇上一怒之下便回了景仁宮。」

「走，馬上去景仁宮。」

袁橙衣急忙帶著人往景仁宮趕去，邊走邊問巧蘭：「太后和太皇太后那邊知道消息了嗎？」

「奴婢剛才路上碰到了太后的人，太皇太后那邊倒是沒有見到……」

袁橙衣皺了皺眉，漢王畢竟是太皇太后的兒子，這樣一番下來，太皇太后肯定深受打擊。袁橙衣平日裡敢跟太后對著幹，都是因著太皇太后在上面壓著，如今皇上跟漢王鬧成這樣，這以後要怎麼跟太皇太后相處呢？還有漢王那邊，不知皇上準備怎麼對付……

女官們等在景仁宮門口，慧馨皺著眉頭想知道裡面顧承志和袁橙衣在說什麼，她關心南平侯會不會被派去戰場，侯爺那天說要她做監軍，顧承志身邊的人應該有侯爺的人，不知侯爺有沒有得到漢王造反的消息……

慧馨正在胡思亂想的當下，顧承志和袁橙衣便出來了，兩人一起去了慈甯宮。慧馨皺著眉頭，顧袁二人能在第一時間來找太皇太后商議此事，可見他們還沒被漢王氣暈了頭。

慧馨心急地左腳踩右腳，右腳又踩左腳，一時大意對周圍發生的事都沒注意，直到她發現南平侯忽然從外面走了過來，她心急地差點就要上前跟侯爺打招呼。眼看著南平侯進了慈甯宮，慧馨才明白侯爺肯定是被叫來跟他們商量漢王之事。

慧馨等在門口想知道他們最後會如何決定，可惜一直到輪值時辰也還沒結束。慧馨依依不捨地離開慈甯宮，侯爺今晚應該會來吧？若是不來，她可要失眠了。

【第二百四十七回】

兩難（上）

慧馨晚飯也沒吃幾口就回房等南平侯，雖然漢王造反對大趙來說是一場災難，但這對於南平侯和慧馨來說，卻是一個絕佳的好機會。

月上中天，慧馨坐在屋裡望著窗口，朦朧的月光照在她臉頰上，深秋的夜風撩動髮絲，慧馨緊了緊領口，天冷了。

南平侯踏月而至翻身入窗，順手把窗戶落了下來，「就算等我，也別這麼開著窗戶，會凍著傷風。」

慧馨焦急地站起身，「怎樣了？你真的要去打仗嗎？」

「……我要連夜趕去京郊大營。漢王封地離京太近，這一路上鎮守的官員又多是他的親信，若不及早出兵，他會一路暢通無阻地進京。我已經安排好了，皇上會派妳去做監軍，無論他交代什麼妳都要應承下來。若是有其他人召見妳，不管他們提什麼要求，只需先答應即可。待離了京城，接下來的事咱們再商議。」南平侯連聲叮囑道。

「你馬上就要走了嗎？」慧馨有些不捨地說道。

南平侯把慧馨抱在懷中，「很快就能再見面了，我會在前方的關口等妳。我要連夜點將出發，估計皇上最遲十天內就會派你們來找我。妳只需切記，不論別人跟妳提任何要求，全部答應就是。」

慧馨在南平侯的胸前點了點頭，「你要保重……」

❈

過了幾日，顧承志果然把慧馨召到跟前，「……漢王起兵造反之事，想來妳已經知曉了，對此事妳如何看？」

慧馨深吸了一口氣跪著說道：「漢王大逆不道，有負聖恩。」

「……好，妳說得很好，漢王做出此等叛國之事，實在叫朕心痛，縱然他是朕的親叔叔，為了大趙社稷，為了大趙的黎民百姓，朕不得不對漢王出兵。朕已任命南平侯為此次討逆大將軍，現在還缺監軍人選……朕想來想去只有賀公公適合這個差事，南平侯是朕的長輩，賀公公曾在皇爺爺身邊服侍過，只有他做監軍才不會辱沒了南平侯的身分。」顧承志盯著慧馨說道。

慧馨低著頭心中一動，顧承志這是在試探她嗎？「皇上所慮極是，南平侯身分高貴，由普通人做監軍不足以服眾，這賀公公曾是忠心在先帝身邊服侍過的人，相信他倆定能順利完成此事。」

顧承志盯著慧馨的面容，見她仍是那副面無表情的樣子才繼續說道：「朕也是這麼想，南平侯不看僧面看佛面，總要給皇爺爺幾分面子，不過……朕派監軍跟隨南平侯，是為協助他討逆，並不是監視侯爺。賀公公跟南平侯不熟，朕擔心他處理不好跟侯爺之間的關係，所以朕還想再派一個人協助賀公公幫著調解，免得讓侯爺心生誤解……」

慧馨靜靜垂首聽著顧承志的話，顧承志繼續說道：「……朕想了很久都沒想到合適的人選，南平侯賦閒已十幾年，朝中沒人跟他走得近，他這些年又一直在南方，想在朝中找個跟他交好的人實在不易。朕覺得京城中可能只有妳跟南平侯親近一些……」

「皇上明察，奴婢跟侯爺實是沒有來往，侯爺身分尊貴，奴婢又是內官，平日裡見都見不到侯爺……」慧馨急忙撇清關係。

「妳不用害怕，朕並不是懷疑妳跟侯爺有私，只是考慮到上次從南方回京，妳跟著侯爺行了一路，妳能一路跟著侯爺平安歸來，想來在跟侯爺相處上也該有些心得，且侯爺對妳也算有一份恩情。朕覺得如今只有妳適合跟著賀公公一起做這個監軍之職，朕也知道戰場多危險，讓妳一個女子去也有些不忍，眼下朕身邊的人都太過年輕氣盛，不足以跟南平侯並肩，只有妳以女子身分，侯爺反倒要對妳多照顧一些，所以……」顧承志說到這裡便停下看著慧馨。

慧馨沉默了一會才跟顧承志表態道：「奴婢不才，願為皇上分憂……」

「好……好，朕這個皇帝真是汗顏，三番兩次要妳幫朕。上次南方之行，朕還沒有賞賜妳，這次又要妳去冒險，朕實在是……」顧承志有些感慨地說道。

「皇上切莫這樣說，能為皇上分憂是奴婢的榮幸，皇上年少有為，將來定有一番作為。」慧馨誠懇地說道。

「……朕就知道妳最懂朕，這次妳只管放心去，待你們凱旋回來，朕必會論功行賞，妳是在冊的內官，也在佳賞之列。」顧承志好似又想到什麼，繼續說道：「……賀公公手裡有一道朕的密旨，不到萬不得已他不能動用，若真到那一天，朕希望妳能幫賀公公一把，朕也是為了大趙安定，不得不這麼做……」

慧馨連聲應是叩頭，「奴婢謹遵諭旨。」

「妳今天便出宮吧，明日賀公公會直接去接妳，我派了御林軍的洛統領護送你們……」顧承志揮揮手讓慧馨下去了。

看著慧馨退下去的身影，顧承志陷入了沉思。前幾日跟幾個幕僚商議軍情，監軍的人選的確讓他頭疼了很久，一般來說派去做監軍的人應該是皇帝的親信，可是他身邊的幕僚資歷太淺，根本沒有資格監督南平侯，戰場上的事情他倒不是太擔心，南平侯在領兵上的建樹絕對超過漢王。這次漢王造反對他來說，反而是個絕佳的機會，他不能讓漢王再活著回到京城，京城裡太多包庇漢王的派系，再加上漢王又是他的親叔，到時候再想殺他便是難上加難。考慮到讓漢王活著回京變數太多，必須讓他死在京外。

顧承志要漢王死，還得瞞著南平侯，不然太皇太后那裡肯定會知曉，所以這個任務只能落在監軍的身上。賀公公年老持重，曾在永安帝身邊服侍，與南平侯也該有些交情，由他擔任監軍南平侯總要給些面子。但是賀公公要在南平侯眼皮底下搞小動作可不容易，少不了得找個人幫他。

顧承志正為第二個人選煩惱，身邊的人才提起聽說南平侯好像對慧馨動了惻隱之心。南平侯前頭兩位夫人都短命，這些年來不見他身邊再有女人，上次他跟慧馨一路從南到北，多日相處，侯爺對慧馨動了念頭倒是不奇怪。

顧承志今日把慧馨叫來也是想看看她對南平侯是什麼態度，若是他們二人情投意合，只怕他還要再考慮考慮，不過今日見慧馨似乎對南平侯沒有什麼特別反應，倒是正中了顧承志的心意。顧承志記得永安帝去世前囑咐他的話，也許慧馨真是個合適的人選。這次把慧馨派到南平侯身邊，讓他二人多些相處，正好看看南平侯對慧馨究竟是個什麼心意，還有慧馨是不是真適合去做這顆釘子……

❖

慧馨出了景仁宮回了自個的住處，收拾了東西，把瑞珠叫到了身邊，「……從我進聖孫府就是妳在我身邊服侍，雖然不是日日相處，可也過了這麼多年，我這次離宮不知以後還會不會回來，這匣子是留給妳的，裡面是一些金銀器物，不值多少錢，是我的一點心意，還有一封信是寫給張掌言的。若是將來我不再回宮，他們勢必要讓妳去伺候其他人，到時妳就拿這封信交給張掌言，她會照顧妳。我知妳性格木訥，不喜討好人，這樣其實也好，在這皇宮裡木訥的人活得更長。張掌言性子好，處事有度，她現在雖然只是掌言，但整個司言司裡，只有她最適合接替我的位子。這些事情，妳應該明白，不過要不要把信交給張掌言，也是全憑妳自個決定。我這麼安排只是想盡一下這幾年的情分，妳不必心裡有負擔。」

瑞珠並未多言，收下慧馨給她的匣子，給慧馨磕了一個頭，兩人便分手了。慧馨背著包袱站在宮門口，回頭看看高牆後的深宮，此次一別應該不會再回來了。

慧馨回了謝府，盧氏和謝睿自然很吃驚，慧馨拉著謝睿進了書房說了半天的話才出來。盧氏聽說慧馨明日就要離京，便做了一堆好吃的給她，還準備了好多肉乾乳酪乾之類的零食。對於漢王起兵造反一事，京城裡的人大多都知道了，不過大家好像並沒有很吃驚，人們該幹什麼還是幹什麼，完全沒有動亂的感覺，生活在和平中的人們很難想像戰爭的痛苦吧。所以盧氏和謝睿聽說慧馨去做監軍，並沒有覺得擔心，反倒對於皇上如此信任她感到更加惶恐。

慧馨把盧氏給她準備的東西，和自個的衣物裝滿了五個包袱，這次做監軍不知要做多久，她把冬裝都帶上了。

夜裡，慧馨早早就上了床，正準備熄燈睡覺，盧氏卻匆忙帶著人來找她，「慧馨，快些起來，宮裡派人來召妳進宮了！」

【第二百四十八回】

兩難（下）

盧氏把慧馨從床上拉起來，吩咐丫鬟們速給她梳妝。慧馨吩咐她們把宮服拿出來，邊問盧氏：「來的是什麼人？」

「是一位姓洪的公公，說是慈甯宮太皇太后派來的。」

慧馨心下了然，顧承志白日裡說到給了賀公公一份密旨，不用看內容慧馨也知道肯定是讓賀公公私下除掉漢王的。而太皇太后這邊，漢王總歸是他親生兒子，太皇太后定是想保他一命。皇上得罪不得，太皇太后也得罪不得，尤其慧馨還想著要嫁南平侯呢，她不敢惹太皇太后不快。哎，這個監軍做得真是兩難啊！

慧馨往前廳確認了真是慈甯宮的洪公公，便同謝睿、盧氏交代幾句，跟著洪公公進宮去了。

深夜宮門早已關閉，洪公公給守側門的侍衛看了看權杖，侍衛便開了側門放他們進宮。慧馨看了一眼守宮門的侍衛，不知現在負責宿衛宮中的人換了誰？話說顧承志這皇宮的守衛真的不是很嚴，前幾天慧馨和南平侯在宮牆上喝酒，今天她又半夜被帶進了宮，皇宮的守衛有待加強啊。

慈甯宮中只點著一盞燈，昏黃的燈光下太皇太后端坐在上方，慧馨不曾抬頭打量，只垂首跪在下方，聆聽太皇太后的教誨。

太皇太后語氣柔和，從慧馨入靜園那年說起，細數慧馨在京城這些年的生活。太皇太后這張溫情牌讓慧馨回想起許多往事，想起了她最早認識太皇太后的時候，那時她才進靜園沒有多久，細細回想竟然已經過了這麼多年。慧馨很能體諒太皇太后的心思，兩個兒子一個已經去世了，還剩的這一個卻成了反賊。

太皇太后說到了最後：「……妳在京城這些年實屬不易，不過妳一直都做得很好，沒有辜負當年哀家對妳的期望。妳如今年紀也不小了，等此趟回來，有什麼要求儘管跟哀家講，哀家也算是看著妳長大的，為妳做主許一戶好人家也夠資格。先帝去得早，哀家現在只剩了漢王這一個親生兒子，哀家年紀大了，也沒什麼奢望，漢王此事的確做得不對，可他終歸是永安帝的嫡子，罪不至死，哀家只希望他能活著到京，至於皇上如何處罰他，哀家沒有怨言。」

慧馨伏地叩頭連聲應是，侯爺之前囑咐她答應別人的一切要求，看來他一定知道太皇太后會找她。為了保漢王一命，太皇太后肯定已經找過南平侯了，現在又來跟她說項，多半是希望慧馨能在賀公公出手害漢王的時候阻止一下。難怪顧承志把密旨給了賀公公，大約只有他才會不買太皇太后的帳。

慧馨從慈甯宮出來，洪公公護送她出宮，剛才在慈甯宮裡，慧馨應承了太皇太后，不過她心裡也很清楚，這個應承能否兌現還要等她跟侯爺碰過面再說了。

重新回到謝府，謝睿和盧氏都沒有休息等著她。折騰了大半夜，慧馨也沒了睡意，躺在床上拿出《十方遊記》來讀。燭火晃動，燈光映在慧馨臉上，她的目光並沒有定在書頁而是飄到了遠方。

❖

上一輩子慧馨沒有愛上過什麼人，更沒有結過婚，到她重生之時都還是個「剩女」。古代的這一輩子，因為身在謝家，她無法對自己的婚姻做主，但她原想著謝家總歸是書香門第，給她謀一門小家富戶的正妻總是可以的，可是後來慧嘉嫁給了漢王，漢王為謝家打開了一扇通往權勢的大門，同時她還獲得了與自個命運抗爭的資本。可惜謝老爺幾次給她安排的親事太讓她失望，要不然她可能也就兩眼一閉、稀哩糊塗地嫁了。

慧馨堅持了下來，既然她有能力跟謝老爺作對，她何必非要委屈自己。入了聖孫府做女官，她原打算自己慢慢找一個合眼緣的人，將來求顧承志把自己賜給他就圓滿了。她從沒想過會跟南平侯有這樣一段緣分，雖然從她第一眼見到南平侯就被他吸引，但南平侯的身分對她來說太過高貴，太高不可攀，就像前世的明星一樣，只能放在心裡罷了。

後來在機緣巧合之下，她跟侯爺發展出了感情，這份感情對她來說感覺很奇妙，全心地信任一個人、全心地想要依靠某個人，這便是愛上一個人了。她跟侯爺地位相差懸殊，兩人若要在一起便需有一番計較，不過慧馨從未後悔。她都活了兩輩子了，若是沒有碰上侯爺便罷，如今碰上了還有什麼好猶豫。

這段日子，慧馨在宮中待得壓抑，便會常常想起往日裡跟侯爺相處的一點一滴，從回憶中她恍然大悟了一件事，侯爺跟她實在很像，兩個人的性格做事方式都很像，這大概就是侯爺特別吸引她的地方。

燭火爆了一個火花，慧馨回過神來掏出懷錶看了看時辰，還有一個多時辰就要天亮了，她把書放回床頭，吹燈進了被窩。不管別人怎樣，她馬上就能見到侯爺，對她來說這是好事。

❖

次日清晨，慧馨被木槿從床上挖了起來，她臨近天亮才睡著，這會還迷糊著。慧馨梳妝完畢，把行李都準備好，只等著賀公公來叫她。

賀公公跟著一隊御林軍不到卯時便到了謝府，慧馨上前跟他見禮。話說這位賀公公，慧馨並不熟識，聽說他在永安帝去世後便在某個地方養老，因為事情牽涉到漢王，顧承志才把他找了來。

「賀公公，我們是即刻啟程嗎？」慧馨跟賀公公寒暄著。

「謝司言稍待，洛統領去拿通關文書尚未回來，咱家約了他在貴府等，待他取了文書過來，咱們再一起出發。」賀公公安穩地坐在謝府的前廳。

慧馨笑著讓丫鬟們奉茶，看賀公公的樣子明顯是有話要跟她說，否則他又何必單獨提前來找她。

賀公公見慧馨把丫鬟都退了出去，打量了一下慧馨說道：「咱家聽聞謝司言年少有為，進退有度，被皇上和皇后視為左膀右臂，此次能與謝司言一同出任監軍，實是咱家三生有幸……」

慧馨聽了賀公公的話，忙謙虛地表態：「公公過獎了，慧馨年紀輕，許多事情都要向公公學習。皇上之前已經囑咐我，此次出任監軍，當以公公為首，我只是從旁輔助您，公公有什麼吩咐只管差遣慧馨，監軍的一應事務全憑公公處置，慧馨定當盡心聽候您的差遣。」

賀公公聽了慧馨的話，很滿意地點了點頭。對於慧馨來說，賀公公願意出頭，她自然樂意，在顧承志和太皇太后面前她也可以少擔一份責任。

慧馨正跟賀公公寒暄著，卻見木槿忽然拿著一個包袱進了屋。慧馨正要呵叱木槿退下，木槿卻搶先跪在地上。

「小姐，請讓奴婢一同前往，冬天將至，軍營苦寒，小姐身邊沒個人伺候，去了那裡如何生活？奴婢實在不放心，請您讓我跟著一起去吧！」木槿說著，對著慧馨磕了一個頭。

慧馨眼光一閃，這個木槿分明是故意的，她早不說晚不說，偏在賀公公面前提出一起去，不怕被拒絕嗎？她在打什麼主意呢？慧馨做監軍的事是昨天皇帝下的旨，謝老爺不可能這麼短的時間就知道，更不可能指派木槿跟著她，難道是謝睿和盧氏？應該不可能，若是謝睿夫妻要找人照顧她，大可直接跟她明說，沒必要搞這麼一套。那麼是木槿自個的主意了？看來丫鬟大了真是不能留……

賀公公看著木槿眼中閃過興味，他可是老人精了，這丫鬟有私心怎麼看不出來，不過聽說謝家二小姐是漢王的側妃，也許可以利用這個丫鬟做點什麼……

慧馨看看木槿又看看賀公公說道：「妳快些起來吧，當著賀公公的面，真是讓公公笑話了。別人去軍營都沒帶伺候的人，我怎麼能例外，帶著妳一起，沒得教人說我嬌生慣養做不得事。妳的心意我領了，但是跟我去軍營這事還是免了吧。」

「小姐，奴婢……」

「咳！」賀公公咳了一聲，打斷了木槿的話，他打量了一下木槿說道：「謝司言，咱家看這丫頭掛主心切，不妨就讓她跟著一道吧！這事其實是咱家想得不周了，謝司言畢竟是女子不同於我等，況且軍營裡又都是些大老爺們，沒有人跟謝司言作伴，有些事情妳做起來也是不方便。既然這丫頭有心，就讓她陪著吧，這樣我和洛統領也好安心。」

慧馨皺皺眉頭，木槿這丫頭不知心裡藏著什麼事，她現在無法信任木槿，若是帶著她等於是帶了個包袱，還得專門找人看住她，實在太不方便了，「多謝賀公公好意，不過我看還是算了，咱們受皇命去軍營，這丫頭卻只是我府裡的下人，帶著她恐怕別人要說我以權謀私，多一事不如少一事，即使沒有丫鬟，我也可以自己照顧自己。」

賀公公無所謂地笑了笑，「謝司言不必多心，這事咱家同意了，要是有人敢說什麼，咱家必不饒他。」

【第二百四十九回】

會合

賀公公也不待慧馨反應，轉頭便跟木槿吩咐要帶哪些東西，木槿聽了賀公公的話，興匆匆地出去又拿東西了。

慧馨看著木槿出去的身影，眼光一暗，這個丫頭是不能留在身邊了，這次賀公公話說得死，她不好再攔著，待她們從軍營回來，木槿她是再不會用了。

待得洛統領到了，一行人才出發。這次去軍營洛統領想得很周到，專門為慧馨配了一輛馬車。為了快點行路，木槿自然跟慧馨一起上了馬車。

慧馨看著老實地坐在車廂門口的木槿，心中五味雜陳。她猶記得當年在江寧，木槿幾個丫鬟跟她相依為命的情景，那時候的她做為謝太太眼皮子底下的庶出小姐，比丫鬟的自由還要少。她與二姨娘私下見面次數不多，且都是透過木槿她們的幫助。從江寧到京城，只剩了木槿和木樨在她身邊，後來木樨嫁人，如今只剩木槿還留在她身邊，可惜現在留在她身邊的人情分也許還在，忠心卻不在了。有了嫌隙，主僕不像主僕，究竟是為了什麼，木槿非要跟著她呢？

慧馨很想跟木槿談談，可是這一路上都有侍衛在馬車旁邊，為了儘快趕到南平侯那裡，他們一路上又不住宿，慧馨跟木槿都在馬車上歇息，侍衛們則一直沒有休息。他們只用了三天，就趕到了瀘縣。

南平侯帶的軍隊現在駐紮在瀘縣的郊外，離瀘縣城並不遠，侯爺派了一位姓屠的將軍迎接他們。屠將軍在瀘縣接到了慧馨一行人，把他們暫時安排在縣城裡的驛站。

「賀公公，謝司言，侯爺在軍營中安排事情，不方便過來，派了我在此迎候二位。我在驛站安排了房間，請二位暫時在此過一夜，明日大軍便要開拔，兩位今晚可好好歇息一下。」

「有勞屠將軍了。」慧馨對屠將軍行了一禮。

「有勞屠將軍，不知咱家什麼時候能見到侯爺？」賀公公問道。

「明日大軍開拔，侯爺會隨大軍一起，到時候公公自可見到侯爺。」屠將軍說道。

慧馨謝過屠將軍，跟著小二便往自個的房間走，倒是屠將軍眼尖，發現了跟在慧馨身後的木槿。屠將軍忙上前追上慧馨說道：「在下事先不知謝司言還帶了丫鬟，房間只安排了司言大人一人的，請大人稍待，在下馬上去跟驛站的人說一聲，給這位姑娘另行安排一間房。」

木槿站在慧馨身後，聽屠將軍這般忙說道：「將軍，不用給奴婢另安排房間了，奴婢要伺候小姐，晚上睡在小姐房間的腳榻上便好。」

慧馨看了一眼有些焦急的屠將軍心中一動，說道：「既然驛站還有房間，那就麻煩將軍再為她安排一間吧，連著趕了三天路，大家都累了，今晚歇好明日隨大軍開拔才能不耽誤路程。木槿也不要再推拖了，今晚要好好休息，免得撐不住連累大家……」

木槿見慧馨說得認真，便諾諾應了是。入夜，慧馨一洗漱好就把木槿趕回了她的房間。慧馨在屋裡走來走去，一聽到外面有動靜便趴到門口偷聽，聽著整個二樓都靜了下來，賀公公他們應該已經都休息了吧。

一直到近午時，南平侯才從窗戶翻了進來。侯爺一進屋便吹滅燭火，在房間四角側耳聽了一會，確認沒有別人發現，這才到桌邊跟慧馨說話。

慧馨見侯爺這般謹慎便小聲問道：「你今日這般謹慎，莫非這次皇上派的人都很厲害？那個賀公公是不是也有功夫的？」

南平侯微點了點頭，「賀公公原是永安帝的貼身太監，一般雜事他很少管，主要負責永安帝的安全，畢竟有些場合侍衛們都要跟皇帝保持距離，他是為數不多功夫能跟我一較高下的人，以前他在永安帝身邊甚是體面，連太皇太后都要禮讓三分。跟著洛統領的這一隊御林軍也是皇上精挑細選，各個功夫都不弱。」

慧馨聽了南平侯的話，無奈地嘆了口氣，「……臨行前皇上叫我去單獨說了話，看他的意思是不打算讓漢王活著進京了，但後來太皇太后又把我找了去，她老人家怕是希望我幫漢王找條生路，可賀公公那裡又有皇上的密旨，皇上還要我在必要時協助賀公公……咱們到底應該怎麼辦？你真要上戰場跟漢王對戰嗎？」

南平侯上前幾步把慧馨攬在懷裡，手指從她的眉眼劃過，「這些事情妳都不需要煩惱，交給我處理就好，妳只管聽皇上的，全力配合賀公公，太皇太后那邊我會去說。漢王的最終命運，不是我們說了算，要等到了前線看實際情況才能決定……」

慧馨抬頭望著南平侯，嘴角慢慢綻出一個笑容，「好，我聽你的，全都交給你了，要我怎麼做你便直接告訴我。如今我也覺得想這些事情勞心得很，樂得有人替我拿主意。」

南平侯低頭在慧馨額頭親了一下，「就猜妳肯定會這樣，以後我們在一起，再不需妳為那些不相干的人費神。對了，我給妳準備了一輛專用馬車，明早他們會過來接妳，妳不需客氣，只管用便是。」

「專用馬車？我這一路也是坐馬車來，再備一輛也沒這麼多行李放。」慧馨有些疑惑地說道，她可不認為侯爺會把她當嬌嬌女對待。

「傻瓜……」南平侯親暱地捏了捏慧馨的鼻尖，「我要讓皇上知曉我對妳的心意，讓他知道妳在我心裡的份量，否則他怎麼會捨得把妳這個『心腹』賞賜給我。」

慧馨在南平侯胸前蹭了蹭鼻頭，「你這是故意做給皇上看的？那我該用什麼態度呢？對你十分感激？還是『禮貌』的受用呢？」

「妳自然是該『禮貌』的受用，要讓皇上曉得妳並不為我心動，卻又不因此失禮……皇上應是最想看到我們貌合神離，這樣他才能放心把我們兩個都掌握在他手中。」

【第二百五十回】開拔

慧馨眼神一暗，「哎，帝王心術為何都如此無情？為什麼就不能因為兩情相悅讓我們在一起呢……」

南平侯撫了撫慧馨的髮絲，「帝王也為難，他既是大趙第一人便不可再有人能越過他，若他做不到把整個大趙握在手中，便不配做這個皇帝。泰康帝就是個最好的例子，他雖做了五個多月的皇帝，卻只是個虛位……沒有實權的皇帝是做不了什麼事的，先帝的那個什麼選秀最後還不是不了了之，他嫉恨自己兒子，卻也沒法真正廢掉他。」

慧馨心下嘆了口氣，其實她也明白，身為皇帝，顧承志不能全心信任一個人，要不然就像歷史上那些偏聽偏信的昏君一樣了。他不能完全信任南平侯也是情理之中，就像他對袁橙衣一樣，給了袁橙衣皇后的地位就不能再給她寵愛。連朝夕相對的妻子都不能信任，更何況只是外戚長輩的侯爺。

南平侯安慰了慧馨半晌，慧馨看侯爺著急的樣子，心下很溫暖，這是頭一次有人安慰她，以前都是她安慰自己，現在終於有個人能懂她了。

「怎麼連眼圈都紅了？要不是現在天氣漸冷，騎馬妳會受不了，我就直接搶了妳跟我同乘一騎。」南平侯摸了摸慧馨的眼角，「要不……明天我跟妳一起坐馬車，正好還有些公文要處理，拿這個做藉口也使得。」

慧馨忽然抬起頭來笑看著南平侯，「這是你說的，明天你要陪我。」

南平侯被逗樂了，「妳這丫頭，我原是擔心怕妳不好意思，沒想到妳倒是大膽，不怕別人說閒話？。」

慧馨哼哼了兩聲，「這有什麼，嘴長在人身上，他們要說讓他們說去，你是尊貴的侯爺，我是皇上身邊的紅人，他們敢說什麼難聽話，我看是嫉妒還差不多。」

「妳這個樣子哪裡像個成熟穩重的司言大人，我看外頭的人全都被妳騙了。」南平侯笑著說道。

慧馨嘿嘿笑了兩聲，「只有你才知道我是什麼樣的人，他們全都被我騙了，你榮幸吧！」

南平侯低頭又親了親慧馨的額頭，「……好了，好了，侯爺我很榮幸，天色晚了，妳該睡覺了，明天還要趕路，雖然可以坐馬車，但也還是很累人的。」

慧馨點點頭，突然想起了什麼說道：「對了，我的那個丫鬟，你找人幫我看著她點，我怕一個人看不住她。」

「那個丫鬟是怎麼回事？我就奇怪怎麼會帶個丫鬟一起來？」

慧馨搖了搖頭，「我本無意帶她，只是她當著賀公公的面請求，賀公公又先於我同意讓她跟著一起，我不好不給賀公公面子，只得把她帶在身邊。早先我便覺得這丫頭有些不對勁，這些年我在外當差不常在府裡，小時候的情義還能留下多少我心中也有數，原本我以為可能是謝老爺讓她監視我，畢竟從我入了聖孫府後，家裡頭就再管不了我。可是這一次做監軍，江寧那邊絕沒有這麼快就得到消息，這丫頭卻非要跟著一起，我懷疑江寧那邊一早就給了她什麼承諾，另外賀公公對她也太熱情了，我擔心她會被利用……」

南平侯沉吟了一會說道：「曉得了，我會安排人暗中看著她。妳也別想這麼多，妳父親雖然野心大了點，但應該還不至於會害人。」

慧馨聽了侯爺的話，搖了搖頭，「你不了解我父親，他不只是野心大，為了他的野心，他更能狠得下心，而且他這個人也是個小心眼，就連身邊親近的人也會下毒手的……」當年三姨娘那麼受寵，謝老爺一生氣還不是說死就死了。

「妳父親野心再大，也伸不到軍營這裡，我會讓人密切注意那個丫鬟，妳就別擔心了，趕緊睡一覺，明天我可不要看到精神不濟的妳。」

❖

次日天未亮，慧馨便起了，大軍一早就要開拔，可不能讓軍隊等他們。木槿推門進來的時候看到慧馨已經梳洗好了，臉上有些微紅，她昨夜一沾枕頭就睡著了，早上差點沒起來。

慧馨看著木槿臉色心下了然，木槿睡過了頭，肯定是屠將軍在她的晚飯裡動了手腳，免得她過來打擾慧馨和南平侯會面。

「包袱都收拾好了吧？」

「回小姐，包袱都準備好了。」

「走吧，我們先去吃點東西，今天估計要行軍一日，中午可能不會停下來吃飯，妳等會多吃點。」

樓下飯廳裡賀公公和洛統領已經在了，慧馨上前跟他們寒暄了幾句，便帶著木槿坐了另外一桌。飯畢不久，屠將軍便來接慧馨他們，並給賀公公安排了行程，屠將軍轉身領著慧馨主僕往一輛馬車走去。

慧馨停在馬車旁說道：「屠將軍，這好像不是我昨日來時坐的馬車？」

「司言大人有所不知，大軍要連續行軍幾日，您原來那輛馬車不夠牢固，走不了這麼遠的路途，這輛馬車是我們侯爺的，因著侯爺有公文要處理，所以不能騎馬，為了儘快趕路，請大人委屈幾日，跟侯爺同乘一輛馬車。」

慧馨皺著眉頭猶豫地說道：「侯爺在裡面？這……好像不太方便吧。」

「這個……若是再去給您弄輛結實的馬車得找工匠訂做才行，估計可要十天半個月的時間才夠，事急從權，大軍開拔在即，侯爺已經在裡面等著了，您看……」

賀公公見慧馨不肯上車，便過來說道：「謝司言，大軍按時出發重要，妳就暫時委屈一下上去吧，侯爺身分尊貴又是知禮的人，讓妳與他同車，是妳的榮幸才是……」

慧馨聽了賀公公的話，只得硬著頭皮上了車。木槿這次是沒資格跟慧馨同乘，屠將軍安排她跟著後面的夥頭營一起，那邊有些拉鍋碗瓢盆的馬車，木槿只能跟著那些馬車一起了。慧馨上了馬車，先讓木槿把她的包袱留下，這才讓她去了後面。

慧馨上了車，一眼便看到坐在裡面的南平侯正對著她無聲微笑，慧馨眨眨眼睛嘴角露出一個酒窩。

外頭有侍衛護著馬車，慧馨和南平侯不方便交談，侯爺便忙著看公文，慧馨則從包袱裡拿出針線來做活。

南平侯抬眼看看慧馨，「這車上搖來晃去，妳小心扎了手指。」

「沒事，你這馬車減震做得很好，比我原來那輛確實好了很多。天冷了，我納幾雙厚鞋墊給你，你拿刀劍能不能戴手套？若是不妨礙，我再給你做雙露指的手套。」

南平侯心裡暖暖的，給慧馨倒了杯水，「喝點水，別累到自己了，我是不冷的。」

慧馨拿起杯子喝了兩口，想起了什麼側頭問道：「你不冷？是不是會那種可以發熱的內功？」

南平侯微微點了點頭，忽然起身把慧馨頭上的一根髮釵取了下來，在慧馨髮髻上比了一會才又換了個位置插上去。

慧馨側頭，臉頰碰上侯爺的手指，溫暖的指腹讓她眷戀，輕輕在上面蹭了蹭。

中午大軍只停了兩刻鐘用飯，木槿跟著夥頭營的人過來給她送飯。慧馨詢問了幾句夥頭營那邊的情況，聽木槿說那邊的人都挺照顧她，便囑咐她安心待在那邊。

大軍行進到近亥時才停下來，臨時休息沒有安營紮寨。南平侯這次從瀘縣帶走八千精兵，他們要在三日內趕到滬城，那邊的兵營駐紮著十萬人，南平侯得趕在漢王進攻前接管那裡。

南平侯把馬車停在林邊，他取了幾床棉被鋪在馬車裡，讓慧馨躺在上面休息，而他則下了車去找其他將領商量事情。

慧馨剛躺下不久，便聽到外面有說話聲，她起身掀起窗簾看了看外面，是木槿在跟侍衛講話。慧馨喚了一聲，侍衛給木槿放了行。

木槿進了車廂四下看了看，見南平侯不在，神色才放鬆了下來，「小姐，奴婢擔心妳一個人在這邊，所以才……」

慧馨定定地看了一會木槿，「妳越發有主見了，不用我吩咐就知道要做什麼，既然妳一定要在這看著我，那就在這待著吧，侯爺有事晚上不會回車上了。」

慧馨重新躺下，翻個身背對著木槿，坐了一天馬車她也累了，懶得跟木槿廢口舌，正好侯爺出去前說他今晚有事不能休息，就讓木槿在馬車上待一夜好了。

「小姐，我是擔心您跟侯爺孤男寡女獨處一車，對您的名聲不好……」木槿心虛地說道。

慧馨沒有轉身，「那我要多謝妳為我著想了，不過根本沒什麼孤男寡女獨處，妳現在可看見了？

再說侯爺是什麼身分，我不過是個七品內官，在侯爺面前只有下跪的份，回頭可別跟人亂說，沒得教人家說我們自作多情……」

「小姐，奴婢曉得厲害，不會亂說的。」

「哼，妳還曉得厲害就好。」

【第二百五十一回】

異心

木槿見慧馨不再理她，也就不敢再說話。小姐這些年越發厲害，想必是小時候就很聰明但收斂著，做了女官後小姐就不願再委屈自個了，時常散發出的強勢態度讓人心驚。

木槿心下明白慧馨早已察覺有異，有意無意間都在跟她拉開距離。可是她也有苦衷啊，雖然以前小姐待她不薄，可是都這麼多年過去了，二十歲都還沒嫁人，小姐將來成親也不可能帶著像她年紀這麼大的丫鬟，她的將來還是要著落在謝家。

當年盧氏要給木槿木樨兩個人做媒，將她們許配給府裡較體面的管事，木樨當即便謝了恩，木槿卻是猶豫後推辭了盧氏的好意。木槿確實想得比較多，她不願只在謝家做個管事婆子，而是希望將來慧馨出嫁能做陪嫁丫鬟。當初她想著，也許慧馨能得皇聖孫青睞收入聖孫府中，那慧馨總要帶幾個自己的丫鬟進府，以她跟慧馨的情分，肯定可以進聖孫府。

只是沒想到幾年過去了，慧馨一點都沒有會被皇聖孫收入室中跡象，木槿這才著急起來，她拒絕過盧氏自然不好再去找，慧馨這邊卻是難得回府一趟，之前還整整三年沒音訊。那一年過年謝老爺謝太太來京，專程把她找去談了一番話。

身為下人她還能怎麼辦，她沒有小姐的資本，不能跟老爺太太對抗，只好幫著老爺太太監視小姐，把小姐的一舉一動報告給府裡的杜媽媽，杜媽媽再寫信給江寧那邊。只是小姐不常在府中，後來又開始對她有所防備，她回報的消息越來越少，老爺太太的性子她很清楚，她既已經得罪了小姐，老爺太太這邊她一定要靠住才行。

老爺已經應承她，待將來小姐出嫁，便做主把她許給二爺做姨娘。這些年二爺只有盧氏一位正妻，一房妾室也沒有，老爺太太早已對此不滿，背上怕老婆的名聲也不利於二爺的仕途。做二爺的姨娘比嫁給管事強太多了，而且她算是老爺太太賜給二爺的，二奶奶也要給她幾分面子。二爺性子平和，對下人都很寬和，將來肯定也不會虧待她。而且二爺本性不好色，不會嫌棄她年紀大，以後估計也不會再納妾，那二爺屋裡除了二奶奶便只有她了。

謝睿姨娘的位子對木槿來說太誘人了，為了討得老爺太太的歡心，她這次才大著膽子硬要跟慧馨出來。她想趁這次難得的機會，為謝家做點什麼，讓老爺太太二爺都記得她的好。木槿這次也是破釜沉舟了，她跟慧馨幾乎算是明著撕破臉了，若不是有那位賀公公替她說話，慧馨根本不會讓她跟著。

木槿心裡琢磨著，小姐現在已經不信任她了，不會再跟她說私密話，倒是那位賀公公看著她的時候似乎有話要說，也許她可以試著跟這位賀公公接觸一下……

木槿見慧馨好像已經睡覺了，便悄悄地掀起車簾往外面看，馬車四周有三兩個侍衛在巡邏，遠處有士兵們圍坐在火堆邊休息。

木槿放下車簾又看了慧馨一眼，小姐現在已不是一般人了，可是女官要到二十六歲才能出宮，那時候的小姐已經是老姑娘了，就算曾經做過女官也是很難嫁人，到時候多半還要靠老爺太太幫著說親，要能嫁戶人家做主母，要麼就是男方有問題，要麼就只能做繼室，在大趙哪個正常男子二十多歲還不娶妻？除非家裡窮得娶不起媳婦。木槿看著慧馨的背影搖了搖頭，不管小姐現在多風光，女人終歸還是嫁戶好人家才是好歸宿。在木槿看來，老爺太太以前給小姐說的幾門親事其實都挺好的，雖然是妾室卻是高門大戶，就看二姊現在多風光。可惜小姐現在年紀大，跟她們這些丫鬟都疏遠了，是不可能聽她們勸的。小姐一意孤行，她們這些丫鬟也只能自個謀出路了。

木槿看了看旁邊的茶桌，上面放著茶盤和幾碟小食，還有一簇針線，馬車裡面堆放著幾個包袱，沒有發現文書之類的東西。不是聽說侯爺白日裡在這裡看公文的嗎？

木槿以前跟著慧馨識了幾個字，她原想著也許能看到侯爺的信函之類的東西，若是能得到些朝廷和漢王的消息，傳回去給老爺，應該對二爺有幫助才對。自從永安帝去世後，二爺在翰林院受了不少同僚的打壓，雖然木槿不是太懂，但官員互相構陷也不是什麼新鮮事，若是二爺私下得到些朝廷的重要消息，對他平日裡在翰林院當差總歸有些幫助吧。

木槿沒在馬車裡找到什麼有用的東西，心下有些可惜，看來這個南平侯還是挺防著小姐。木槿見車裡還有一床被褥放著沒有用，便輕手輕腳地往外挪了挪，見慧馨那邊沒有動靜，便趴在了被褥上休息。

慧馨這邊其實並沒睡著，木槿在車裡翻找東西她都聽到了，這麼寂靜的夜，這麼狹小的馬車，發生在身邊的事情不用看也能聽到。侯爺的東西都收在車廂下方的隔板裡，木槿是不可能找到的。

慧馨聽到木槿好像趴在一旁不動了，這才鬆開了眉頭放心安睡。

天未亮侯爺就回來了，馬車旁的侍衛跟他說了昨夜木槿來找慧馨之事，南平侯點點頭走到車邊敲了敲窗，「謝司言，該起了，再有一刻鐘大軍就要繼續前行了。」

慧馨聽了聲音馬上起身，見旁邊木槿也是剛醒，忙小聲吩咐她道：「快些起來，大軍馬上就要繼續行進了，妳不能繼續待在這裡，還是回夥頭營去吧。」

木槿爬起身整理了一下衣襟，又上前幫慧馨整理髮髻，「小姐，妳獨自跟侯爺在這車上，有什麼事都不方便，要不奴婢求求侯爺，讓他留奴婢在這邊伺候您，省得您沏茶倒水還得自個來。奴婢不用在車裡，可以坐在外面馬夫旁邊便好。」

「不用了，侯爺是貴人都沒這麼講究，我要這麼說了，別人還以為我架子比侯爺都大，沒得給皇上丟臉。再說沏茶倒水又不是什麼累人的事，今天大軍還要趕一天的路，妳別在這裡耽誤事情了。南平侯是討逆大將軍，妳我都得罪不起，還是安分點少惹事吧。別什麼事都沒辦成，先丟了性命，我可救不了妳……」慧馨已是對木槿失望透頂，說話的語氣便不自覺帶著不耐。

木槿見慧馨這樣說只得悻悻然下了馬車，她還沒膽子跟慧馨唱反調。

南平侯等在馬車邊，見木槿下了馬車，便把手裡的食盒放到了車架上，「謝司言的早飯我已經取來，妳不用再專門送過來了，還有午飯，我會派人去夥頭營取，妳不要在營中到處走動，軍營裡只有大老爺們，妳一個姑娘家老實地待在該待的地方，到處亂跑萬一出了事，本侯爺可沒時間操心這個。」

木槿被南平侯的話嚇得一愣，大約是早上剛起腿有些軟，腳下一個趔趄就跪在了地上，「奴……奴婢謹遵侯爺吩咐。」

南平侯哼了一聲：「去吧，馬上就要行軍了，回妳該待的地方去。還有，妳雖然是謝司言的丫鬟，但這裡畢竟是軍營，安排妳在哪裡就要在哪裡幫差。以後手腳勤快點，夥頭營的活計可不少。」

木槿吶吶地應了是，見南平侯不再看她，忙轉身跑走了。這南平侯還真是可怕，三言兩語就把她發配到夥頭營幹活了。昨天她在夥頭營裡大家對她都挺客氣，什麼活計都沒要她做，飯菜也是盡先挑了好的給她用，如今南平侯這麼一說，她今天就要跟那些髒兮兮的伙夫們一起幹活了。看來南平侯的脾氣真是不好，也不知道小姐是怎麼跟他在一輛馬車裡待上一整天。幸好小姐沒同意她在馬車裡伺候，否則還真要擔心這位侯爺發個脾氣砍了她腦袋。

南平侯進了車廂，把食盒放在桌上，慧馨整好髮髻衣衫，挪到車門口拿水打濕了帕子擦了擦臉和手，「妳擦過了嗎？要不要一起？」

南平侯笑著搖了搖頭，「我已經洗過了，收拾好就過來吃飯吧，趁熱。」

慧馨把濕帕子掛在車門上，轉身進了裡面，她把食盒打開，裡面是兩大碗粥和兩碟小菜。把小菜擺在桌上，碗筷遞給侯爺，兩人就在車廂裡吃了起來。

「……你那碗夠嗎？我喝不下這麼多。」慧馨說道。

「那等妳吃飽了，剩下的倒給我就好。」南平侯不在意地說道。

「剛才你可把我的丫鬟嚇得不輕啊。」

「不聽話的丫鬟就該管教，妳就是太心軟了，狠不下心教訓她們，才會欺負到妳頭上。」

「哎，我……我也知道不該心軟，可總是做不到像別人那樣絕情。」

「人各有命，她做的事是她自個選的，以後有什麼後果也該由她自個承擔，妳終究不是她，再為她著想也是沒用。」

「若是被嚇一嚇能讓她收斂些，倒也好。」

【第二百五十二回】
安營

南平侯躺在馬車的一邊小憩，慧馨坐在對面納鞋墊。慧馨抬頭看看南平侯，側身幫他把棉被往上拉了拉。

他們連續趕了三天路，傍晚應該就能到滬城的大營。這幾天侯爺晚上都有事不在車上，好在木槿被南平侯一嚇沒敢再來找她，慧馨窩在馬車上的生活還算稱心舒適。

慧馨把最後一針收好，把東西放在茶桌上伸了個懶腰，側頭正好看到南平侯瞇著眼睛微笑看著她。

慧馨臉紅了一下，拿起桌上剛做好的鞋墊，「來，試試看，合不合腳。」

兩人在馬車上折騰了一會，南平侯躺在棉被上，懷裡攬著慧馨，兩人有一搭沒一搭地小聲聊天。

大軍終於抵達滬城大營，慧馨有些戀戀不捨地下了馬車，南平侯已經提前去見營房軍官了。天色已經漸黑，冷風陣陣吹過，慧馨緊了緊衣襟，提著東西往夥頭營那邊走去。侯爺今晚估計又要忙到很晚，她想做些熱湯給他喝。

夥頭營的伙夫們正忙著燒晚飯，八千多張口等著吃飯呢。木槿在一旁看著一口粥鍋，雖然侯爺把她發配到夥頭營，可伙夫們不敢真讓她幹活，只讓她做看火候之類的輕省活計。

木槿抬頭見是慧馨過來，忙上前打簾子，「小姐，妳怎麼過來了？晚飯還得等一會，這裡忙亂，小心腳下。」

「沒關係，哪位是大師傅？我有些話要跟大師傅說。」慧馨在營帳裡四下望了望。

木槿連忙把慧馨帶到了裡面一位正在揉麵團的師傅跟前，慧馨覺得眼前的人有些眼熟，待那位師傅轉身面對慧馨，她終於想起來這是誰了。

「蔡老爹？原來是您，您也跟侯爺一起出來了。」

蔡老爹抬起眼皮瞅了瞅慧馨，「嗯……小姑娘，老夫好像不認得妳。」

「您不記得了？前幾年我曾跟著我家主子到侯爺的莊子住過幾日，我還記得您老做的麵點可是一絕。不過您不記得我也正常，我們總共也沒見過幾次。蔡師傅，我想在這裡借口鍋熬點湯，今天天冷，將士們走了這三天是又累又乏，想做點熱湯犒勞他們，不知方不方便？」

蔡老爹盯著慧馨看了半晌，沒有說話。

「我不會把這裡搞亂的，食材就用現成的也不需專門再去買，我這裡有自帶一些藥材和調料，我瞧那邊有幾隻剛宰殺的雞，跟您借一隻就夠了……」

「好吧，妳自己去折騰吧，別耽誤我們做飯就行。」蔡老爹搖了搖頭說道。他大概把慧馨當成那些嬌滴滴的千金大小姐，以為慧馨說要做湯不過是做給別人看而已。

慧馨也沒多說，找了閒著的灶口帶著木槿忙了起來，洗鍋泡材料，拿了樹枝生火，這些事情慧馨做得比木槿還熟練。慧馨也不管木槿的眼神有多驚悚，叫了她過來看火，她則到一旁清理起雞來。會做這些事有什麼奇怪？當年她在靜園都學過了，後來跟著顧承志去南方，不時也會充當一下廚娘的職務，她可不是整日只待在繡樓足不出戶的千金小姐。

慧馨把頭湯單獨留了出來，給賀公公和洛統領各留一份，另一份她則準備帶走，現在夜裡冷，營帳裡生了火，她準備把湯放在火上熱著，待侯爺回來可以喝到熱呼呼的湯水。濾出頭湯後，慧馨把剩下的材料又加水熬了一大鍋，吩咐夥頭營的師傅盡量給每位士兵都添一碗。

蔡師傅見慧馨幹活俐落，也沒嫌營帳裡髒亂，對慧馨點了點頭，剩下的活計由夥頭營的師傅接手，慧馨便帶著一罐子湯先走了。

木槿跟在慧馨身後提著湯罐，現在紮了營，她便不用待在夥頭營那邊，晚上她會跟慧馨睡一個營帳。慧馨對於跟木槿同帳倒沒什麼特別不願，反正侯爺有的是辦法讓木槿睡得死死的。

侯爺的營帳離慧馨的很近，慧馨帶著木槿先去了侯爺的營帳，把湯罐交給負責照顧侯爺的親衛，囑咐他把湯熱著，這才帶著木槿往自個的營帳。

慧馨遠遠地便看到賀公公正等在她的營帳外，忙快走兩步上前行禮，「公公來了，勞您在這等我，公公找我可是有事？」

賀公公看了一眼跟在慧馨身後的木槿，跟著慧馨進了營帳，「也沒什麼重要的事，就是過來看看謝司言，妳在這住得還適應吧？」

慧馨笑著說道：「謝公公關心，這裡的環境比我原想的好得多，剛才跟木槿在夥頭營做了些熱湯，他們應該一會跟著晚飯給大家送過去，我別的忙幫不上，也就還有點手藝，公公可別嫌棄，慧馨只是想謝謝這幾日大家對我的照顧，尤其是侯爺和公公。我在湯裡加了點自帶的藥材，給大家補補。」

「難怪一紮營就不見了妳的身影，原來妳去夥頭營忙了，謝司言真是有心了，難怪能得皇上的寵信。咱家今晚有口福了，我代全營的將士多謝司言大人。」

「公公不必客氣，出來這幾日，慧馨一直無所事事，心中也是有愧，這才做點力所能及的事，您還沒說找我何事……」

「是這樣的，我想拜託司言大人多多照顧侯爺，這次出征不知要多久才能結束，侯爺千金貴體，我擔心侍衛們不能伺候好他，想著司言大人是在皇上皇后身邊當差，只有妳的細心才能照顧好侯爺，故而才想拜託妳平日裡多擔待些侯爺身邊的事情。」

慧馨聽了賀公公的話，有些猶豫地說道：「我是想多為侯爺分擔些事務，不過，不知侯爺那邊方不方便，畢竟男女有別……」

「這點謝司言不用擔心，咱們現在是出征在外，講究不了太多俗禮，想來有謝司言照顧侯爺，侯爺也會更省心些。此事咱家會跟侯爺說好，暫時委屈謝司言做侯爺的侍女吧。」

慧馨皺了皺眉，「好吧，我大概也只能做這些事了。」

賀公公心下滿意慧馨答應了這要求，轉而看了看木槿說道：「咱家還想跟謝司言借妳的丫鬟一用，我那邊也有些文書要處理，聽說妳的丫鬟識文斷字，想請謝司言割愛，讓她跟著我幫我處理一些文書上的事情。」

【第二百五十三回】

主僕談心（上）

慧馨看了木槿一眼，眼神發暗，「賀公公，不瞞您說，我這丫鬟是第一次跟我出門，沒見過世面，人情世故的也不懂，讓她給公公當差，就怕她傻頭傻腦誤了公公的大事。」

木槿低著頭不知道在想什麼，賀公公看了她一眼說道：「謝司言過謙了，這年頭丫鬟能識字便不一般了，光憑這點她就是個好助手。要不，咱們問問她自個願不願意？木槿姑娘，妳可願過來幫咱家做事？」

慧馨看著木槿說道：「公公問妳呢，若是妳覺得自個勝任不了就直接跟公公說，他不會勉強妳的……」慧馨希望木槿能拒絕賀公公，賀公公找木槿的用意雖然不明，但肯定不會是好事。只要木槿說了不，她便可以跟賀公公拒絕，不管怎麼說木槿都是謝家的丫鬟，而不是宮女，並不是非聽賀公公的話不可。

木槿猶豫了一會，忽然噗通一聲跪在地上，慧馨眼神一暗，心下已經知道木槿要說什麼了。

「小姐，奴婢沒想到小姐這麼能幹，夥頭營裡的活計做起來這麼熟練，倒是奴婢沒什麼能耐，幫不上小姐，不如小姐就讓我去給賀公公做個幫手吧，我既然跟著小姐出來了，絕不會給謝家給小姐丟臉的……」

慧馨心中十分失望，默默嘆了口氣，「既然如此，那我就不留妳了，賀公公有什麼事儘管吩咐她吧……」

賀公公笑了一下說道：「我暫時也沒什麼要緊了，木槿姑娘晚上還是歇在謝司言這邊，白日再去我那邊好了，這樣既能照顧謝司言又不耽誤幫我做事。」

慧馨嗯了一聲算是同意，賀公公見她一臉疲憊便也沒有久留。賀公公離去後，木槿一臉茫然地不知在想什麼，慧馨喚了她好幾聲才聽到她回應。

「小姐，奴婢這就去要水給妳洗漱。」木槿慌忙應道。

「這火盆上就燒著水呢，妳去哪裡要水……」慧馨看著木槿一副神不守舍的樣子，覺得很無奈。

木槿手忙腳亂地從火盆架上把水壺提了下來，兌了冷水給慧馨洗漱。夥頭營那邊送來了晚飯，是熱呼呼的雞湯拉麵。

用過飯，木槿去還碗筷，慧馨看著木槿出去的身影，心下一嘆，也許她真該跟這個丫頭好好談談了。

❖

木槿出去近一個時辰才回來，慧馨看著她惶恐的側臉，心下了然，她這趟出去肯定遇到了什麼人。

慧馨手中拿了一個手爐，營帳不比屋子，還是很冷的，她把手爐遞給木槿，讓她添幾塊木炭在裡面。

木槿閃躲著慧馨的目光把手爐還給她，她剛才出去又遇到了賀公公，賀公公問她有沒有辦法私下裡跟江寧那邊聯繫，謝家二小姐是漢王側妃，賀公公想讓謝老爺寫封信給二小姐，讓二小姐勸勸漢王。賀公公言明跟江寧聯繫的事要瞞著慧馨，故而木槿很怕慧馨會看出端倪。

慧馨捂了捂手中的手爐，看著木槿的背影說道：「妳不要忙了，過來陪我坐一會，我們主僕許久沒一起聊天了，過來陪我說會話。」

木槿的動作頓了頓，低頭猶豫了半天終還是走到了慧馨旁邊。

「坐吧，別老站著，咱們以前沒這麼見外的。」慧馨指了旁邊的馬紮讓木槿坐下。

木槿拘謹地坐在馬紮上，這樣溫和的慧馨更加讓她心虛，「小姐，您不怪奴婢吧？奴婢也是擔心賀公公會為難您，才答應去他那邊當差的……」

「……我知道妳有為難的地方，不過，咱們還是從頭說起吧，是不是老爺太太讓妳監視我的？」慧馨開門見山地說道。

木槿驚了一下，「小姐……這，從何說起，老爺太太是囑咐過奴婢好好照顧您。」

「妳不用說這些話敷衍我，小時候咱們可沒這麼生分。老爺太太讓妳跟著我，我也可以理解，他們拿不住我，便只能從我身邊的人下手。所以我一直都忍了妳，在府裡頭妳的那些小動作我看見了也只當沒見著，只要妳不做過分的事情我都任妳去了，可是為何這次妳非要跟著我出來？老爺太太不可能這麼快就得到我做監軍的消息，只能是妳自個的主意了。我很好奇，他們究竟答應了妳什麼好處，讓妳不顧一切地跟著我，這裡很快就是戰場，妳就不怕死在這裡嗎？」

「小姐……」木槿忽然跪在了地上，「您今天把話說到了這個份上，我也給您交個底，的確是老爺讓奴婢盯著小姐。可我也沒有辦法，我只是個下人，小姐又常年不在府裡，我們這些小姐院裡的人平時都要受二爺二奶奶的差遣。前幾年，我不小心得罪了二奶奶，後來老爺和太太找到我，奴婢實在是沒有辦法才應承了老爺太太……」

「得罪了二奶奶？所為何事，妳之前怎麼不跟我說？」

「便是那次二奶奶給我和木樨提親，木樨答應了，奴婢那時候猶豫了一下，事情便作罷了……」

「妳的意思是二奶奶因妳沒有應承她的提親，便在府裡為難妳？」

「奴婢不敢……」

「二奶奶是什麼脾性，她根本不會跟妳計較這些，再說妳又不是她房裡的丫鬟，她何苦抓著妳不放？二奶奶心性寬和，不會為難妳一個下人的。」慧馨皺著眉頭說道，盧氏為人她也算清楚，根本不會跟個丫鬟計較這些，尤其這丫鬟還是慧馨的人。

木槿不以為然地搖了搖頭，小姐這些年根本就沒跟二奶奶相處過幾日，哪裡能知道二奶奶品性究竟如何。

慧馨嘆了口氣，「就算這樣，妳只要告訴我，我總能想到辦法幫妳找到出路，妳何必非要聽老爺的話？」

「小姐，您總說您有辦法，可奴婢的賣身契是在老爺太太的手裡，這些年您在外邊，老爺太太是拿您沒辦法，可我們下人沒地方躲啊，只能認打認罰。而且您做女官只能待到二十六歲才能出宮，我今年已經二十，比您年紀還要大，像我這般年紀還在府裡當差的，便只有嫁了當個管家媽媽。如今得罪了二奶奶，我想在府中嫁人已是不可能。奴婢害怕……害怕自個沒有著落，而且奴婢一個下人，如何拒絕得了老爺太太的命令……」

「只是因為妳害怕老爺太太嗎？若是顧慮賣身契，以我現在的地位，問家裡要個丫鬟的賣身契，老爺太太怕是不會不肯給我。若是妳擔心終身沒有著落，雖然我不常在家，但我終究是有體面的小姐，為自個的丫鬟尋門好親事也不是什麼難事，府裡府外總有好人家配得上妳吧。」

木槿愣了一下才囁嚅地繼續說道：「……老爺說待小姐將來出嫁後，把奴婢許給二爺做妾。小姐，奴婢年紀這麼大了，您將來出嫁是不可能帶著奴婢的……」

「原來妳是想做二哥的姨娘，二哥這麼多年都沒納妾，若想要他收了妳，也只能由老爺太太賜給他了……」慧馨嘲諷地扯了扯嘴角，「可是妳不擔心將來二哥和二嫂不待見你嗎？他們夫妻相濡以沫，我二哥連二嫂身邊的人都不願收到房裡，妳忽然摻和到他們中間，他們兩個只怕都不會高興，妳這個姨娘做得還有什麼意思？」

「二爺不會的，二爺性子溫和，這些年從未打罵過下人，而且他總要給老爺太太和小姐一些面子，奴婢相信二爺不是薄情的人。」

慧馨心下失望，原來做主子太善良真的是錯誤，下人的野心都是因為主子心軟才生出來。

「所以，為了討好老爺太太，妳才會主動要求跟著我到軍營？才會想著去討好賀公公？妳在想什麼？這裡可是軍營，一不小心就會掉腦袋的地方！那位賀公公原是在永安帝跟前當差，妳的那點小心思他會看不出來？就不怕他把妳給賣了？」

「小姐，奴婢也知行事魯莽，可這可能是奴婢唯一立功的機會了，奴婢想求小姐成全。」木槿在地上給慧馨磕了三個響頭，眼淚順著臉頰就流了下來。

慧馨看著她冥頑不靈的樣子很是傷心，心中也知她是不會回頭的了，只得嘆了口氣道：「妳既然鐵了心要去立什麼功，我便不再攔妳，只有幾句話要提醒妳，省得妳大意之下，不只連累自個的性命，還把謝家也拖下水……賀公公這種在宮中待了幾十年的老人，都是吃人不吐骨頭的狠心，手裡不知掌握多少人命，在他跟前當差妳要十二萬分的小心，他讓妳做的事未必件件都要去做。他明知妳我主僕有隙，還把妳叫過去，多半是打著讓妳揹黑鍋的主意。既然妳自認聰明不肯聽我勸，那麼我只希望妳不要連累了謝家。二姊是漢王側妃，身分敏感，這次漢王造反，謝家一個不慎便會被連累，妳在賀公公面前最好對二姊之事避諱些，與漢王有關的軍情不要打探，朝廷的應對之法更不要去觸碰。賀公公讓妳過去幫他處理文書，有些事情要心裡有數，不該看的東西不要看，不該知道的事情不要知道。」

【第二百五十四回】

主僕談心（下）

木槿聽著慧馨說話，心下有些不以為然，論起伺候人她可不會比小姐差，畢竟她從小就做丫鬟，察言觀色是最拿手的。以前她可以得到小姐的信任，現在一樣可以讓賀公公信任。

「……」慧馨看著木槿不以為然的樣子，心下開始有了些怒氣，「妳是不是以為只要像在府中伺候老爺太太一樣跟在賀公公身邊就行了？妳知不知道像賀公公這樣的人，根本不會對妳這樣的下人有憐憫之心，妳難道沒想過他為何要把妳叫過去，什麼整理文書之類的事情我做起來比妳更加順手，可他卻沒有要我去。跟我比起來，妳覺得妳有什麼地方能被他看中？」

木槿有些心虛地望著慧馨，她真沒想過這個問題，還以為是小姐不願配合賀公公，賀公公才看上了她。小姐現在脾氣倔強，剛才賀公公找她要人她都敢回絕，賀公公自然不好老是支使她。

慧馨看著木槿的樣子有些恨鐵不成鋼，「他叫妳去，是因為妳比我更適合做替罪羊！我怎麼說都是皇上皇后身邊的人，即使犯了錯也要由皇上皇后做主，而妳只是個奴僕，要罰要殺，他一句話就夠了。漢王這次叛亂結局尚且未知，就算南平侯再驍勇，也不可能不費一兵一卒就讓漢王投降。賀公公身為此次討逆監軍，必然要對戰事承擔一半責任，若一切平順還罷了，若中間有什麼差錯，他自然要找人來代他受過。謝家有女兒在漢王身邊，這已經夠讓人起疑心了，妳還要去賀公公身邊摻和，到時候有什麼不好妳就是首當其衝……」

木槿好像終於被慧馨的言辭嚇到了，一時有些愣愣的，過了良久才反應過來，焦急地道：「小姐這可如何是好，奴婢當時也沒想這麼多，這樣子……這樣子下去……小姐，求您救救我，奴婢不想去賀公公那邊當差了。」

慧馨搖了搖頭，她現在已經不能信任木槿，也不能相信這麼短的時間木槿就突然想通放棄原來的想法，「今日已經當著賀公公的面答應此事，斷沒有馬上返回的道理，妳若真心悔悟，待過幾日便說妳身子不舒服抱病吧……」

營帳外忽然聽到有人在喚慧馨，慧馨忙起身走到門口，木槿也忙從地上起來，隨手抹了抹臉拭去淚痕。

「謝司言，侯爺請您過去有事相商。」門外是南平侯的侍衛。

「好，稍待一下，我囑咐我的丫鬟幾句就過去。」

慧馨轉身跟木槿交代了幾句便轉身走了，木槿看著空空的營帳，有些迷茫不知所措，難道她真的做錯了？

慧馨跟著侍衛進了南平侯的營帳，裡面只有侯爺一個人在，他正拿著碗在喝雞湯，見慧馨來了，忙拉著她到火盆旁坐下，「外頭冷吧，快過來烤烤。」

南平侯把慧馨按在火盆旁坐下，就著手裡的碗又倒了碗湯遞給慧馨。慧馨默默地接過碗，捧在手裡發呆。

「怎麼了？一副失魂落魄的樣子，妳這又是為誰操心了，明明剛才紮營的時候還好好的？」南平侯刮了下慧馨的小鼻子。

慧馨皺了皺鼻子，伸手抓了抓，「你真是拿得起放得下，我什麼時候能修練到你這般沒心沒肺呢……」

「妳就是心思太重，想這麼多幹什麼，子非魚，替別人操心別人未必領情，與其為他人傷心不如對著我笑一個，我的心肺也沒工夫浪費在別人身上，」南平侯一手托著慧馨的下巴捏了捏，「進了我的帳子，不許再想別人了。」

慧馨對著南平侯嘿嘿笑了兩聲，抬起頭咕嘟嘟把雞湯一口氣喝乾，「你說得沒錯，子非魚，我替別人操這麼多心幹嘛。」

慧馨把碗放在旁邊的桌上，「這麼晚叫我過來有什麼事？」

南平侯忽然長臂一攬，把慧馨圈入了懷中，「把妳叫過來，自然是為了讓妳晚上在這邊睡覺了……」

「啊……」慧馨愣了一下，雖然她跟侯爺經常有些親密動作，可她從沒想過要在成親前跟他上床，古代新婚後檢查喜帕可是正經人家都有的規矩。

「哈哈哈……」南平侯見慧馨一副苦瓜臉的樣子，忽然放聲大笑，「妳想什麼呢？我說了讓妳在這睡覺可沒說我也在這睡覺，晚上有些事情要去辦，得瞞著賀公公他們，所以把妳叫來給我作證，明日他們問就說妳幫我整理了一夜的文書，我們兩人熬了一夜沒睡。」

「呃……」慧馨呼出一口氣，忽然覺得這樣面對著侯爺有些不好意思，忙用手捂了臉低頭。慧馨一副小女人狀，惹得南平侯再度大笑，「妳放心吧，我不會讓妳為難。」

南平侯在慧馨額頭親了一下便放開了她，走到旁邊的架子上取了斗篷，慧馨上前幫他繫好斗篷，「你自個保重。」

「好好在這睡一覺吧，前三天忙著趕路在馬車上休息得不好，今晚睡個安穩覺，外頭的侍衛我已經叮囑過了，誰也不許放進來打擾我們。」

慧馨點了點頭，目送南平侯出了營帳，她在營帳裡四下看了看，旁邊案頭上擺的文書很整齊，只有旁邊的架子搭的幾件衣服有些亂。慧馨上前取了衣服，整理好重新掛在架子上。

慧馨看看沒什麼地方需要收拾了，便走到床邊開始鋪床，侯爺的床鋪似乎比她的要大，連被子也比她的大。解了髮鑽進被窩，慧馨側頭一瞧，發現床裡放著一支翠綠的笛子，伸手拿過笛子把玩了一會。原來侯爺還會吹笛子，可惜她的琴彈得不好，不然可以找個機會兩人合奏一曲。

慧馨這邊把木槿忘到了腦後，便直接上床睡覺了，可憐木槿卻不知道她今晚不回來。木槿在營帳裡一直等著慧馨，見慧馨久久不回也不敢睡覺，只好和衣歪在榻上躺了。她一整夜都心緒不寧，心下反覆想著慧馨臨走前跟她說的話。

【第二百五十五回】
滬城赴宴

清晨，慧馨睜開眼睛的時候南平侯已經回來，正在旁邊的文案上寫文書，慧馨輕手輕腳地爬起來，簡單地收拾了一下，見侯爺還在忙，便悄無聲息出了營帳。

慧馨回到自個的營帳，木槿正垂著腦袋吃早飯，見慧馨回來忙上前攙扶。

慧馨擺擺手，「昨夜寫了一晚的字，累死了，打點水給我洗漱吧。」

木槿忙打了水服侍慧馨洗漱，讓慧馨重新換了一身衣裳，「妳先吃早飯吧，我這也沒什麼事，吃完了飯就去賀公公那邊吧。」

慧馨見木槿面色有些憔悴，心下了然，但她並不覺得心疼，這個丫鬟的確需要點教訓。

待木槿出去後，慧馨便去了夥頭營，既然賀公公讓她多照顧南平侯，那她就可以光明正大地給侯爺開小灶了。

慧馨不好給侯爺做太特殊的飯菜，畢竟首領跟士兵同甘共苦有利於穩定軍心。侯爺的正餐仍是蔡師傅負責，慧馨只額外煲些湯水給侯爺，材料嘛，她也大多是利用夥頭營現成的加上自個帶來的。所以夥頭營的伙夫們都認可了慧馨，這位女官大人沒有嫌棄他們，也沒有給他們添麻煩。

慧馨把湯熬上，今天是菌菇湯，比雞湯用的時辰少，待湯好了她便提著湯罐去了侯爺的營帳。

侯爺還在文案上忙碌，慧馨把湯罐掛在火盆架上煨著。看看侯爺嚴肅的臉，慧馨不忍心打擾，便取了針線在火盆旁做活。

南平侯寫完摺子抬起頭，看慧馨坐在旁邊做針線會心一笑，倒了杯水端給慧馨，「妳這又忙什麼？手裡總是閒不住。」

「給你做件裡衣，這年頭衣服都得自個做，一年四季都要換衣服，當然閒不住了，」慧馨笑著接了水杯，「對了，你平時穿的衣裳都是太夫人給你預備的嗎？」

「……應該是吧，沒留意過這些事，府裡頭有針線房，要做什麼衣裳很方便。」

慧馨看了侯爺一眼，心下有些心疼。太夫人年紀大了，早就不能親自做針線，針線房裡的人總歸是不如身邊人做得貼身舒適。一般人家的少爺會有房裡人負責小衣之類的貼身衣物，可是侯爺這人很自律，慧馨幾次去南邊侯爺的莊子，都沒見到侯爺身邊有什麼親近的侍女，平時照顧侯爺衣食住行的也是小廝或者侍衛，這個年代能這麼潔身自愛的人實在很少。不過以後會越來越好的，她把侯爺的貼身衣物都包下來做，以前學的手藝終於也有用武之地。

「以後我來給你做吧。」慧馨說著，起身拿著布料在南平侯身上比了比。

南平侯瞧慧馨認真的樣子心中一暖，「妳竟然帶了布料出來，不知道的人哪能想到妳是來監軍的？」

「我一早就想明白了，有賀公公在，我這個監軍就是空名頭，反正別的事我也做不來，有時間不如做做自己想做的事，這次出來帶了五個包袱，裡面有兩個包袱都是布料和針線，一個包袱是些熬湯用的材料，我這次可是有備而來啊。」慧馨得意地對著侯爺眨眨眼睛。

過了晌午，滬城的城守來拜會南平侯，慧馨拿了侯爺替換下來的衣服避回了自個的營帳，提了涼水摻上熱水，把侯爺和她換下來的衣服洗乾淨了。

❖

快到晚飯時辰，賀公公突然派人來找慧馨，慧馨跟著來人進了南平侯的帳子。侯爺的營帳裡站滿了人，中間一位圓嘟嘟的官員看著是個陌生人。

賀公公領到慧馨到了那位官員跟前介紹道：「這位是滬城的城守吉喆吉大人，吉大人，這位是皇后身邊的謝司言。」

慧馨上前跟吉大人見了禮，吉大人對慧馨也很客氣。慧馨看著這位吉大人富態的樣子心下好笑，吉大人這名字取得好，人如其名多吉利啊。

吉大人在滬城裡設了宴，要給侯爺和賀公公洗塵，慧馨這個監軍助手自然也被邀請。軍營的部分補給要靠滬城調配，侯爺自然要給城守這個面子，賀公公是老人精了，知曉跟當地地方官員打好關係的重要性，便也沒有推辭。慧馨是一切向侯爺看齊，侯爺說去咱就去。

慧馨是女子，不方便跟侯爺他們一桌，吉城守便找了他的夫人來作陪，大廳裡豎起屏風，男女分了兩邊。

慧馨這邊除了城守夫人，還有城守家的兩位小姐和幾位城守下屬家的女眷。慧馨看著旁邊兩位貌美如花的小姐，眼睛一轉，兩位小姐的心思明顯沒在她身上，那眼神飄來蕩去，恨不得把中間擋著的屏風戳個洞。

城守夫人親自把筷給慧馨佈菜，她之前得了城守的囑咐要好好招待這位謝司言，這位可是皇上皇后身邊的紅人。城守夫人有意讓自家女兒跟謝司言結交，便把兩個女兒天花亂墜誇獎了一番後介紹給慧馨。

慧馨微笑對著兩位小姐點點頭，兩位吉小姐羞紅臉低下了頭。以兩位吉小姐的姿容，在滬城中肯定是數一數二的了，看她們談吐說話應該也是讀過書的。

慧馨和藹地跟兩位小姐說話，問她們平日都做些什麼啊，讀過哪些書啊，兩位小姐跟慧馨說了一會話，便覺得這位京城來的女官大人為人親善，也不再拘束，話漸漸多了起來。

二小姐比大小姐更活潑一些，沒一會便憋不住跟慧馨打聽起南平侯的消息。慧馨撿著不重要眾所周知的事情說了，想來侯爺的事蹟兩位小姐以前就聽說過，可這會侯爺本人就坐在對面，對侯爺的崇拜之情更令兩位小姐情動心躁，眼睛都要變成星星眼了。

大小姐猶豫了半天跟城守夫人詢問道：「母親，我與小妹想過去給侯爺敬杯酒，不知可妥當否？侯爺征戰沙場，保家衛國，我等雖為女子，卻是敬佩仰慕得很，其他事情我們不好做，只想敬杯酒聊表心意……」

城守夫人沒有馬上回答自家女兒的問話，而是轉頭看向了慧馨。

慧馨微微一笑，「大小姐說得是，侯爺是國之功臣，不怪兩位小姐仰慕，夫人若是擔心有違禮數，在下帶兩位小姐過去好了。」

慧馨揮手要身後的侍女上前為她添酒，拿起酒杯，示意兩位小姐跟在她身後。走過屏風，侯爺那桌看到慧馨帶著兩位小姐過來，都有些詫異。

慧馨上前跟侯爺介紹了兩位小姐，並代表兩位小姐誇了侯爺幾句。兩位吉小姐嬌羞地站在慧馨身旁，不時抬眼偷看一下南平侯。

南平侯不知慧馨在搞什麼，便對著她瞪了瞪眼睛。慧馨心下好笑臉上卻是不動聲色，她往旁邊的賀公公看了幾眼，果然見到賀公公眉頭有些微皺。

慧馨帶著兩位小姐跟侯爺敬了杯酒便回桌，兩位小姐還沉浸在見到侯爺本人的興奮中，對城守夫人問話也沒聽到，握著筷子的手還微微顫抖著。

城守夫人看著自家兩個女兒微微笑了笑，沒想到真能讓女兒見到南平侯，自家兩個女兒一個十六一個十五，正是花一樣的年華，品姿上等，不知侯爺會不會看中……

慧馨自然曉得城守家對侯爺有什麼心思，不過她相信侯爺是不會輕易動心的，剛才帶著兩位小姐去敬酒，她真正用意其實是想試探賀公公，慫恿她多接觸侯爺究竟是打什麼主意。

酒過三巡，侯爺就已經醉得不省人事了。做為討逆大將軍，他是眾人羨慕敬酒的主要對象，聽說已經一個人喝一罈了。

吉城守想留侯爺在府裡歇息，侯爺的侍衛尚未說話，賀公公卻先發了話：「……侯爺要坐鎮軍中，留宿城守府確實不妥，依咱家看還是由謝司言先送侯爺回營，咱家留下來再陪各位喝幾杯。」

慧馨看著賀公公有些不悅的臉，只得跟城守夫人告辭，讓侍衛扶著南平侯，幾人出了城守府。馬車已經等在門口，城守看著侯爺和慧馨一起上了馬車才放心。賀公公看著馬車在侍衛的圍護下走了，這才甩了甩袖子轉回大廳。

馬車剛行出不遠，南平侯就從靠枕上直起身，慧馨看著他熠熠生輝的眼睛，噗哧一聲笑了出來。

南平侯捏了一下慧馨的臉蛋，「妳這丫頭今天搞的是哪齣？」

「沒什麼，我知道你是『神女有心，襄王無意』，只是想藉吉家的兩位小姐試試賀公公的心思，再者吉家有了這個心思，軍營這邊卻還要依仗滬城的支持，你也不好直接拒絕，倒不如藉賀公公之手讓吉家消了這個想法。」慧馨正色道。

「我看妳想看笑話才是真吧。」南平侯笑著把車裡的斗篷拿了出來。

慧馨見侯爺把斗篷穿上了身，便問道：「你又要出去嗎？」

「知彼知己，我要去前邊的小鎮打探消息，這次去得遠明早估計回不來，妳今晚還是歇在我的營帳裡，若是有人問起便說我宿醉未醒，侍衛們全都聽從妳的吩咐，別讓賀公公發現我不在。」

慧馨點點頭，南平侯一個翻身便出了馬車，旁邊早有侍衛給他預備馬匹，幾個原本護著馬車的侍衛隨即跟著侯爺一道前往另一個方向。

【第二百五十六回】

隨行

慧馨在火盆旁邊搭了個支架，把還有些潮濕的衣服搭在上面烘烤。今天天氣不好，陰雲壓在頭頂上，北風也比前幾天吹得更冷冽，看樣子好像快要下雪了。

慧馨進進出出地忙碌，把南平侯的營帳熏得暖暖的，跟外面都快成兩個天地了，被子也放在火盆旁烤著。南平侯從昨晚出去到現在還沒回來，賀公公也不知有什麼事留在滬城沒回。

慧馨本來想趁賀公公不在去找木槿，打聽下最近賀公公都有啥動靜，結果過去一看木槿竟然也不在，說是跟著公公一起去了滬城，可是昨晚她並沒有見到她啊……

慧馨抬頭看看灰濛濛的天，心中有些不安，軍營裡好像只剩她一個人的感覺，只有隱隱傳來士兵操練的聲音，讓她心裡能穩定一些。

南平侯回來的時候已經是過晌了，慧馨上前幫他解下斗篷，拉著他到火盆邊烤火，先端了碗熱湯給他，然後打了水服侍他洗漱。

南平侯眯著眼睛享受慧馨的體貼，慧馨看著他的樣子忍不住嘴角帶笑，「現在還不到吃飯的時候，我去讓蔡師傅給你下碗麵吧，就著湯先吃了墊墊。」

「嗯，對了，讓蔡師傅多下點，他們幾個跟我一起出去的也空著肚子呢。」

慧馨去夥頭營那邊張羅了一會，讓伙夫把幾個侍衛的飯菜送過去，自個提著食盒回了侯爺的營帳。

南平侯站在火盆旁邊，手中擺弄著一個沙盤，見慧馨進了營帳，便上前接過她手中的食盒。食盒裡有一碗拉麵，一疊青菜，還有一根大雞腿。

「我今兒早上見賀公公他們不在，便讓侍衛去滬城裡採購了點東西，你放心，我讓他們喬裝去的，沒讓賀公公的人知曉。」慧馨一邊佈置碗筷，一邊說道。

「妳向來心思縝密，我沒什麼不放心的。」南平侯笑著說道。

慧馨陪坐在南平侯對面，給自個倒碗湯，陪著侯爺喝了。南平侯用過飯又開始擺飭那個沙盤，慧馨把東西收拾好，安靜在一旁做針線。

南平侯研究了一會沙盤便轉身出了營帳，過了一會帶著幾個將領回來了，慧馨跟幾位將軍行過禮便要避出去。

南平侯攔了她道：「……這裡沒有外人不須迴避，外頭起風看樣子快下雪了，妳就留在這裡吧。」

慧馨心知侯爺不是跟他客氣，便也不堅持，搬了東西坐到衣服架子後面。慧馨手上做著針線，耳朵卻不免聽到侯爺那邊的聲音。

他們正在商議軍情，慧馨越聽心裡越驚。她本來一直都很奇怪，漢王造反，既然已經豎了旗幟，為何沒有迅速地攻打進京，按說兵貴神速，漢王應該趁著朝廷還沒有反應過來的時候，一路猛攻直接打到京城才是，為何漢王卻是按兵不動，這幾天都聽不到有出兵的消息？

原來漢王的封地和京城之間隔了一條順江，當年永安帝把那片離京城最近、最肥沃的土地封給漢王，便因著有這條順江阻隔，漢王不能輕易向城發兵，永安帝還在離順江不足百里的滬城起了營房，駐紮重兵在此，滬城兵營的職責便是護衛京城嚴防漢王。

漢王之所以按兵不動，是在等待天時，他在等待老天爺下雪，天氣寒冷順江會進入結冰期，待順江江面冰凍，他的大軍便可渡江，後方的補給才能源源不斷地跟上。

慧馨聽到這裡，忽然打了一個寒顫，泰康帝究竟是不是被毒死的呢？他死得實在太是時候了，正正好在順江結冰期之前……

慧馨起身給火盆加了一把炭，轉身出了營帳，天色提前黑了下來，雪花一片片飄落。這今年的第一場雪，還是按時來臨了。第一場雪並不能使江河結冰，但氣溫繼續這樣降下去，想必很快就要開始結冰了。

慧馨掏出懷錶看看時辰，裡頭侯爺他們正說得興起，幾位將領估計要跟侯爺一同用晚飯，慧馨便差了門口的侍衛去跟夥頭營的人說一聲。

重新回到營帳裡，慧馨提起火盆上剛燒開的水壺，倒了幾杯熱水給侯爺那邊端過去。侯爺笑咪咪看了看慧馨，幾位將領忙起身謝過她接了水杯。

侯爺他們用了晚飯一直談到亥時才結束，慧馨看著南平侯有些疲憊地靠在椅背上，心疼地站在侯爺身後幫他按摩頭部。

南平侯舒服地呼出口氣，閉著眼睛享受了一會，「……後日我要帶先鋒軍去平江鎮，妳要不要跟我一起？」平江鎮是緊挨順江的鎮子，那裡將是戰場的最前線，漢王過江後第一仗必須拿下那裡，侯爺要反攻漢王也要從那裡出發。

慧馨想了一下說道：「我當然是想跟你一起，我一刻都不想離開你，更不願意留在這裡應付賀公公，只是……又怕會拖累你，我懂得兩情若長久不應急於一時，所以我聽你的，你讓我在哪裡我就待哪裡。」

南平侯大臂一伸，把慧馨攬坐在腿上，大手摩挲著慧馨的臉頰，額頭抵著額頭，「妳這般善解人意，教我怎麼捨得把妳放在這裡？跟我一起去吧，我會保護好妳的。」

「好。」慧馨心下喜悅，伸手抓住侯爺不規矩的大掌，把侯爺的手指握在兩隻白嫩的手掌中把玩。南平侯圈著慧馨，兩隻手把慧馨的小手抓住，兩人十指交纏，相視一眼會心一笑。慧馨把腦袋靠在侯爺的胸前，兩人沒有言語，享受著這一刻的寧謐。

❖

因著侯爺想趕在順江結冰前到平江鎮安排好事務，今天跟將領們商議的結果是，侯爺帶著兩位將軍後日便啟程趕往平江鎮，他們將率領二萬滬城的士兵再加五千從京郊大營帶過來的精兵。侯爺連夜派人往滬城裡送信給賀公公，賀公公做為監軍，要負責大軍的糧草供應。朝廷運送來的糧草要先送到滬城，然後從滬城再送到平江鎮。

門口的侍衛咳了好幾聲，侯爺才應了聲，侍衛低著頭進來跟侯爺彙報賀公公連夜趕回大營，一會就要帶人過來跟侯爺商議軍情。慧馨紅著臉躲在衣架後面，佯裝在整理東西，侯爺揶揄地衝著慧馨的方向笑了笑。

當賀公公邁步走進營帳，只看到南平侯正在研究桌上放的沙盤，而慧馨則遠遠地侍立在侯爺身後。平江鎮只是個小鎮，軍隊過去食宿都有些問題，為了盡量不擾民，軍隊只能在城鎮外面紮營，糧食侯爺會隨行帶一部分，剩下的就得靠賀公公隨後派人送過來了。平江鎮可不像滬城這麼繁華，沒有能力對軍隊進行補給。所以南平侯對賀公公還是很客氣，而賀公公在南平侯面前也不敢拿大，侯爺的身分太特殊了，就連永安帝在世時他也不敢得罪南平侯。

慧馨上前跟賀公公見禮，「……今晚下了雪，我去給侯爺和公公準備些宵夜的湯水。」

慧馨一躬身出了營帳，走了幾步便跟旁邊的侍衛說道：「麻煩這位大哥去看看我那個丫鬟回來了沒有？她若是回來了，應當在我的營帳或者賀公公那裡。」

侍衛去了沒一會，便回來跟慧馨回話。木槿沒有跟賀公公一同回來，洛統領說賀公公留她在滬城另有事情要她辦。

慧馨提著食盒聽了侍衛的話，只皺了下眉頭便放下了，侯爺派了人暗中跟著木槿，應該不會有什麼大事，若是有事，侯爺這邊肯定會知道。

慧馨故意在外頭磨蹭了些許時間，待她回到營帳，侯爺跟賀公公已經商議到了末尾。待他們說完了，慧馨才把湯水奉上。

賀公公看了慧馨一眼，跟侯爺開玩笑似地說道：「……侯爺這幾日真是有福，有謝司言照顧著。咱家以前在宮裡就經常聽到皇上皇后讚賞謝司言細心，這次皇上派謝司言做監軍真是割愛了……」

慧馨聽了這話臉上一紅，連稱不是，皺著眉退到了一邊。南平侯則嘴角掛了一抹帶點邪氣的笑容，眼睛盯著慧馨看了許久。

賀公公把兩人的反應都看在了眼裡，轉頭對慧馨說道：「謝司言，侯爺後日便要帶兵前往平江鎮，咱家這次還是要託妳多多照顧侯爺，不只是侯爺生活上的事要託付給妳，大軍的糧草到時候也需要妳我來協調，侯爺在前方領兵打仗，後方就靠妳了……」

慧馨看了看賀公公，對他的用意心領神會。

南平侯則不知何意地看著慧馨笑了，他喝了一口碗裡的湯，忽然跟賀公公說道：「這湯好喝，謝司言手藝不錯，有她跟在本侯身邊，本爺確實有福氣了……」

這一夜慧馨回了自個的營帳，自從到了滬城，這是南平侯頭一次晚上睡在自個的營帳裡。賀公公囑咐慧馨明日早些起來，他們要去準備隨軍的糧草。

待大軍出發之日，今冬的第一場雪早就停了，路面上只留有薄薄的一層積雪，雖然太陽重新露了出來，但是積雪消融之時格外寒冷。

這次只有慧馨一行人坐在馬車裡，她在大軍的後面負責押運隨軍糧草，南平侯則騎馬在前頭帶著大軍快速前進。

平江鎮原本離滬城有兩天的車程，南平侯帶著大軍一路不停歇，在第二天早上便到達了平江鎮。慧馨他們運糧草的隊伍稍慢一點，但也在中午之前抵達大軍紮營的地方。士兵們已經把營帳紮了起來，就等著糧草隊伍到了好開飯。

慧馨把糧草和看守糧草的人安排好，才去找南平侯。南平侯這邊正等著她，「滬城那邊的暗哨剛送來消息，妳那個丫鬟在跟江寧那邊聯繫，賀公公好像想讓妳父親給妳二姊去信……」

慧馨聽了侯爺的話一愣，「讓父親給二姊寫信？為什麼，賀公公想幹什麼？」不會是陷害謝家吧？難道賀公公讓她和南平侯多接觸不是為了撮合他們，而是要陷害她？

「賀公公似乎想讓妳父親透過妳二姊，勸說漢王放棄造反，不過，我覺得事情不會這麼簡單……」南平侯沉吟了一下說道。

慧馨驚疑不定地想了一會，「……我二姊這個人的確很聽我父親的話，只是她有什麼能力去說服漢王？漢王都做到這個份兒上了，會聽一個女人家的嗎？」

「……我前天過江打探消息，在對面的郯城見到了漢王，他現在正帶人駐紮在那裡，他這次出征不只帶了士兵，還帶了家眷，漢王妃和妳二姊他們現下都在郯城。」

「你見到漢王？這也太危險了！他沒發現你吧？」慧馨忙焦急地抓著南平侯上下打量，有些埋怨地說道：「你竟然以身犯險，這麼危險的事有斥堠[1]在，又何必親自前往……」

南平侯看著慧馨一臉的焦急，張臂攬住她，「妳別著急，這是我最後一次做這種事，以後連戰場我都不會再上了。別對我這麼沒信心，當年我小時候參軍做的第一份差事便是斥堠。別說漢王了，就算永安帝在世也未必能發現我。」

慧馨嘆了口氣，「雖然我也知道不該阻撓你做事，不過想到你以身涉險，還是很擔心，真希望你只做運籌帷幄的大將軍就好了。」

南平侯親了慧馨額頭一口，轉移話題道：「瞧妳，光擔心我，也不關心一下妳二姊，她現在可正跟著漢王在河對面呢。」

【注釋】

①深入敵後負責偵察行動的人。

慧馨抬起頭來皺皺眉頭，迷惑地問道：「漢王怎麼會把女眷也帶到戰場來，拖家帶口的也不嫌麻煩？」

南平侯忽然哼了一聲，「他這是想學當年永安帝和許皇后一家並肩作戰的神話，當年永安帝被太祖派去背水一戰，許皇后帶著兩個兒子為永安帝守城，這可是大趙傳了幾十年的佳話，漢王妃出身戎馬家族，身上功夫和騎術以前在京城很出名，漢王這次讓漢王妃組建了一支娘子軍，專門為他穩定軍心，鎮守後方……」

【第二百五十七回】越江箭

「沒想到漢王這麼聰明，能想到這種辦法……」慧馨說道。

「娘子軍的主要成員是漢王屬下的家眷，這些人是變相的人質，這些下屬的家人捏在漢王手裡，阻斷了他們的退路，讓他們只能全心全意跟著他造反，這個方法雖是好的，不過……事情總是因人而異，畢竟這些家眷可不是一塊鐵板，弄不好反倒會擾亂軍心。」南平侯不知想到了什麼餿主意，眉頭邪氣地挑了挑。

「順江還有多久結冰？」慧馨問道。

「我估計大約再過十來天順江就會結冰，不過初期的冰層不夠厚，漢王的大軍還不能動，他可能會派小股軍隊過來騷擾，從今天開始大營巡邏守備會加強，郯城那邊我也會派人混進去，嚴防漢王的人偷渡過來搗亂。妳要待在我身邊，不要輕易出入營帳，更加不可離開大營。」南平侯囑咐道。

「我曉得厲害，以後跟你寸步不離了。」慧馨乾脆地點點頭。

南平侯在一邊跟將領們商議軍務，慧馨在裡面整理東西，不過仔細看就會發現，慧馨的耳朵一直都朝著侯爺的方向。

慧馨偷聽了一會侯爺跟手下將領的交談，心下突然覺得想笑。沒想到侯爺這麼威嚴的人，打起仗來用的竟是詭兵之道。

話說漢王妃的那支娘子軍，雖然是夫人軍團，可是這些夫人們也是良莠不齊，漢王手下多為軍人，而這個年代大家閨秀和書香門第的女子都不屑嫁與武夫，所以這些夫人們大多出身市井或戎馬家族。這樣的女子有一個共同的缺點，就是沒有嚴格教養的小姐們「賢慧」。說白了，就是悍婦比較多。

南平侯去打探消息的時候，留了一部分人在郯城監視漢王及其屬下的動靜，聽說漢王他們現在都住在郯城知府的府邸裡，知府大人經常宴請漢王一群人。結果南平侯出了賊點子，要求留在郯城的人想點法子，把知府大人的小妾和女兒們跟漢王手下幾個老婆比較兇悍的將領送做堆。還要人假扮漢王的士兵在郯城裡搗亂，要把郯城搞得烏煙瘴氣。

話說回來，南平侯為了盡量不擾民，除了派去保護平江鎮的一千士兵外，其他人不經允許不得進入平江鎮地。不過漢王是要造反，當地官員的支持對他必不可少，佔領郯城便是必然，不過顯然那位郯城知府是漢王黨，郯城沒有進行任何抵抗就倒向了漢王一邊。雖然郯城知府是漢王黨，但郯城的其他官員就沒有怨言嗎？還有郯城的百姓就甘心嗎？南平侯派人去郯城搗亂，就是想讓郯城從內部先亂起來。

除了在郯城搗亂，南平侯還派人繞過郯城去漢王的封地散播謠言，漢王既然是打著懷疑泰康帝死因的旗子造反，那麼侯爺就把這瓢髒水還給漢王，不管怎麼說，漢王殺兄總比顧承志弑父更有說服力。

現在順江沿岸已經被封鎖，南平侯嚴令不許對岸任何人過江，軍營也實行封鎖，士兵們每天都要操練，無命令不得出軍營。任何漢王派來遊說的人一律不見，且直接斬殺祭旗。

對侯爺要求的最後一條，慧馨有些疑惑，不是說兩軍交戰不斬來使嗎？

侯爺事後跟慧馨解釋道：「所謂來使，大多是反間計的前奏，而且這不是兩國交戰，漢王是反賊，朝廷可以規勸他投降，沒有道理反賊倒過來勸朝廷投降。」

慧馨有些茫然，「你這樣做，漢王以後會不會嫉恨你？還是說你已經決定不讓漢王活到京城了？」

「漢王能不能活著到京城要看他自己的造化，賀公公可不是好對付的，我只要守著平江鎮不讓漢王攻打過來，剩下咱們就坐山觀虎鬥好了。我猜過幾天賀公公就會憋不住，他肯定要到對岸去探探虛實。」

「……那太皇太后那邊你要如何交代？」慧馨猶豫了一下說道。

南平侯臉色沉了沉，「太皇太后向來最是大局為重，漢王的下場估計沒人比她想得更清楚，真到那一天，她不見得會有怨言，皇上不會因漢王之事就疏遠她，她永遠都是大趙的太皇太后……」

慧馨趴在南平侯的胸前，手輕輕拍了拍侯爺的後背，侯爺對太皇太后是有怨言的吧，許家為了太皇太后失去了太多……

過了幾日，氣溫越來越低，南平侯帶人去巡視順江的結冰情況，見慧馨這幾日都只悶在軍營裡，便問道：「要不要跟我一起去看看順江？雖然外面沒有什麼美景，但出去活動一下對身體好。」

慧馨聽到可以出去走走，眼睛閃閃發亮，「只要不給你添麻煩，就帶我一起吧。」

南平侯拿了慧馨的斗篷給她繫上，又拿出一條白狐圍脖給她繫上。慧馨摸摸新圍脖，這肯定是侯爺一早就給她準備的。

南平侯看著慧馨欣喜的樣子，笑著說道：「這是我以前在羌斥獵到的，倒是很湊巧，這條白狐渾身上下沒一絲雜毛，襯妳正合適。」

慧馨摸了摸脖子上的滑順，笑說道：「下回我要跟你一起去打獵。」

營帳外寒風凜冽，尤其是順江颳起的江風更是寒徹刺骨，慧馨攏了攏身上的斗篷。

慧馨身上的斗篷她自個特別加工過，為了禦寒和防雨雪，她在原來的斗篷外面加了一層油布，油布的防風性能比布料好多了。原本慧馨也要幫侯爺修改斗篷，可是她發現侯爺根本不像她一樣怕冷，冷冰的夜裡侯爺身上也像暖爐一樣散發熱氣，她便放棄了這個念頭。侯爺威武，慧馨也不願破壞他在軍士們心中的形象，畢竟加了油布的斗篷美觀性差了很多。

❈

南平侯他們在江這邊巡視，對面貌似也有人在巡視，慧馨放眼望去，對面一團人影湊在一起，被圍在中間的人看不清面容，不知是不是漢王。

南平侯看了對面一眼哼了一聲，江面寬廣，即使大家面對面，也做不了什麼。慧馨跟在侯爺身邊，南平侯摸了摸江邊土壤上凍的情況，又投了一塊石頭觀察江面的反應。

慧馨正看著侯爺忙碌，忽然江對面爆出一陣哄笑，他倆一致抬頭往對面望去。

只見對面岸上一群人正用竹竿挑了一杆旗子，旗子上掛著一件鮮紅的超大版褲衩，在褲衩的襠部寫著大大的一個黑色的許字。

慧馨忙轉頭看向南平侯，只見侯爺瞇了瞇眼哼了一聲：「找死，取我的金烈弓來！」

南平侯接過侍衛遞上的弓箭翻身上馬，這把金烈弓聽說是當年穆國公用過的，材料慧馨看不懂，不過這把弓的個頭足比普通的弓箭大了三四倍，還有侯爺背後箭筒裡的箭羽也比一般的箭羽不同，比普通的箭羽箭身更短，尾部的羽毛也很特別。

侯爺縱馬離江邊越來越遠，慧馨和侍衛都站在江邊盯著侯爺的身影。慧馨眼睛瞪得渾圓，侯爺遠去的背影同樣很威武啊。

侯爺從到遠處忽然調轉馬頭，縱馬向江邊飛馳而來，他的速度越來越快，左手握著金烈弓橫於胸前，右手摸向背後的箭筒。

人馬合一的身影離江邊越來越近，南平侯已經做出了瞄準的姿勢，雙目緊盯著江對面的一點。

忽然南平侯一夾馬腹，他胯下的馬匹受了刺激一躍而起飛向空中，就在馬匹到達空中最高點的時侯，侯爺手中的箭射向了江對面。

慧馨屏住了呼吸，眼睛緊盯著侯爺射出的箭看向江對面。江對面的人大約以為侯爺的箭肯定越不過江，即使過了江也不會有什麼殺傷力，所以都在圍著那竿旗子哄笑。

慧馨本以為侯爺的目標是對面在江邊跳來跳去，離得最近的那個執旗士兵，可是侯爺的箭越過了那名士兵，直直地射中了他後面的那個人。

只見對面忽然一陣慌亂，遠處的士兵把巡視的官員團團圍了中間，那名中箭倒下的人正是剛才被一群人圍在中間的那位，這位可憐人是漢王十分倚重的一位謀士，本來他想戲弄對面的南平侯，沒想到竟被侯爺一記越江箭直接射死了。

南平侯這邊的人自然是一陣歡呼，侯爺坐在馬上傲視著對面。江對面的人都被嚇壞了，一陣兵荒馬亂中，一群人就抬著那位已經死翹翹的謀士跑了。

慧馨用戴著手套的兩隻手捂著臉頰，兩眼冒星星看著侯爺的背影。侯爺這邊的兵士們都指著對江笑得前仰後合，就連剛才拿旗子的士兵，老早也丟了旗杆，跟著一群人灰溜溜的不見了。

南平侯翻身下馬，把弓箭和馬匹交給旁邊的侍衛，臉色不改地繼續巡視江面。所謂寵辱不驚，不動如山便是侯爺這樣吧，慧馨如是想到。

大約是感覺到了慧馨熱烈的目光，南平侯忽然轉身對著慧馨微微笑了一下，接收到「電擊」的慧馨，心下尖叫一片。

【第二百五十八回】

江對岸來人

木槿在屋裡走來走去，昏黃燈光照著她亂雜而焦急的腳步。前幾天，賀公公讓她寫了信給謝老爺，也不知通過什麼途徑把信送去了江寧，今天公公跟他說謝老爺的回信應該今晚就到了。而賀公公也說明晚他們要偷渡順江，二小姐現在正跟著漢王在江對面的郯城。可是現在都已經過子時了，老爺的回信還沒有到，她怎能不焦急呢。

自從那天她去找過賀公公後，就再沒見過慧馨了，雖然那天慧馨說的話她聽進去了不少，但是她這幾年在京城謝府其實日子過得清閒又安穩，除了擔心自個的婚姻大事，謹慎和小心翼翼早就被時間磨沒了。

木槿這幾天跟著賀公公住在滬城城守的府邸裡，城守府的人對她倒是很客氣，大概他們也把她當成宮裡來的女官之類的。木槿心裡頭有點小得意，她從小就做丫鬟，現在不但不用伺候別人，城守府還派了幾個丫鬟伺候她。

洛統領剛收到江寧傳來的信，正拿著信往賀公公的房間走，路過木槿的房間，見裡頭還亮著燈，搖了搖頭。待他把信交給賀公公後，見木槿屋子窗戶上的人影還在晃來晃去，嘆了口氣，敲了敲木槿的門。

木槿打開門見是洛統領在外面，忙羞紅著臉行禮。洛統領不在意地擺擺手，「木槿姑娘不用多禮，在下已經把江寧那邊的回信交給賀公公了，姑娘可以放心休息了。」

「洛統領，老爺信上可說了什麼？」木槿聽到信已經到了，便心急地想知道信上的內容。

洛統領抬頭看了木槿一眼，心下一嘆，這個丫鬟太不懂事了，一點都不像謝司言，「信在賀公公手上，公公自然會處理，姑娘還是早些歇息吧，有些事不是妳該打聽的。」

木槿被洛統領說得一愣，賀公公找她跟謝家聯繫，老爺的回信不應該讓她知道嗎？洛統領這話怎麼好像她跟這事無關似地？

木槿回過神來正想繼續追問，卻發現洛統領早已離去。她迷迷茫茫地關了門，走回屋裡坐在床上發起呆來……

次日，賀公公一行喬裝後往順江趕，平江鎮附近的江面已經封鎖，但平江鎮北方有一座山，山崖有一座簡易吊橋可通往對岸。

這座吊橋是山上的農人為了來往方便而建，不過因為比較簡易，每次通過的人數有限。南平侯最近派往對岸的人就是從這裡過江，為了防止漢王的人從這裡過江，侯爺還專門在山上的村莊派了五百士兵駐守。所以當賀公公一行偷偷摸摸過橋後，南平侯那邊就得到了消息。

木槿現在很痛苦，她不會騎馬，為了快速趕路，賀公公竟然直接把她打暈了綁在馬上，到了吊橋才把她弄醒，因著吊橋腐朽得太厲害，連賀公公也不敢直接把她拎過去，所以她只能清醒著自個過橋。

在賀公公的威逼下，木槿顫抖地走過了吊橋，這個丫頭被嚇得滿臉的淚，可惜沒有任何人對她憐香惜玉。待眾人都過了橋，賀公公再次二話不說，又把木槿打暈了綁上馬。

木槿再次醒來時，已經是在一間屋子裡，回想起今天在過橋時賀公公的兇狠，她一頭栽進床上的被褥裡痛哭一場，也許真像小姐說的那樣，她沒法活著回去了。直到哭得上氣不接下氣，木槿才抬起頭來，既然已經跟小姐攤了牌她就沒有退路了，小姐肯定不會再護著她，她也只好配合賀公公，讓賀公公滿意才行。

木槿哭過一場起身梳洗了一下，推開門出去覓食，她已經一天一夜沒吃東西了。木槿發現他們竟然住在一個小院子裡，她原本以為會住客棧之類的地方，沒想到賀公公能在漢王的地盤上找到一座小戶人家的院子供他們暫住。

木槿一出門就被守在院裡的侍衛帶到賀公公面前，賀公公和顏悅色地跟木槿說道：「姑娘醒了，我們一路趕得急，非常時期非常手段，妳不會怪咱家太粗魯吧。」

看著賀公公帶笑的眉目，木槿心下一抖，強忍了懼意說道：「是奴婢沒用，拖累公公。」

賀公公點了點頭，「姑娘是從江寧跟著謝司言到京城，想來已經認得謝側妃吧，不知謝側妃認不認妳呢？」

「回公公，奴婢在江寧的時候就是七小姐的貼身丫鬟，不論是外出還是在府裡頭，奴婢都是不離七小姐身邊，後來在京城奴婢也陪七小姐去過幾次漢王府，想來謝側妃應該還記得奴婢……」木槿戰戰兢兢地說道。

「那就好，待我們跟謝側妃聯繫上，還要勞煩姑娘幫咱家給謝側妃傳遞消息……」

❦

平江鎮外的軍營裡，慧馨正皺著眉頭坐在南平侯下首，在他們對面正有一位侍衛在稟報，「……屬下等在山上就把這些人控制住了，原本想按軍令直接斬首，可是其中有個女扮男裝的女子聲稱是謝司言的家人，屬下不敢做主，便趕來跟侯爺和司言稟報，那幾個人現在都留在山上的莊子裡，屬下找了可靠的人看守著。」

慧馨看了南平侯一眼不知該怎麼辦，是慧嘉派人來找她？南平侯能得到漢王在郯城的消息，漢王那邊知道她做了監軍也是自然。

「可有問那女子的名字？」南平侯發問道。

「她自稱金蕊。」

慧馨嘆了口氣跟南平侯說道：「……金蕊是我二姊的陪嫁丫鬟。」

南平侯沉吟了一會說道：「我陪妳過去看一下吧，總要見到人才知道為的何事，不用擔心，不

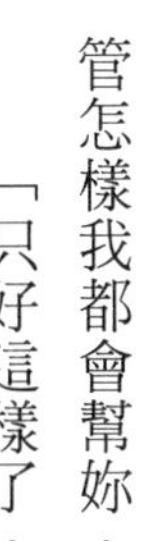

管怎樣我都會幫妳。」

「只好這樣了。」慧馨又嘆了口氣。

坐在馬車裡，南平侯看著慧馨一副愁眉不展的模樣，摸了摸她的臉頰，「別這麼發愁，還沒見到人呢，大不了不搭理他們就是，嫁雞隨雞嫁狗隨狗，妳幫不了妳二姊，再說她對妳又不見得有多好，何必替為難妳的人皺眉。」

「哎，我不是替二姊發愁，我是發愁她怎麼就不能當我不存在呢，大家各安各事多好，何必陰魂不散地擾人不得清靜。」慧馨是真愁啊……

南平侯笑著捏了捏慧馨的臉頰，「原來妳是個沒良心的，我還以為妳是真擔心。」

慧馨搖了搖頭，「我早就想開了，有些事有些人不是我能控制，我二姊的路得她自個走，我不會害她，可也不會為了幫她就委屈自己。」

南平侯輕撫著慧馨的髮絲，「這樣才對，妳的姊姊不是妳的責任，妳的責任是過好妳的日子……」

南平侯帶著慧馨進了一間空屋，侍衛把金蕊帶了進來。

慧馨打量了一會萎坐在地上的女子，雖然女子穿著粗布男裝，她還是認出了這女子就是金蕊。

「給她鬆綁吧，還有她嘴裡的東西也取出來。」慧馨跟侍衛說道。

金蕊的嘴巴一得了空，便巴著慧馨哭訴了起來：「七小姐，奴婢可見到您了……」

慧馨尷尬地把金蕊綁住的手抽了出來，遞了塊帕子給金蕊，「……擦擦吧。」

「謝七小姐，奴婢逾矩了。」金蕊哭了一會便緩過來，紅著臉用衣袖摸了摸臉。

慧馨等金蕊平靜一會，才開口問道：「金蕊，妳為何會在這裡？」

金蕊聽了慧馨的問話沒有直接回答，而是看了看南平侯和旁邊的侍衛。

慧馨心知她的意思，卻不能讓她如意，「妳就在這說吧，不用迴避侯爺。」

「這……七小姐，奴婢出來的時候二小姐叮囑我要跟您單獨說話……」金蕊猶豫地說道。

「金蕊，妳是個聰明的丫鬟，現在是什麼狀況妳應該看得明白，要麼妳就在這裡當著侯爺的面說，要麼妳就沒機會說了。」

金蕊看看慧馨，她知道慧嘉跟慧馨之間有些不愉快，本來慧嘉交給她這個差事她就有些擔心，而且南平侯是此次的討逆大將軍，帶兵來打漢王，慧馨雖是宮裡的女官，可也沒膽子當著南平侯的面搞小動作，說白了她現在是落在南平侯的手裡，生死也是由侯爺做主，而不是慧馨。

金蕊又看了一眼南平侯，終是慢慢地從懷裡掏出一封信遞給慧馨，「七小姐，這是二小姐叫奴婢帶給您的信。」

慧馨接過信看了看，信封被紅蠟封著，封面上寫著「慧馨親啟」，確是慧嘉的字跡，「除了這封信，二姊還有其他的話要妳帶給我？」

金蕊搖了搖頭，「二小姐說七小姐看了信自然會知曉她的意思……」

慧馨正要把信口撕開，卻被身旁的南平侯阻了，南平侯拿過慧馨手裡的信交給旁邊的侍衛，侍衛接了信走開幾步，他從懷裡掏出個瓷瓶，把裡面的藥水在手上塗了後這才把信封拆開。

信封裡面是另一封信，侍衛捧著裡面的那封信呈到南平侯面前，只見信封上寫著「南平侯親啟」。

南平侯並未接過信，只抬眼仔細看了看，「是漢王的筆跡……信封裡除了這封內信，再無其他東西了嗎？」

那名侍衛把最外層的信封抖了抖，裡面的確除了一封漢王給南平侯的信之外再無他物。

慧馨眼神暗了暗，慧嘉這是在替漢王傳信了，她就沒想過被利用的金蕊和慧馨會有什麼下場嗎？

南平侯沒有看那封漢王的信，而是直接讓人把信燒了。至於金蕊則交給了慧馨處置，慧馨看了看安靜跪在地上不敢抬頭的金蕊，嘆了口氣說道：「把她跟那幾個同來的人分開關起來吧，待戰事結束了再派人送妳回江寧，金蕊，妳老實聽話地待在這裡才能活命……」

南平侯看了一眼金蕊，跟旁邊的侍衛說道：「除了丫鬟，其他人不用留了，直接處理掉吧！」

金蕊聽南平侯獨留了她的命，心知這都是託了七小姐的面子，忙給慧馨磕了三個響頭。金蕊這些年跟著慧嘉在漢王府，人情冷暖不知受了多少，她可不像木槿一樣認不清現實，雖然要被關起來，總比被南平侯拉去砍腦袋強多了……

❋

十日後，慧馨在侍衛的保護下往平江鎮視察民情，在四天前的一個深夜，順江結冰，南平侯連

【第二百五十九回】逃亡

夜帶了兩萬士兵突擊過江，在漢王還沒反應過來的時候，打了他一個措手不及。如今朝廷的軍隊已經打過順江，滬城軍營昨日也派出了五萬將士渡江，聽說侯爺要帶著七萬將士一鼓作氣直接打到漢王的封地去。

傳聞這次漢王軍隊節節敗退，跟那天侯爺射死的謀士有關。那人似乎非常得漢王倚重，而且家族在漢王封地也是舉足輕重的貴族，只因他性格孤僻，不願在朝為官，才做了漢王的謀士，漢王似乎才剛把自己的女兒許配給他。沒想到在最關鍵的時候，這人一腔抱負還沒實現，就被南平侯一箭給射死。本來一個很出色的人物，就這麼窩囊憋屈令人大吃一驚地死了。這就是造化弄人吧……

因著此人的身分，他的死動搖了漢王背後幾個大家族的利益，畢竟這些家族支援漢王造反沒有足夠的利益是不會動心的。內部糾紛導致漢王軍隊糧草供應斷絕，聽說連武器軍服都出了問題。

南平侯自然不會放過這麼好的機會，乘勝追擊把漢王打得落花流水，慧馨估計最多一個月侯爺就可以攻到漢王的老巢了。

南平侯這次率軍出去是作戰，所以沒有把慧馨帶在身邊，而是留下她守著後方。而前天賀公公派人給慧馨送了一封信函，把大軍糧草督運的事情全交給了她處理，他則帶著洛統領一群人消失了。

南平侯臨出發前，調了一隊侍衛專門保護慧馨，慧馨每日除了處理軍務之外，還要巡視平江鎮。

自從戰爭開打後，離戰場比較近的地方都有民不聊生的趨勢，往日收斂的強盜土匪也都冒了出來，有些甚至打著軍隊的旗號搜刮民財。因此慧馨才每日都要到平江鎮視察，還安排留守的士兵在附近地區巡邏。

由於順江已經結冰，有不少難民和做生意被困在對岸的商人，都趁這個機會逃了過來，慧馨讓人在平江鎮南方建了一個難民營，渡江過來的人暫時都安置在那。為怕有漢王的人混在裡面，慧馨派了士兵，日夜不間斷在難民營中巡邏，所有進入難民營的人都要登記造冊，食物和衣服之類的物品也要本人親自領取。

申請難民救濟賑款的摺子她已經命人送進京城。為了保證前方軍隊的糧草供應，難民的食物一點都沒有動用軍隊的糧草。但是為了難民安置所需各項物資，慧馨把周邊的富戶集中起來做了一次思想教育，平江鎮附近的大家族紛紛慷慨解囊，資助朝廷安置難民，慧馨還從這些富戶家中挑選了一兩名子弟來幫她處理難民的事務。

這些事情，慧馨都一五一十地寫進了呈給顧承志的摺子裡，包括各家所出物資、銀錢數目和參與安置工作的各家子弟姓名。在摺子寫好後，慧馨又專門把各家族有名望的老人請到她那，把摺子給他們傳閱後，當著面派人將摺子送進京。

這些家族的人見慧馨果然兌現了她的承諾，在資助上就更加慷慨了。要知道這些人家雖然富有，可現在的大趙還沒有腐敗到可以用錢買官的地步，也就是說很多有錢人可能非常有錢，卻一輩子也只能做個商戶。慧馨此舉確實給了他們機會，讓他們的家族被皇帝知曉，他們的子弟為朝廷效力。而且慧馨向他們承諾，待戰事結束，她會專門上摺子為他們向皇帝請功。到時候，就算不能給他們封官，家族得個牌匾卻是肯定的。

慧馨定了難民安置的大方針後，就把這部分事情交給當地的那些大家子弟去處理，她只隔三差五去難民營巡視一下就好。她的工作重心還是在軍務上，兩軍交戰，後勤補給是大事，沒瞧見漢王那邊後方一出事，前方就潰不成軍了。

忙完一天的事務，慧馨獨自在營帳裡歇息，每到一個人獨處的時候，她就會格外想念侯爺。營帳中央的火盆燒得旺旺的，照亮了整個帳篷，慧馨面前的案几上放著紙筆，漢王已經造反了，她再也不需要隱藏畫技了吧。

為解相思，從南平侯出征後，慧馨每到夜裡就作畫，每一副畫都是侯爺留在她心底的身影，今日她想要畫那日南平侯射出越江箭，騰躍在空中的身姿。原來為一個人心動，他的一點一滴都讓人無法忘懷。

❋

漢王大軍不斷後撤，從交戰至今一場也沒勝，加上被南平侯步步進逼，聲勢大落。誰能想到那天無厘頭的鬧劇，成了兵敗如山倒的引子。

帶著家眷穩定軍心的目的現在也泡湯了，大軍只能一路撤退，娘子軍們完全成了撤退時候的累贅。平日裡能揮舞一下拳腳騎騎馬，不代表真能上戰場打仗。可漢王又不能直接丟棄這些家眷，還要分出兵力來保護她們。原本挺好的點子，現在成了搬起石頭砸自己的腳。

慧嘉已經筋疲力盡，連著在雪天裡騎馬趕路，她本來身子就不像漢王妃她們強壯，馬術也不如她們，這幾天能強撐著不掉隊，她已是身心俱疲。自從那天漢王決定撤退，漢王妃就帶著一眾女眷在士兵的保護下，提前往封地撤離。

終於撐到了紮營點，慧嘉已沒力氣下馬，身子一歪就從馬上摔了下來。幸好當時馬已經停下，雖然慧嘉摔得後背有些痛，但沒有受什麼傷。

慧嘉撐著身子從地上爬起來，周圍的僕從沒有一個上來幫她。金蕊被她派出去替漢王送信，出去後就杳無音信了，而她的陪嫁丫鬟這次跟她一起出來的只剩金竺，只是金竺畢竟是下人，不能騎馬更沒有馬車可坐，只能跟著下人的隊伍跑步跟著她們。在這幾天裡，不斷的有人因體力不支而掉隊，金竺今日能不能到達紮營點都還是個未知數。

漢王幾次要慧嘉幫她辦事，慧嘉都沒有做成，自是對她很不滿，連帶著漢王府的下人都對她視而不見。

慧嘉沒說什麼只默默把馬匹拴好，進了自個的帳篷，沒有丫鬟伺候自個動手梳洗了一下。

過了一會，漢王妃帶人過來給慧嘉送飯，看著慧嘉憔悴的面容，漢王妃只寒暄幾句便走了。現在大家一起逃命，將來能不能活著還不知道，何必還要互相為難呢。

慧嘉很累，累得一點胃口也沒有，但她還是強迫自己吃了點東西，明天一早還要繼續趕路，不吃東西她會撐不下去。

因為是臨時紮營，營帳很小也很簡陋，沒有床鋪，只有士兵幫她們堆的草垛。寒冬的夜裡沒有被子也沒有火盆，慧嘉哆嗦著躺在草垛上默默地流淚，說不害怕那是假的，長這麼大她還是第一次吃這麼多苦。

雖然身體很累，但慧嘉卻難以入睡，寒冷不斷侵襲著她的身體，她渾身顫慄著。除了身體的折磨，她的心靈也在承受打擊。慧嘉掛念著金竺，若是今晚金竺沒有趕上隊伍該怎麼辦？隨著時間的推移，她忍不住胡思亂想，一會覺得金竺因體力不支倒在路邊找不到跟上來的路，一會覺得金竺被往日她們得罪的人陷害死在了路上，一會又覺得金竺吃不得苦偷偷離開隊伍逃跑了……

猛然間聽到營帳門口似乎有聲音，慧嘉忙從草垛上爬起來，幾步衝到了門口，看到站在門外的金竺，慧嘉鬆了一口氣，金竺沒有死也沒有逃跑，她終於跟上了隊伍。

慧嘉拉著金竺進了營帳，此時的金竺非常狼狽，衣服髮髻髒亂不堪，身上的首飾也不見蹤影。不用問，慧嘉也能猜出金竺肯定吃了不少苦。

「側妃，奴婢身上髒，別弄髒了您……」金竺被慧嘉拉著手，頗有些不自在。她這兩天沒吃沒喝，不敢休息不敢睡，就怕哪天睜開眼睛發現只有自個一個人了。慧嘉失寵，漢王府的下人們落井下石，連側妃他們都不聞不問，更何況她只是側妃的陪嫁丫鬟。為了討好一路上同行的人，金竺把身上所有的首飾銀錢都送人了，連分配給她的飯食她也沒敢吃，全給了別人，這才保住小命勉強跟上了隊。

「別說了，什麼都別說了，還活著就好……」慧嘉的聲音有些哽咽，都這種時候了，那些虛禮她早就不計較了，「我給妳留了點水，不過是涼的，將就著洗一下吧，妳還沒吃東西吧，我留了吃的給妳……」

金竺就著冰冷的涼水梳洗了一下，坐在旁邊吃了慧嘉留給她的剩飯，忍不住紅了眼眶。這些吃的是慧嘉從自個飯菜裡省下來的，這一路逃亡哪能吃上什麼好的，連她這個側妃也只能吃乾糧，能有一碟鹹菜已經是特殊待遇了。幸好漢王妃並未克扣慧嘉的口糧，給了她三塊乾糧，慧嘉逼著自個吃了一塊，剩了兩塊留給金竺。

金竺就著冷水吃了一塊乾糧，剩下的一塊她捨不得吃，明天她們要繼續趕路，她還是要跟著下人的隊伍跑步逃命，估計到時候還是沒有她吃的份。

慧嘉見金竺只吃了一塊乾糧就不吃了，忙說道：「快吃吧，這一塊也吃了吧，我怎麼說都是側妃，王妃那邊這一路對我也算照顧，飯食上從未短過我，妳放心把這塊也吃了吧。」

「側妃，這塊乾糧……」金竺猶豫著開口道：「奴婢想留著明日再吃……」

慧嘉聽了金竺的話愣了一下，但她不笨，很快就反應過來金竺的意思，心下更加難過，對著金竺默默點了點頭。

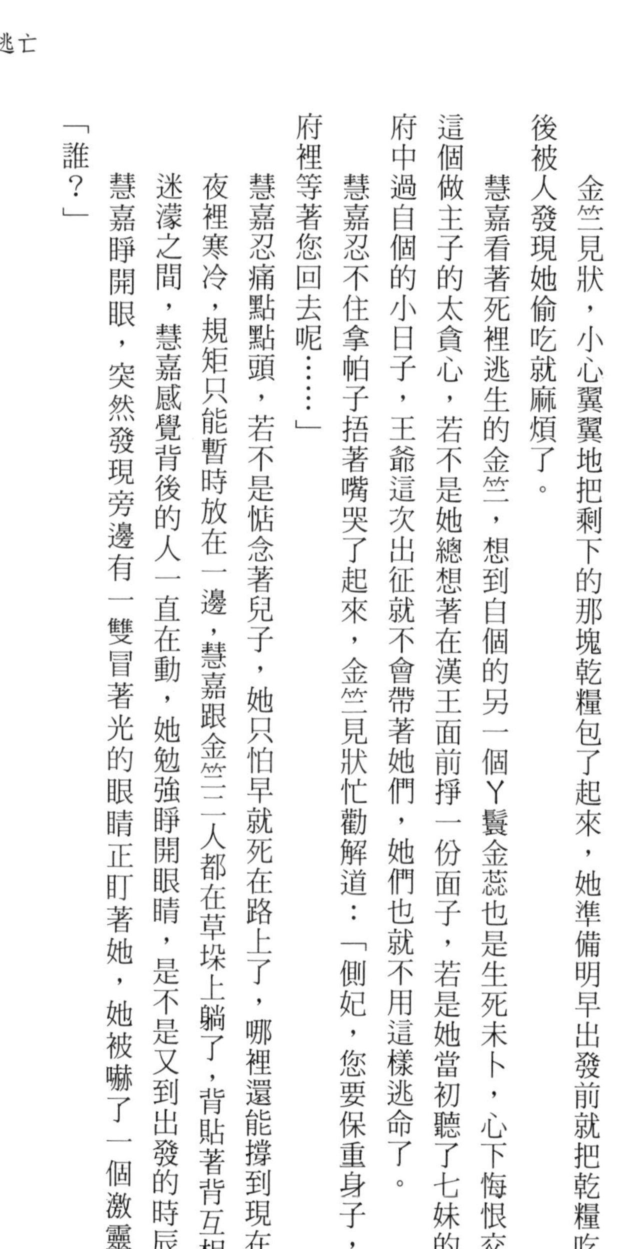

金竺見狀，小心翼翼地把剩下的那塊乾糧包了起來，她準備明早出發前就把乾糧吃掉，上路以後被人發現她偷吃就麻煩了。

慧嘉看著死裡逃生的金竺，想到自個的另一個丫鬟金蕊也是生死未卜，心下悔恨交加，都怪她這個做主子的太貪心，若不是她總想著在漢王面前掙一份面子，若是她當初聽了七妹的話，只留在府中過自個的小日子，王爺這次出征就不會帶著她們，她們也就不用這樣逃命了。

慧嘉忍不住拿帕子捂著嘴哭了起來，金竺見狀忙勸解道：「側妃，您要保重身子，小少爺還在府裡等著您回去呢……」

慧嘉忍痛點點頭，若不是惦念著兒子，她只怕早就死在路上了，哪裡還能撐到現在。

夜裡寒冷，規矩只能暫時放在一邊，慧嘉跟金竺二人都在草垛上躺了，背貼著背互相汲取溫暖。

迷濛之間，慧嘉感覺背後的人一直在動，她勉強睜開眼睛，是不是又到出發的時辰了？

慧嘉睜開眼，突然發現旁邊有一雙冒著光的眼睛正盯著她，她被嚇了一個激靈，驚叫道：

「誰？」

【第二百六十回】謀害

木槿見慧嘉驚叫，忙捂了她嘴，「二小姐，是我，我是七小姐身邊的木槿，七小姐讓我來看妳了……」木槿怕慧嘉再叫，忙把慧馨搬了出來。

「妳……」慧嘉睜了睜眼，眼前的人的確有些眼熟，「妳怎麼會在這裡？」

「老爺太太聽說漢王造反後，擔心二小姐的安危，就趁七小姐做監軍的機會讓奴婢一起跟了過來，七小姐不方便過來見您，就讓奴婢來了。」木槿撒謊道。

「這麼說七妹見到金蕊了，她可曾見到了那封信，她……她有沒有怪我？金蕊呢，金蕊有沒有跟妳一起回來？」慧嘉拉著木槿問道。

木槿被慧嘉問得一愣，她這段時間都跟著賀公公，並不知曉金蕊去找慧馨的事情，不過看慧嘉如此著急，便繼續撒謊道：「……信的事情小姐沒跟奴婢講，不過金蕊姊姊奴婢倒是見到了，因著奴婢要出來，小姐便把金蕊姊姊留在身邊伺候了，所以她才沒跟奴婢一起過來。」

「留在身邊了？那也好，留在七妹身邊倒比跟著我好……」慧嘉心神不穩，乍見木槿也沒多思量，原本以為金蕊多半凶多吉少，如今聽了她還活著，倒是欣慰多些，也沒細想木槿這番說辭是否合理。

木槿這次出來時間不多，賀公公把她帶過來只是讓她先跟慧嘉混個臉熟，後事還要徐徐圖之。木槿又安慰了慧嘉幾句便要告辭，慧嘉見木槿要走忙問道：「這個……金竺她沒事吧？」

慧嘉跟木槿說了這半天話，金竺都沒有醒來，她以為是金竺太累了。

「二小姐不用擔心，剛才公公說金竺太累了，所以點了她睡穴讓她可以好好休息一下，明日一早她自己會醒的。」

慧嘉看了一眼昏睡的金竺，猶豫著說道：「你們路上能不能照顧她，她沒有馬匹，只能跟著下人一起跑步，我現在……漢王府的人對她不好，我怕她撐不到繁城。」

繁城是他們下一個駐紮點，聽漢王妃說要在那裡重整軍隊，與漢王會合。剛才木槿跟她說，帶木槿過來找她的人跟了她們一路了，他們會繼續混在隊伍裡保護她，所以慧嘉便想讓她照顧一下金竺。她好歹還有側妃的名頭在身，又有馬匹可騎，雖然苦了點，總能撐到繁城。可金竺卻不一定能活下來，若是金竺不在，她身邊就再沒人了。她現在空有漢王側妃的名頭，卻還要外人來保護她的丫鬟。

「二小姐放心，奴婢會把話帶到，您自個要保重，我們雖然可以保護您，可是因著有漢王府的眼線，他們不能在明處幫您……」這幾天慧嘉的遭遇木槿都聽賀公公說了，二小姐能挺過來也算命大了。

木槿出了慧嘉的營帳，門口有兩個穿著黑衣的人正等著她，她對著其中一個人點了點頭，兩個黑衣人便帶著她消失在夜色中。

慧馨皺著眉看著右手的戰報，南平侯大勝，漢王退守繁城，南平侯並未繼續追擊，而是在離繁城最近的穀鎮休整。

慧馨又看了看左手南平侯派人給她的密信，上面說賀公公突然發信給南平侯，求他寬限六日攻城，南平侯已經答應了。

慧馨皺皺眉頭，她懷疑賀公公是不是會趁這六天去刺殺漢王，木槿還跟在賀公公身邊，他會不會利用木槿去做這件事？不過侯爺已經同意了賀公公的請求，木槿那邊也就只能自求多福了……

慧馨起身取了斗篷走出營帳，她要再去看一下糧草的情況。她準備跟隨糧草隊伍將這批糧草運去穀鎮。

糧草已經裝上馬車，士兵們在做最後檢查，明天一早就要出發。

慧馨上前跟帶領士兵檢查馬車的幾位將領行禮，這幾位將領都是南平侯特意留下協助慧馨，大多都是以前跟過南平侯打仗的人，其中還有幾位是南平侯的家將。

慧馨跟幾位將領寒暄了幾句便說起了軍事，幾位將領對慧馨都是畢恭畢敬，並未因慧馨是女子而不服。一來南平侯臨行前特意囑咐過他們，二來這段時間慧馨把軍務處理得井井有條，難民安置也做得很好，慧馨又不像那些嬌滴滴的千金小姐令人厭煩，所以他們對慧馨都很敬服。

要跟慧馨一起護送糧草的將領留下來指揮士兵，其他要留守後方的將領，則跟著慧馨回營帳交接事務。把事情都安排好，慧馨便上床休息了，接下來的路程有她累的了，為了不耽誤大軍攻城，她必須要在停戰的六日內把糧草運到穀鎮。

五天後，慧馨一行人風塵僕僕趕到穀鎮，為了快速行軍，大家晚上只能休息一個時辰，終於趕在最後一天到達。

看著疲倦消瘦的慧馨，南平侯心疼地先讓她回了營帳梳洗，接收交接等事務交給了下面的將領處理。待南平侯回到營帳，慧馨剛擦洗了手臉坐在案桌旁大口大口喝著熱湯。

慧馨見南平侯進了營帳，有些忸怩說道：「……可不可以給我多燒點熱水，我想沐浴一下，頭髮都打結了。」

南平侯笑著捏捏她的鼻子，「就知道妳愛乾淨，我剛才已經吩咐下去，給妳多燒些熱水，讓妳洗個夠。」

聽到有熱水澡可洗，慧馨心下舒爽不少，又緊接著捧起碗，喝了幾口熱湯。

南平侯搖頭嘆息一聲，「都教妳不要這麼心急了，非要把自個累成這樣，大軍的糧草足夠，又不等著妳救急，才離開我幾天，這臉就又瘦了。」

慧馨訕笑了兩聲，她也知道自己太過急進了，把自個和運送糧草的士兵都累得夠嗆，「我怕明日就要開戰，晚到會給你添亂，再說……我也想早點見到你。」

南平侯見慧馨一臉羞紅，笑著把她抱在懷裡，把她手裡的碗拿下來放在一旁，在她的額頭上親了親。

慧馨忙推拒著侯爺要撫摸她髮絲的手，「別別，還沒洗呢，好髒。」

南平侯裝模作樣在慧馨的髮頂嗅了嗅，眯著眼睛說道：「髒嗎？沒覺得，好像還挺香的。」

慧馨嘴角抽搐，侯爺這話說得太假了，「對了，這邊戰事如何，明天又要開打了嗎？」

侯爺眼光一閃搖了搖頭，「不，賀公公今日又親自過來找我，求我再寬限三日，我已答應他，最後再給他三天時間……」

「賀公公……他真要去刺殺漢王嗎？漢王本身武功高強，身邊又不離侍衛保護，他們幾個人如何能成？」

「具體他要怎麼做我不知道，不過這老傢伙很聰明，應該不會硬碰硬，他讓我拖了這些日子，多半是在計畫什麼才對。漢王雖然勇武，但他的手下並不是一塊鐵板，就看他這次叛亂，交戰一個來月他一場勝仗都沒打。多年都在朝廷謀算，盡顧著享福，現在後顧之憂又一堆，看來他少年時的英勇已經消磨不在了……」

「對了，我從京城出來前，皇上召見我，說是賀公公手上有一份密旨，還要我在緊要關頭協助賀公公，可到了軍營後，賀公公除了把木槿要走其他事情一概不同我講，你說，他會不會是有意避開我？或者他根本就在懷疑我？」想到臨行前皇帝和太皇太后的祝福，慧馨忽然有些擔心地說道。

太皇太后那邊她倒不是太擔心，畢竟有侯爺幫她頂著，而顧承志那邊就不好說了。

「他應該是有意不讓妳直接插手漢王之事，想來太皇太后找妳的事他應該知曉了，不過他既然把木槿要走了，也算是讓妳幫了他的忙。」

「木槿……你這邊還有她的消息嗎？」慧馨猶豫著問道，現在兩軍已經交戰多場，還要侯爺分心管她的丫鬟，她也有些不好意思了。

「我一直派人跟著賀公公他們，妳那個丫鬟一切都好，她幫著賀公公跟妳二姊聯繫上了……」南平侯說道，他其實心裡一直有個猜想，只是不想慧馨再為一個下人擔心，便沒有跟她提起。

「他們跟我二姊聯繫上了？賀公公想要利用我二姊對付漢王？」慧馨驚訝地說道。

南平侯嘆了口氣，慧馨果然聰慧，一點就透，「賀公公可能就是打著這個主意了，不過妳二姊會不會配合賀公公就要另說了，若是她肯配合賀公公，說不定事後還能得個活命的機會，若不然……」謀逆是誅族大罪，漢王身死，他的妻妾兒女多半也活不了。

慧馨心下一驚，若是慧嘉配合賀公公，那她可是要幫人謀害自己的老公，她兒子的父親，她真的下得了手嗎？若是慧嘉不配合……賀公公一再請求侯爺推遲攻城日期，很可能是事情已經有了眉目，不然他完全可以等侯爺抓住漢王之後，再祕密行事。不過若是漢王被抓後遭人害死，朝廷這邊在世人面前、在太皇太后跟前都不好交代。所以最好的解決方法，就是漢王被自己人害死……

【第二百六十一回】

毒殺

慧嘉看著手中的信函，眼神越來越震驚，這封是謝老爺寫給慧嘉的信，剛剛木槿才交到她手上。信中的內容，讓她既震驚又害怕。木槿把信交給她後就消失了，現在只有金竺在慧嘉身邊。

慧嘉心亂如麻，不知該如何是好。她把信遞給金竺，金竺猶豫著接過來，按說她只是奴婢，這種大事不該她參與，可現在慧嘉身邊只有她這一個心腹了，這件事慧嘉實在不敢一個人做，只得找金竺商量。

金竺看了信上的內容，嚇得跪在慧嘉的腿邊，慧嘉忙上前拉起她道：「妳這是幹什麼，我叫妳看是想妳幫我出個主意，妳倒比我還害怕……」

金竺嚇得哆嗦地說道：「小姐，這……這……謀害王爺……這……」

慧嘉趕緊捂上她的嘴，「別說出來，萬一被人聽到我們就死定了。」

「可是小姐……這……我們該怎麼辦啊？老爺要您……這要是王爺有個三長兩短，您和小少爺該怎麼辦？」金竺語無倫次地問道。

慧嘉皺了皺，眉恨恨地說道：「……這幾天王府裡的人是怎麼待我們的，妳還沒受夠？就算他成事了，只怕我們母子也沒福氣享受。再說，現在是什麼情況了，不但節節敗退，還被人逼到家門口，只要朝廷的軍隊攻破繁城，他們就可以直接打進漢王府邸，把整個王府燒成灰燼，到時候整個王府都要給他陪葬。謀逆啊，皇上不會放過漢王府的……」

金竺驚慌地依靠在慧嘉身上，心下不停地思索，小姐說的好像也對，王爺早就不再寵愛小姐，將來漢王稱帝，小姐和小少爺的日子只怕更難過，若是漢王兵敗，全王府的人都要被殺頭，只有現在趁這個機會。小姐若是能為朝廷立下功勞，不但可以保下自個的命，也許還能保下小少爺，等將來漢王不在了，小姐可以帶著他們回謝家。小姐是功臣，到哪裡都不會受委屈，只要保得命在，大不了將來再嫁便是。

「那……小姐，咱們要怎麼做呢，王爺身邊時刻有高手保護，咱們兩個又不會功夫，這……」金竺猶豫著問道。

慧嘉揉了揉額頭，她已經堅定心智要按謝老爺說的辦，她這樣決定不僅是為了自己，還是為了她的兒子和漢王府的其他人，只是具體的實施辦法她卻沒有頭緒，「我也不知該怎麼辦，待下次木槿過來，讓她幫我們問問那個賀公公，有沒有什麼好辦法吧……」

慧嘉跟金竺在屋裡頭商量著怎樣謀害漢王，突然房門被敲響了，主僕兩人都被嚇了一跳，大氣也不敢出抱作一團。

急促的敲門聲又咚咚地響起，顯然門外的人有些不耐煩了，慧嘉推推金竺示意她去開門，金竺壯著膽子一步一挪到門口打開門。

門外漢王妃不耐煩地看了看金竺，又側頭往屋裡看了看慧嘉，「……笨手笨腳，開個門也要這麼半天，妳們主僕倒是相稱，都是磨磨蹭蹭的性子，淨拖王爺後腿。」

慧嘉聽了漢王妃的話臉色有些陰沉，可她還是忍住了，面色不改地走到門口給漢王妃行禮，並請她進屋。

漢王妃不耐地搖了搖頭，「我不進去了，以為我跟妳一樣閒呢，我過來是告訴妳今晚把東西都收拾好，我們一早就回府邸去。我還得趕去通知其他妹妹，妳趕緊收拾，省得到時候丟三落四。」

慧嘉聽了一愣問道：「姊姊，咱們這就要回去了？那王爺呢，是跟咱們一起回府邸嗎？」

漢王妃瞪了慧嘉一眼說道：「王爺自然是要留下來守繁城，妳以為王爺像妳一樣不中用嗎？我懶得跟妳這種貪生怕死的人費口舌了……」說完，漢王妃便甩袖轉身帶著人走了。

慧嘉看著漢王妃的身影漸漸消失，自從她們跟著漢王駐紮在繁城後，她跟其他女眷關係就越來越差。因著已經開戰了，繁城裡到處是巡邏的士兵，能武的女眷們也都每日披掛上身，像漢王妃早就天天只著戰服，而像慧嘉這種手不能提的只能躲在屋子裡，女眷之間的差別是越來越明顯。

見漢王妃的身影再也看不見了，金竺慌忙關了門，慧嘉也不見了剛才的鎮定，慌張跟金竺問道：「怎麼辦？明天一早就要回府邸，木槿今日早上才來過，估計今天晚上她不會再過來了，這個消息也不知他們知道了沒有，若是時間趕不上可怎麼辦？」

金竺也是一籌莫展地說道：「咱們也沒辦法聯繫木槿他們，若是回了府邸，小姐再要動手可就沒有機會了。」

慧嘉頹然坐在椅子上，看著地面一籌莫展……

❋

木槿這邊也在心驚膽戰地熬著時辰，剛才賀公公跟她說計畫要提前，今晚他們要再去見二小姐。終於熬到了夜幕降臨，這次賀公公親自帶著木槿過來找慧嘉，之前木槿每天都會找機會過來看望慧嘉主僕，賀公公卻從來沒有出現在慧嘉面前，但這一次賀公公親自出馬了。

賀公公帶著木槿到慧嘉屋子的時候，裡面漆黑一片並沒有人。賀公公讓木槿老實待在屋裡，他則隻身出了房間。沒過一會，賀公公就回來了。

木槿偷瞄了幾眼賀公公，雖然室內昏暗，但她還是感覺到賀公公好像心情不錯。

待慧嘉和金竺回來的時候，差點被躲在屋裡的木槿和賀公公嚇個半死。人心虛的時候好像特別容易受到驚嚇，就像剛才慧嘉去找漢王要求獨自留下來陪他。當時漢王定定地看了她好久，嚇得她差點沒忍住要露餡。

今天下午，慧嘉和金竺在屋裡苦思對策，最後決定由慧嘉去向漢王獻殷勤，主動留下來陪漢王守城。反正她們要謀害漢王，朝廷的軍隊自然不會攻打過來，慧嘉留在繁城也不會有危險。而且只要漢王一死，戰爭就結束了。

因是頭次見面，賀公公先自我介紹了一番，這才跟慧嘉說起正事：「……二小姐深明大義，咱家在這裡代皇上謝過二小姐。」

慧嘉聽著賀公公已經改口喚她二小姐，眼光微微一閃，拿了帕子按了按眼角，「公公說的是，漢王雖是我夫君，可他造反叛國，為了大趙的黎民百姓我也不得不如此了。只是作為一個母親，我那苦命的孩兒還小，他能懂什麼呢？我實在不忍心他受王爺的牽連……」

賀公公聽著慧嘉的話，心知她是想保下自個的孩子，賀公公待慧嘉說完便直接向她保證道：「二小姐請放心，皇上一向仁慈，一個小小的孩童不會放在眼裡，咱家在這裡向您保證，只要事成，咱家馬上幫您把小少爺帶離漢王府，此後小少爺與漢王再無瓜葛。若是二小姐不放心，可以讓這位金竺姑娘明日同漢王妃一道回府邸，咱家會派人一直跟著她，一旦二小姐這邊事成，咱家便傳書給他們，立即將金竺姑娘和小少爺一起帶出來。」

慧嘉原本就有些不放心自己兒子，想讓金竺提前回府邸去，現在賀公公這麼說，她自然是千肯萬肯，慧嘉起身對著賀公公行了一禮，「……那就有勞公公了，我那苦命的孩子就拜託您照顧了。」

後顧之憂都解決了，賀公公從懷中掏出一個瓷瓶遞給慧嘉，「二小姐，這瓶藥液無色無嗅，您將它摻入漢王的飲食中便可，只是這毒藥入喉封血，您自個可要當心，不要沾到了。」

慧嘉顫抖著手接過那瓶毒藥，緊緊地攥在手中，「……我……我知道了。」

賀公公見慧嘉還有些呆愣，便又說道：「希望二小姐能儘快動手，南平侯那邊再有兩日就會攻打緊城了，若是二日後漢王還沒死，到時候兩軍就必然要交戰……」

慧嘉明白賀公公的意思，之前木槿來找她的時候就說過，朝廷大軍之所以一直按兵不動，是因為賀公公向南平侯請求多拖延幾日，若是在最後期限內她不能毒死漢王，朝廷的軍隊就會攻打緊城，到時候兩軍對戰必定死傷無數。

慧嘉堅定了一下信念，早死早超生，只要兒子沒事，就算讓她跟漢王同歸於盡也不怕……

次日天沒亮，慧嘉便帶著金竺去找漢王妃，將她昨晚得了漢王口頭允諾，留下她伺候的事跟漢王妃說了，然後把金竺交給漢王妃，讓金竺跟他們一起回府邸。

漢王妃皺著眉頭看了看慧嘉，「……沒想到妳竟有膽子留下陪著王爺，算我看走了眼，昨天那些話說錯了，既然妳自願留下，就對王爺身邊的事多上些心，天氣寒冷，別讓王爺受凍，吃喝都給王爺準備好，別再一副病懨懨的樣子拖累王爺。」

慧嘉恭敬地應了是，目送這漢王妃一群人離去。慧嘉默默地握手成拳，她已經沒有退路了。

【第二百六十二回】

殉葬

夜裡，慧馨剛剛上床，可這會她一點睡意也無，因著明天侯爺要去攻城，為了不打擾侯爺排兵佈陣，慧馨一早就回了自個的營帳，翻來覆去睡不著，只得拿了書看。

午夜時分，營帳外忽然喧譁了起來，慧馨愣了一愣，忙起身穿了衣裳，正要出營帳，南平侯卻先進來了。

「漢王暴斃，妳快收拾一起跟我過去，我帶人去接收俘虜，妳去看看妳姊姊，她還在漢王身邊……」南平侯語帶深意地說道。

漢王終於暴斃了嗎？是慧嘉下的手？慧馨不及多想便跟著南平侯往繁城去，慧嘉不知怎樣了？漢王突然暴斃，漢王的手下會不會對慧嘉不利……

繁城已經被朝廷的軍隊控制了，侯爺要去處理軍務不能陪著慧馨，便派了一隊士兵給她，慧馨詢問了好幾個人才找到漢王的房間。

漢王的房門口守著朝廷的士兵，慧馨拿了侯爺的牌子才被放入內。房間裡隱隱還有血腥氣息，不過漢王的屍身已經被賀公公派人帶走了，房間的地板也被沖洗過，只留了一點濕氣在。

屋子裡只有慧嘉一個人坐在椅子上發呆，連慧馨進了屋她也沒有反應。

慧馨不知該說什麼，見慧嘉一副出竅的樣子也不敢打擾，只輕手輕腳走到她旁邊坐下，握住慧嘉冰冷的雙手。

慧馨的心情有些複雜，於她而言，慧嘉所做之事其實是好的，漢王一死，南平侯便不需再帶兵決戰，而且慧嘉毒殺漢王的做法，也向顧承志證明了謝家的忠誠，這對慧馨而言，只有好處沒有害處。

可是這對整個謝家和慧嘉而言卻未必是件好事。毒殺漢王對皇家來說是見不得人的事，朝廷對外肯定不能公佈漢王是被毒殺的，他們肯定會找其他藉口來掩蓋這件事。那麼做為知情者和實施者，慧嘉的性命到底能不能保住還不好說，還有木槿，這個丫頭一直沒看到，不知被賀公公弄去哪裡了……

良久，慧嘉忽然扭頭看了看慧馨，不知她想起了什麼，突然拉著慧馨的手，「七妹，妳過來了，祥兒呢？賀公公不是說派人去接祥兒和金竺了，他們怎麼還沒來？」

慧馨拍拍慧嘉的手安撫她道：「妳別著急，我到這裡後沒見著賀公公，估計他們還沒回來。」

慧嘉聽到賀公公還沒回來，心下有點不安，「……不行，我不放心府邸那邊，祥兒那邊除了金竺我誰也不相信，也許他們被漢王妃發現了，不行，我不能在這裡等了，我要去府邸。」

慧馨見慧嘉已經起身往門口走了，忙跟上去，「好，我陪妳過去，不過要先跟南平侯說一聲，再帶一隊士兵跟著我們，朝廷剛接手這邊，外頭逃兵估計不少，這一路去漢王府邸未必安全。」

慧嘉雖然心急，好在還沒急得失去理智，兩軍交接是最混亂的時候，沒有士兵保護，他們根本不能出門，而且府邸那邊，賀公公帶人過去有一會了，漢王妃應該不會傻到王爺死了還要抵抗吧。

慧馨找人安排了馬車，讓慧嘉在上面等她，轉身去找南平侯。

侯爺聽慧馨要去府邸那邊，提醒她道：「府邸那邊我不打算插手，全都交給賀公公處置。賀公公手上的那份密旨……是皇上交代他要如何處理漢王的家眷和子女，妳陪著妳姊姊過去要當心些，有些不該知道的不要問，若是賀公公答應了保下妳二姊的兒子，那他就應該不會食言。漢王已經死了，皇上總要安撫太皇太后，給漢王留下子嗣也不是不可能，至於其他人是生是死妳就不要管了。還有妳那個丫鬟，聽賀公公的意思好像不打算讓她再回妳身邊了，妳……」

聽侯爺提起木槿，慧馨眼神暗了暗嘆了口氣，「我知道了，自從木槿跟著賀公公後，我就心裡有數，生死有命富貴在天，看她自己的造化吧……」

「路上小心，我派兩個小隊跟著妳們，不管那邊情形如何，妳的安全最重要。」南平侯摸了摸慧馨冰涼的臉頰。

慧馨點點頭便辭別了南平侯。回到馬車上，慧嘉一副神思不屬的樣子坐在裡面發呆。慧馨估計漢王臨死前肯定發生了什麼事，不過慧嘉不想說，慧馨亦不敢問。

一路上，馬車裡很安靜，馬車外不時會聽到吵雜的人聲，慧馨並未掀簾往外看，她可以確信外頭的景象未必是她願意看到的。

此時的漢王府邸竟然出奇地安靜，好像一座無人的府邸，除了死寂再無其他，偌大一座宅院一個人也看不到。

慧馨看著空曠的府邸一臉茫然，整個漢王府沒有人聲也沒有一點光亮，這個時辰天還沒亮，漆黑一片的漢王府顯得陰森駭人。

慧嘉看著漆黑的漢王府一臉驚詫，心中的不安被無限擴大，不顧慧馨的拉扯就往裡面跑。慧馨一皺眉，嘆了口氣小跑著跟在慧嘉身後。後頭士兵們呼啦啦地跟在兩人身旁，有幾個比較有眼色，跑到慧嘉身旁護著她，還不時看著周圍的情況。

慧嘉熟門熟路，雖然在一片黑暗中，還是準確地跑到了她的院子。院子裡一間屋裡還亮著一盞燈，好像看到了希望一般，慧嘉推門直入。

慧嘉一進屋便看到金竺失魂落魄坐在地上，她轉頭四下張望，卻沒有看到她想看到的人。

金竺似乎沒有注意到慧嘉，直到慧嘉抓住她追問，被慧嘉抓住的手臂傳來痛苦，刺痛了失魂中的金竺。金竺一看到面前的人是慧嘉，忽然嚎啕著跪在慧嘉面前痛哭，「小姐，小少爺去了！被王妃害死了！奴婢沒用，沒保護好少爺……」

金竺的話像一道晴天霹靂擊中慧嘉的頭頂，慧嘉哆嗦著抓著金竺的手臂，嘴唇動了幾動似乎說了什麼，卻沒有聲音發出。

慧馨跑得沒有慧嘉那麼快，她一路走來也在觀察漢王府詭異的情形，當她跨步進屋的時候，只看到慧嘉身子一歪。慧馨忙叫了侍衛進屋，上前險險地扶住慧嘉，兩人一起倒在了地上。

慧馨看著哭得淒慘的金竺十分無奈，她後面進來並未聽到慧嘉和金竺的對話，見金竺還是顧著趴在地上哭，只得讓侍衛幫她扶起慧嘉放在屋裡的床上。

慧馨坐在床邊給慧嘉把了把脈，確定慧嘉只是情緒起伏過大而導致昏厥，便把旁邊的被褥拉過來給慧嘉蓋上。

安頓好慧嘉，慧馨這才轉過來看著金竺。金竺還沒從沉痛中緩過勁來，慧馨也沒著急，待金竺情緒穩定後才開始問話。

原來金竺跟著漢王妃回到府邸後，便天天跟在小少爺身邊，賀公公那邊一傳來慧嘉即將動手的消息，跟著金竺的侍衛便打算帶著金竺和小少爺偷偷離府。只是小少爺身邊有幾個漢王府的侍女十分難纏，如今慧嘉失勢，像金竺這樣跟著慧嘉陪嫁來的丫鬟便遭到排擠，加上金竺本就是慧嘉的貼身丫鬟而不是專門伺候小少爺，導致金竺一直沒找到機會將小少爺帶出府。

昨夜漢王妃得到漢王暴斃的密報後，並未跟家裡人宣佈這個消息，所以金竺並不知道漢王已死，只還在頭疼地想辦法怎麼才能避開別人的耳目帶小少爺出府。

漢王妃忽然半夜把大家都叫了起來，說是王爺在前方大勝，府裡要連夜舉行夜宴慶祝。慧嘉院裡頭，小少爺身邊的丫鬟帶著他去參加宴會，因著慧嘉不在，金竺沒有資格進入宴會廳。但漢王大勝的消息讓她很不安，之前木槿給她們說過朝廷軍隊這幾日都不會攻打繁城，難道漢王偷襲了朝廷軍隊？

金竺這邊忙著跟賀公公派來的人打聽消息，直到賀公公帶人親自過來了，她才知曉漢王已經暴斃了。

賀公公驚覺不對，帶著人直接闖入王府宴會廳，只見宴會廳裡橫七豎八的全是屍體。金竺在一張桌子前發現了小少爺，可是為時已晚，小少爺已七竅流血，毒發身亡了。

賀公公帶人檢查了屋裡眾人的屍體，全部是中毒身亡，檢驗過桌上的飯菜後，發現飯菜裡放了劇毒。而漢王妃的屍體正端坐在最上座，嘴角流著黑血顯然也被毒死了，只是漢工妃的嘴角卻是帶著滲人的微笑，好像在看好戲一樣。

賀公公在漢王妃手裡發現了一封遺書，上面寫著是她吩咐廚房做了一席毒宴，包括她自個的兒女，只要當時在漢王府中的，所有的妻妾子女全部中毒身亡了。漢王的所有家人寧願為漢王殉葬，也不願被朝廷俘虜侮辱。

賀公公攥著手裡的密旨，心中一片冰涼，沒想到漢王妃會這麼狠，面對漢王妃的狠心絕情，皇上的密旨反倒像笑話一樣無用了。

賀公公很快便帶人控制了整個漢王府，現在漢王府裡的主子全都死了，剩下的只是奴僕。賀公公吩咐侍衛帶著傷心欲絕的金竺回了慧嘉的院子，他們則要處理漢王府的這些屍體。

【第二百六十三回】

善後

慧馨聽了金竺的話，覺得這漢王府不能久留，按金竺說的原本還有些僕人在，可這會府裡除了他們恐怕是沒有別人了，賀公公很有可能把那些人都處理掉了。

慧馨決定帶著慧嘉和金竺馬上回繁城，讓侍衛抱著慧嘉出府，這種時候規矩什麼的都顧不得了。上了馬車，金竺照顧著慧嘉，慧馨吩咐全速趕回繁城，眼下慧嘉的兒子已經死了，她要盡力保住慧嘉的命。

慧馨他們回到繁城的時候，南平侯還沒有回來，慧馨找侍衛給他們安排了一間屋子休息，把慧嘉安置好，慧馨吩咐金竺看好慧嘉，便出去打聽消息了。

慧馨攔住一個眼熟的侍衛，這人應該是侯爺身邊的人，問道：「……侯爺現在何處？賀公公和洛統領有沒有回來過？」

那侍衛躬身回話道：「侯爺帶人正在清點投降的漢王將領，賀公公和洛統領……屬下並未見過，也沒聽說他們回來。」

慧馨想了想又問道：「這附近可有廚房之類的地方？」

侍衛點點頭，領著慧馨去了不遠處的廚房，這個廚房不大但東西很齊全，裡面的器具也多頗有講究，這裡估計是漢王專用的小廚房。

那侍衛見慧馨翻找著東西，似乎要做吃的，有些猶豫地開口提醒道：「謝司言要做宵夜嗎？」

「我二姊剛才昏了過去，我估計她晚上可能沒吃多少東西，這會夜深寒冷，我想弄點吃食給她暖暖身子。」慧馨說道。

「……屬下剛才聽人說漢王好像是吃了什麼東西才暴斃的，這裡又是漢王專用的小廚房，這些食材恐怕有些不安全，要不屬下讓他們從咱們營地那邊送點吃的過來？」侍衛說道。雖說消息上說漢王是暴斃而亡，其實卻被人毒死，下毒的人究竟是怎麼下的毒他們不得而知，所以才要提醒慧馨別使用這些食材，萬一也帶了毒可就麻煩。

下毒給漢王的人應該就是慧嘉吧，不過慧馨也不知道慧嘉是如何給漢王下毒。她便覺得侍衛的話很有道理，想了半天只拿了一塊新鮮的薑塊熬了一碗薑湯，只有漢王一個人中毒，水應該不會有問題的。

慧馨煮好湯回到慧嘉休息的屋子，裡頭慧嘉已經醒了，正小聲地跟金竺說話，兩人的臉上都帶著淚痕。

慧馨心知她不好勸慧嘉，畢竟慧嘉的兒子死了，而且現在屍首也不見了。慧馨把食盒放在桌上，端出薑湯，「二姊，我熬了點薑湯，妳湊合著喝點怯怯寒吧，不管怎麼說都是自個的身子要緊。」

金竺上前接過湯碗服侍慧嘉用湯，慧嘉臉上有了些血色，不過她的眼睛腫腫的，襯著淒苦的神情，讓人不禁心生同情。

慧嘉用完湯拍了拍金竺的手，金竺會意退到了一邊，慧馨上前坐到她的床頭。

「七妹，如今我真是悔不當初，我只想求妳一件事，我那可憐的祥兒竟被人害死了，我明白人死不能復生，但我只想把祥兒的屍身要回來安葬……」慧嘉說著又流下了眼淚。

慧馨拍了拍慧嘉的手背說道：「剛才我已經出去打聽過了，賀公公一直沒有回來過，我們去府邸那邊也沒見著他，估計還在處理王府裡發生的事。不過我已經交代侍衛，待賀公公一現身便來通知我們。」

慧嘉似乎想起了什麼又說道：「……七妹，說實話，我心裡頭還是不安，王妃她怎麼會如此狠心，往日裡她雖有些心性，可實在看不出是如此下得去手的人，我怕這裡頭還有什麼蹊蹺，祥兒死得實在冤枉，怎麼說他都是王爺的血脈。我聽金竺說，王爺所有的子女都被王妃毒死了，她為何要如此做？賀公公答應過我要放過祥兒的，可現在我連祥兒的屍身都見不到，我……」

「二姊，我知道妳心急，但現在外頭兵荒馬亂的，賀公公在哪裡咱們都打聽不到，妳的顧慮我了解，可二姊妳聽我一句話，事已至此，妳要先考慮自個才行，漢王府裡發生的事實在詭異，估計賀公公那邊會有其他的說辭，包括漢王之死……我不知賀公公是如何承諾妳，但我覺得他未必是可靠之人，二姊若想保命還是要小心再小心……」慧馨說道，漢王的死因朝廷肯定會藉口掩蓋過去，與此事有關的人只怕也要被封口，慧嘉的性命現在其實還攥在賀公公手裡。

「難道說他們要毀約不成，我已經毒死了王爺，他們卻害死我孩兒，現在連我也要殺嗎？」慧嘉有些不可置信地說道。

「二姊，跟賀公公那樣的人計較，不異於與虎謀皮，有些事情妳要心裡有些準備，祥兒的屍身可以跟賀公公打聽一下，可若是……最好不要強求得罪了他……」慧馨想給慧嘉提個醒，免得事到萬一太過衝動，對於賀公公，就連侯爺和她都只能在他面前做戲掩蓋，也不敢跟他硬碰硬。賀公公這種既有身分又有能力，且年紀也大的人沒什麼忌諱和弱點，反而最難對付。

慧嘉深受打擊，止不住狂咳起來，慧馨和金竺忙幫她順著背。慧馨想來想去還是該讓慧嘉吃點安神的藥劑，她實在擔心慧嘉一時承受不了幹出什麼傻事來。

「二姊，妳還是再歇會，我出去打聽打聽消息，若是賀公公回來了，我馬上來叫妳。」慧馨想還是要先穩著慧嘉。

慧馨跟金竺使個眼色，兩人把慧嘉放到在床上，慧嘉拉著慧馨的手還要說些什麼，只是咳得嗆了聲，捂著嘴說不出話來。

慧馨交代金竺道：「妳在這裡守著，我去找人想想辦法。」

慧馨留下慧嘉主僕，她要去找南平侯想點辦法，雖然她跟慧嘉這幾年相處得不愉快，可慧嘉總歸是身不由己，而且她謀害了漢王，這對大趙對朝廷對謝家都是一樁功績。

慧馨好不容易找到南平侯，侯爺剛收服了漢王手下的幾個重要將領，正要去接收漢王的一些軍務文書。

慧馨為了不耽誤侯爺的時間，便長話短說了一下慧嘉的情況，南平侯沉吟許久最終說道：「……送妳二姊去那個村莊吧，就是關押金蕊的那個地方，那裡偏僻，賀公公應該想不到。還有，這是一粒安神藥，她吃了可以睡五天，待這幾日過去事情緩下後，她應該更容易接受這個結果。」

慧馨拿著那粒藥丸回去找慧嘉，只跟慧嘉說是安神的藥，慧嘉也覺得頭痛欲裂，便接過服了下去，沒一會，慧嘉便睡了過去。

慧馨忙把侯爺派來護送她們的侍衛叫進來，讓他們幫著把慧嘉弄上馬車，然後囑咐了金竺一大通話，讓人護送她們去那個小村子。因著那村子離繁城很遠，慧馨不方便一起跟著，只得讓金竺獨自一人照顧慧嘉。幸好那邊金蕊還在，等到了村子裡就會好多了。

送走了慧嘉，慧馨暫時放下心事趕去幫南平侯處理文書，他們還有許多公務要做，戰事收尾，有許多事情都要蓋棺定論，還有些見不得人的事情都得抹去銷毀。

又過了一日，賀公公才現身，他直接跟南平侯和慧馨說道：「……漢王封地爆發疫情，漢王及其家眷染病身亡，不只如此，王府的下人也多數染病，死去病人的屍體咱家已經妥善處理了，剩下染病的人咱家也將他們單獨安置了，只是這疫病恐怕不好治，這些人能不能活下來就聽天由命吧。」

慧馨聽了心下了然，慧嘉兒子的屍身是不可能再要回來了。慧馨跟賀公公寒暄了幾句，問起了木槿。

賀公公說道：「咱家都把這事給忘了，前幾日令尊便把木槿的賣身契派人捎給了我，不過咱家覺得這事還是得跟謝司言說一聲才好。木槿這丫頭聰慧，咱家甚悅之，咱家想跟謝司言討個人情，可否把木槿丫鬟割愛給咱家？」

慧馨一愣，謝老爺和賀公公動作好快，木槿的賣身契都在賀公公手上了，現在哪是徵求她的意見，不過是跟她說一聲罷了，「……木槿能得了公公眼緣，是她的福氣，奴婢就拜託公公多照顧她了。」從此以後，木槿的生死就不是慧馨能過問的了。

直到賀公公再度離開，他也沒提起慧嘉，慧馨自然更不會主動詢問慧嘉的事情，若是賀公公願意對慧嘉睜一隻眼閉一隻眼，這樣最好。

南平侯安慰慧馨道：「……朝廷看來要用疫病來掩蓋漢王叛亂的事情，這樣也好，雖然妳二姊的功勞沒了，同樣她不用擔毒殺親夫的名聲，這樣對她將來也是好的……」

慧馨點點頭說道：「我也是這麼覺得，『毒殺親夫』總歸是違背婦德，人言可畏，二姊能不沾這個污名是最好，她是一介女子，又不在朝為官，『大義滅親』這種事在她並不是功績……」

【第二百六十四回】
請求他賜婚

「待這邊忙完，妳先回去看看妳二姊，若她精神好一些了，就先把她送回京城。」南平侯說道：「她的消息暫時還需要封鎖，朝廷那邊公文下來，漢王家眷病疫名單上不知有沒有她的名字，若是有，以後只怕還要換個身分……」

是啊，漢王的家眷除了慧嘉以外其他人都死了，這怎麼都解釋不通，只有把慧嘉也放在疫亡名單，對外宣稱她也死了，從此後她就只能過隱姓埋名的生活了。

還有太皇太后那邊，絕對不能讓她知道漢王死在慧嘉手裡。皇上要殺漢王，太皇太后不能處置皇上，但她捏死一個謝家卻是容易得很。

朝廷的旨意很快就下發到繁城，一個月後朝廷會派人過來接管這邊的事情，而漢王及其家眷的死因都按病疫處理，屍體就地焚燒。那份死亡人員名單上，赫然有慧嘉主僕的名字。

其實朝廷發下來的死亡名單是根據賀公公呈上去的奏摺，賀公公既然把慧嘉主僕放在死亡名單報了上去，上面應該就不會知道慧嘉的事情了。

慧馨這邊要先協助南平侯處理漢王封地的事情，沒時間去看望慧嘉，侯爺便派了親信去小山村那邊先偷著把慧嘉送回京城。拿著侯爺的帖子開路，便沒有人敢查驗慧嘉身分。

一個月的時間說短不短說長不長，朝廷派來的人已經抵達，這幾日侯爺和慧馨忙著跟他們交接。

這場戰事總共持續不到三個月，泰康帝的三個月孝期眼看就要結束，再過幾日便是大年夜，慧馨他們肯定是趕不及回京城過年。

現下這邊的交接工作已經完成，侯爺和慧馨不願再跟這些朝廷官員糾纏，便帶著三千士兵啟程。這三千士兵是保護他們安全的，剩下的人已由朝廷的人全權接手。

回程的路上他們走得很慢，冬天趕路諸多不便，反正不趕時間，南平侯就帶著大家中午暖和的時候趕路，氣溫一降下來就紮營休息。

❖

大年三十那天他們在一個小鎮子落腳，因著過年時節，鎮子上的商鋪都歇業，好在有幾個客棧的店主還在，南平侯跟士兵再次重申一遍不得擾民的軍令後，便安排大家都住在客棧裡。一個客棧住不下，即便把整個鎮子所有的客棧都佔滿了還是不夠地方，此時有些心眼多的鎮民，便把自家的院子收拾出來臨時租給士兵，也算給家裡添了一筆收入。

雖然他們住地有些擠，但好歹是有屋子住了，總比住在營帳更暖和也更有過節的感覺。

侯爺還自掏腰包吩咐客棧晚上給大家加餐，雖然不是在家，卻要大家過個有滋有味的大年夜。

這種青黃不接的時期，即使花了高價，掌櫃也只能搞到些白菜蘿蔔，幸好附近有戶人家養了幾隻豬，但這些豬養的時間還不夠，本是主人家打算留著以後再賣的。客棧裡食材不夠，需要外出購買，侯爺便按照平時十倍的價錢讓掌櫃的出去採買。

侯爺索性按成豬的價格把這幾隻豬包了，每個客棧分了一兩隻，今晚的大菜就是豬肉燉白菜了。

看著大家忙忙碌碌，雖然身在異地可人人臉上都是興奮和期待，慧馨終於露出了笑容，南平侯站在她身旁小聲說道：「好久沒見妳笑了，這段時間總是皺著眉頭，看得我心疼。」

慧馨不好意思笑了笑，「……廚房的人手好像不夠，我去幫忙，做些晚上吃的菜吧。」

南平侯忽然拉住轉身欲走的慧馨，笑著說道：「……我要吃那個什麼凍。」

慧馨愣了一下反應過來，眨了眨眼睛笑著道：「好。」

廚房裡頭忙得熱火朝天，客棧掌櫃把自家的老婆兒子女兒七姑八姨全叫來幫手了，還從附近鄰居那裡借了好幾口大鍋。慧馨進去見掌櫃的老婆正在燉豬頭，她站在旁邊看著老闆娘的手法，據說這位老闆娘燉豬頭的手藝全鎮有名。

老闆娘的豬頭得燉上一會，看到門口的慧馨忙上前招呼。慧馨問她要了幾塊五花肉併著一些調料，手法熟練地收拾起來。老闆娘跟在慧馨身旁本想幫著打下手，見慧馨做得井井有條，只能在一旁看著。

一入夜，晚宴便開始了，大家在樓下的大堂圍坐，屋裡頭坐不下，連走廊和院子都坐滿了。雖然天冷，但大家大喊大叫坐在一起吃喝，說說笑笑人人都在興頭上，誰還在乎寒冷。

慧馨跟著侯爺在宴前跟大家同飲了一杯，然後兩人便上樓進了單間，屋裡頭只有南平侯和慧馨兩個人。

桌上放著四菜一湯，雖然數量不多，可個個都很精緻，全是慧馨親手做的。熱氣騰騰的飯菜散發著香氣，讓人食指大動，南平侯和慧馨挨著坐了，沒有外人他們可以暢所欲言，想吃什麼吃什麼，想喝什麼喝什麼。

吃飽喝足後南平侯用手臂圈著慧馨，兩人坐在窗邊看星星，雖然窗戶開著，但屋裡的炭火很足，加上會自動發熱的南平侯，慧馨一點都不覺得冷。

外頭鞭炮聲一片，一年又過去了，南平侯忽然俯在慧馨耳邊輕聲道：「等回了京，我便去面聖，請求他賜婚。」

慧馨像幸福地睡著了一樣，頭頂著南平侯的胸膛閉著眼睛，嘴角的弧度許久都沒有消失，那個小小的酒窩引誘侯爺在上面輕輕一吻。

慧馨他們這一路行了二十多天才回到京城，南平侯派人送了她回謝府，顧不上跟家人說話，慧馨馬上換了宮裝準備進宮，得先跟顧承志彙報工作啊。

慧馨直接去了景仁宮，找太監遞了話進去，等了沒一會，太監便傳話出來，說是顧承志準了她的假，讓她先出宮在自家好好休息一段日子，待有事皇上會傳旨宣召她。

慧馨有些詫異，不過能放假總比待在宮裡強。顧承志估計要先聽取賀公公和南平侯的彙報，再聽她的吧。話說他們還在繁城的時候，賀公公就提前帶著洛統領走了，直接把慧馨託付給了南平侯。

重新回到謝府，慧馨換了便裝去找謝睿和盧氏，因著要隱瞞慧嘉的身分，剛才回來慧馨沒顧得上私下跟他們說話，便沒提慧嘉的事，這會聽了謝睿的話才知道，原來慧嘉沒住在府裡。

當初慧嘉吃了慧馨的藥丸一睡五天，就是這五天醒來後物是人非，慧嘉沒要被人勸解便明白自個兒子的屍身是不可能要回來了。不知是接受了自個的命運，還是徹底想通了，慧嘉沒吵鬧很配合侯爺和慧馨派來的人。

那天她們一行到了京郊，慧嘉先派人回了謝府報信，她現在是黑戶了，直接回府太容易暴露身分。謝睿得了侍衛報信，急忙趕出城見慧嘉，最後兄妹二人商量了許久，決定讓慧嘉暫時住在京郊，待過一段時間再把慧嘉送回江寧。為了掩人耳目，謝睿去找了趟慧嬋，從她那裡拿了易宏送給慧嬋那座京郊小院的鑰匙，慧嘉就臨時住在那裡。

慧馨想了想，還是過幾日再去看慧嘉。她才剛到，萬一被人看到她又急匆匆出城，引起別人注意就不好了。

謝睿叫了慧馨進書房說話，慧馨坐在謝睿對面，感覺他的面色並不好看，忙問道：「二哥，我離開這段時間出什麼事了嗎？」

謝睿深吸了口氣，「並不是京城出事，而是我們謝家。二妹毒殺漢王，此事還有父親涉及其中，現在二妹因此事只能隱姓埋名，就算送她回江寧，也不能跟家人住在一起……二妹為謝家犧牲太大了，沒有她，謝家這幾年不會發展得這麼好，同樣為了謝家，她毒殺了自個的夫君，現在兒子也沒了，我這個做二哥的……實在是沒臉見人，妹妹為家族做了這麼多，我卻保護不了她……」

慧馨聽著謝睿的話音帶了哭腔，也不知該怎麼安慰他，只得說道：「二哥別想這麼多了，事已至此，我們兄妹得盡力保二姊的性命，雖然一家人不能團圓，可總好過陰陽兩隔……」

謝睿從桌上拿出幾封信遞給慧馨，「……這裡有幾封信是二妹交給我的，另一些是我聽說此事後，跟父親要來的，這些信件都跟漢王之事有關。」

慧馨把信打開一封封看了，給慧嘉的信是謝老爺寫的，給謝老爺的信是木槿寫的，木槿跟謝老爺提到賀公公願在事成之後進言，讓謝睿進去內閣。而謝老爺則跟慧嘉承諾，朝廷會以功臣看待謝家，慧嘉和她兒子的性命不會有問題。

慧馨把所有信都看過，皺著眉問謝睿：「這是全部的信件了嗎？有沒有賀公公寫給父親或二姊的信？」

謝睿看了慧馨一眼，臉色沉重地搖了搖頭，慧馨看謝睿的表情心下一沉。

【第二百六十五回】
夜裡來人

「沒有。二妹回來後，我怕此事無法善了，便給江寧去了信，如今這個樣子，父親再有什麼私念也不敢藏著了，據父親說他收到的所有信件都是木槿寫的，而二妹這邊也確認了只見過父親給她的信，那個賀公公自始至終都沒直接參與此事……」謝睿說道。

照這樣看，賀公公答應謝家和慧嘉的事情根本沒有憑據，看這意思那些承諾多半也不作數了。估計賀公公從一開始就只是利用謝家，那些承諾什麼的都是引謝老爺上鉤的誘餌罷了。

「……二哥，你想要入內閣嗎？」慧馨看了謝睿一眼問道。

「……說實話，翰林院裡的人沒有一個不想進內閣，只是像父親這樣做，我是不能接受的。」

「二哥如今才剛二十出頭，若是入了內閣，便是大趙迄今最年輕的內閣輔臣……」

「最年輕的內閣輔臣……背上這個名聲可不見得會是好事，年輕，沒經驗，沒根基，沒政績，如何能入內閣，到時候有多少眼睛會盯著我們，不是憑真本事入內閣何以服眾，父親以二妹毒殺漢王換取我入內閣，這件事根本弊大於利……」謝睿有些帶氣地說道。這麼大的事，謝老爺居然不跟他商量就這麼決定，使得謝家完全被賀公公牽著鼻子走，謝睿這次對謝老爺十分不滿，這種事情稍有不慎就可能毀了整個謝家。

慧馨感覺很欣慰，謝睿能認識過早入內閣的弊端就好，謝老爺太過急進了，為了利益不擇手段，也不仔細想想這些利益是謝家現在能承受的嗎？

「……依我看，賀公公多半是故意不給我們留下證據，他做的那些承諾只有木槿一人聽過，可木槿現在已經是賀公公的人，而且從她離開，我就沒再見過她，二姊毒殺漢王之事，我也是全不知情，賀公公應該是有意瞞我。朝廷這邊已經按二姊病亡處理了，照我說，這件事情只能隱藏，絕對不能讓外人知曉，二哥入內閣之事怕是不成了，你……」

「妳放心，我本來就不打算這麼早入閣，就算上頭有公文下來，我也會推辭掉，要得上頭賞識還是要靠實績，而不是出賣姊妹，父親那邊我會要求他封口。這幾封信件……該怎麼處理？」

「……燒燬吧，這些信件均出自謝家人之手，留下來只是禍害，若是被外人看到了，會對謝家不利的。」

謝睿嘆了口氣，從慧馨手中接過信件，一把丟進了屋中的火盆，「二妹她……以後只能隱姓埋名了嗎，那她以後要怎麼過日子？」謝睿原本拿了這些信件給慧馨看，是希望慧馨能發現點可以利用的地方，幫幫慧嘉，為慧嘉爭取些利益。可惜慧馨也跟他一樣覺得這些信件根本用不上，畢竟賀公公從一開始就算計好了。

「二姊她……要不將來想辦法把她送到南方去吧，找個沒人認識她的地方，換個身分生活……」慧馨在考慮，將來她跟南平侯肯定不會在京城生活，也許可以把慧嘉一起帶走，在南方給她弄個新身分。

「這……妳這邊能找到人幫忙嗎？」謝睿有些驚訝地問道，造個假身分在大趙並不容易，雖然是古代，戶籍制度也已經存在了，基本上一個地方上住的人，附近的人都是知根知柢認識的，新來的人很難隱姓埋名生存，除非去深山老林與世隔絕的地方，慧嘉顯然無法在那樣的地方生存。

慧馨想了想說道：「這事還不能確定，但我會盡力想辦法，待漢王的風波徹底平靜了，再說這事吧。二姊那邊的下人都可靠吧？絕對不能把消息走漏了。」

「那邊照顧慧嘉的除了金蕊和金竺，還有兩個老媽子是妳嫂子的陪房，那兩個老媽子都是嘴嚴的，而且她們沒見過慧嘉，妳嫂子只跟她們說那是親戚家的小姐，身子不好來京求醫休養。因著主人生病，她們很少出門也謝絕訪客。幸好慧嬋那院子的位置好，附近沒什麼閒雜人等，也沒好管閒事的，到現在為止都沒什麼事。」謝睿說道。

「那就好，我覺得二姊在京郊興許比送她回江寧更好，畢竟江寧那邊認識她的人太多了，等給她弄到了新身分後，直接送去南方。」慧馨覺得謝老爺太不可靠了，如今慧嘉算是謝家的一個負擔，若是把她送回江寧，謝老爺未必幹不出殺女的事情。

謝睿沉吟了一會，「我原本也覺得這樣比較好，江寧那邊謝家影響太大，太容易讓人發現端倪了……只是京郊離皇城太近，時間久了怕有人發覺，漢王之事朝廷想要大事化小，跟漢王有姻親關係的幾戶人家，除了漢王妃的娘家，其他都沒有被追究，但我們謝家這幾年沒少沾了漢王姻親的好處，怕有些人會看我們不順眼找碴……」經此一事，謝睿也不很信任謝老爺，但慧嘉住的院子畢竟是慧嬋的陪嫁，怕時間長了被易家那邊知道，反倒還讓慧嬋添麻煩。

慧馨皺眉看了看謝睿，謝睿會有這樣的擔心，看來應該是有人找過他麻煩了，「……只能儘快想辦法了，要不我們現在南方找個地方置個莊子把二姊送過去，身分的事情稍後再補上，現在朝廷還在清掃漢王餘黨，一時半會找人只怕不能得償所願。」慧馨想帶慧嘉跟她一起離開京城，但侯爺那邊去請旨賜婚到他們完婚可不是一天兩天的事。她這次進宮連顧承志的面都沒見到，還不知顧承志對她和侯爺的事有什麼想法，這種時候她不能輕舉妄動去找侯爺幫忙。

謝睿想了想，「這樣也未嘗不可，我會跟妳嫂子商量看看，去哪個地方找莊子比較好……」

兄妹二人從書房出來，盧氏上前拉著慧馨說道：「今年過年，妳都沒趕上，路上很辛苦吧？家裡的那些事讓妳二哥去煩惱，到家了就好好歇歇，晚上給妳接風洗塵。」

「那就多謝二嫂了，我還真是好久沒吃頓好的了，軍營伙食比起二嫂的手藝可差遠了。」慧馨笑著說道。

姑嫂二人手拉手說起了體己話，謝睿搖了搖頭去兒子那邊檢查功課。

❁

過了幾天，慧馨跟著盧氏去看望慧嘉，脫去了華服的慧嘉清瘦了許多，精神倒是比慧馨以為的更好一些。

慧馨和盧氏到的時候，慧嘉正在屋裡的佛龕前讀經。慧嬋出嫁前在這個院子住了好幾個月，她自幼禮佛，雖無緣侍奉佛祖，卻一直有誦經的習慣，便在一間屋裡專門置了佛堂。如今倒是方便了慧嘉，聽盧氏說慧嘉回京之前就開始吃齋念佛。大概經歷了人生大起大落，終於看淡了榮華富貴。

慧嘉讀完經才起身跟慧馨和盧氏打招呼，見她面色緩和無悲無喜，慧馨心下一嘆，三人說起了家常，都默契地沒有提到漢王和祥少爺。雖然慧嘉不時會露出笑容，但慧馨覺得她再也不是以前那個意氣風發的「不櫛進士」了。

慧嘉留了盧氏和慧馨用午飯，桌上四道全是素菜，慧嘉吃得有滋有味。慧馨見她能吃，心中大石徹底放下，畢竟一個人可以裝作釋然裝作高興，可在吃飯上卻無法作假，心情會影響食欲，這點慧馨一直都很相信。

下午，慧嘉派了金蕊去附近的尼姑庵添香火，帶些庵裡的素食回來。慧馨和盧氏午睡起來後，發現慧嘉在後院整地，據說她想在這裡種點東西，算是強身健體，也算是修身養性。

慧嘉穿著粗布衣拿著鋤頭在地裡勞動，慧馨與盧氏對視一眼，兩人都是心生感慨，這些事以前的慧嘉是絕不會做的吧……

慧嘉這邊暫時只能這樣了，慧馨在謝家過了幾天清閒的日子，盧氏要給她新配幾個丫鬟被慧馨拒絕了，慧馨藉這個機會跟盧氏提了，把她院裡到年齡的丫鬟該許人的許人，該放出去的放出去，別再繼續留著了。

這一下慧馨院裡少了不少人，盧氏便從她自個院裡調了幾個過去伺候慧馨。在盧氏看來，慧馨肯定還是要回宮，即使院裡添人也總是閒著，萬一真又出一個木槿確實令人頭疼。

日子眨眼快到三月份了，乍暖還寒的天氣，慧馨白天帶著丫鬟們把壓在箱子底好多年的布匹拿出來晾晒，從裡頭挑了一些過時的賞給丫鬟婆子們，又挑了幾批時興的出來洗一洗準備做幾身新衣。

慧馨怕冷，晚上她的屋子裡還是燒著火盆，她正坐在火盆旁邊看書，丫鬟忽然來報有人找她。慧馨往前廳去看竟然是順子，她有好多年沒見他了，雖然杜家逢年過節一直有給謝家送節禮。

順子一臉焦急，見了慧馨便道：「謝小姐，我娘親病重，想見您一面，您可方便？」

【第二百六十六回】

震怒（上）

慧馨聽到杜三娘生病不疑有他，跟謝睿和盧氏打聲招呼，便跟著順子走了。

杜家杜將軍這幾年一直在羌斥，只在每三年述職的時候回來過，京城這邊由三娘掌家，喜姊已經出嫁，而順子聽說已經定親。有三娘在，喜姊和順子這兩個孩子一直過得不錯，在杜家的身分也從未有人敢質疑。

因著要避嫌，慧馨是乘坐自家的馬車，順子則在前面那輛杜家馬車上。慧馨雖然心下著急，不知三娘病情究竟如何，但當下也沒法問順子，剛才出來著急，也忘了詳細問問情況。

到了杜府裡，順子領著慧馨往裡走，慧馨坐了一路馬車已經沒有剛開始那麼著急，開口問順子道：「三娘得的是什麼病，聽我嫂子說，過年你到府裡送東西時，不是說她身體康泰嗎？怎麼突然就病了？」

順子嘆了口氣猶豫著說道：「其實小侄也不太清楚母親究竟生了何病，她只一個勁地要我去找您，連大夫都不肯請，小侄現在也是擔心著……」

慧馨心下疑惑，莫非三娘得了什麼絕症，不忍順子他們擔心才要瞞著，那找她來做什麼？要她做遺囑見證人？哎，這古代就是醫學發展不夠，雖然大趙這些年引進了一些西方醫學，但還是太少太少。這個年代西醫還沒能發展起來，人一旦生病就是九死一生。

慧馨跟著順子往裡走，院子裡靜悄悄的，不知為何慧馨忽然心頭一突，感覺好像身邊有人在窺視，可四下張望卻誰也沒看到。

寒冷的夜風吹過，慧馨打了一個冷顫，緊了緊身上的斗篷，她忽然有些後悔一個人跟著順子進來，剛才走得匆忙，慧馨沒有多想，只帶了一個丫鬟，這會那丫鬟又被慧馨留在馬車那邊。

終於到了三娘的屋子，順子在門口挑簾請慧馨進去，慧馨忽然眼角餘光一晃，好像看到什麼人在院子裡，但一眨眼又沒人了。

慧馨皺著眉進了屋子，順子並沒有跟著她進屋，而是在她進屋後在外面把屋門關上了。

屋子裡一片昏暗，只有最裡面燃著一盞燈，慧馨疑惑上前幾步，忽然定住了腳步。

燈光下，慧馨終於看清了坐在最裡面的那人，那人竟然是太皇太后！杜三娘此時正站在太皇太后身後對著她使眼色。

慧馨咬了下舌尖，強迫自己鎮定下來，馬上跪倒在地跟太皇太后行禮。慧馨的頭扣在地上許久，太皇太后也沒有叫起。

冬天的地面趴起來可不舒服，慧馨咬牙堅持伏在地上，雖然屋子裡頭並不熱，可慧馨的額頭卻滲出了點點汗滴。

這個時候太皇太后以這種方式召見她，絕對不會是好事。太皇太后心情肯定不好，不知她是要追究慧馨沒有救下漢王的命，還是已經知道了漢王是慧嘉毒死的。若是前者，慧馨最多承受點遷怒，被太皇太后為難訓斥一頓。若是後者，那可就麻煩了……

過了許久，慧馨才聽到太皇太后讓她抬起頭來，她直起上身卻不敢站起身，仍是垂首跪在地上。上首傳來一聲冷哼，太皇太后冷硬的聲音傳來：「妳可知哀家為何要找妳？」

「奴婢有負太皇太后所託，讓太皇太后失望了……」慧馨磕頭請罪，但願太皇太后不知道漢王是死在慧嘉手上。

「有負哀家所託？妳還記得哀家對妳有囑託？這可真難得，哀家還以為妳根本就沒把哀家放在眼裡呢！」太皇太后又冷哼了一聲。

「請太皇太后贖罪，奴婢一直被賀公公派在南平侯身邊服侍，對他的舉動全不知曉，他也有意避開奴婢行事，是以奴婢雖然記得太皇太后的吩咐，可是實在力不從心無處下手，並不是奴婢不聽您的命令，而是奴婢能力不夠，有負您的期待……」慧馨做出一副痛心疾首的樣子，伏在地上說道。

「妳能力不足？妳能力不足會讓南平侯到哀家面前替妳說話？還勾引得侯爺到皇上面前求旨賜婚？」太皇太后不加掩飾地諷刺道。

慧馨心下一驚，伏在地上不敢做聲，這種事情多說多錯，辯解容易讓人誤會成狡辯，所以慧馨決定對南平侯的事情保持沉默。

太皇太后見慧馨不說話，忽然高聲問道：「說！妳是不是故意勾引南平侯？」

慧馨深吸了一口氣，穩定下心神，不卑不吭地回道：「回太皇太后，奴婢沒有勾引南平侯，也不知侯爺會去求皇上賜婚。」

「沒有？若不是妳有意勾引，他怎麼會看上妳這麼個黃毛丫頭？妳是什麼身分，仗著一張狐媚臉，連南平侯也敢勾引……」太皇太后尖酸地說道。

慧馨垂眸眼睛盯著地上，臉上面無表情，太皇太后說的那些難聽話，她既沒反駁也沒放在心上。身分差距讓她不能反駁太皇太后，但對於這些話她又不能表現出怯場，否則就成了心虛。所以她只有做出清高的樣子，便是對太皇太后的回答。

見慧馨一副不為所動，太皇太后眼光一閃，心下倒是生出幾分讚賞。但是想到謝家的所作所為，她卻不想輕易放過。

「妳倒是沉得住氣，哀家這麼說妳，妳都能忍下來，想忍辱負重嗎？回頭再去找南平侯告哀家的狀？」

「奴婢不敢，奴婢只是聆聽太皇太后的教誨，不敢大意，奴婢與南平侯爺並無私下來往。」

「那他為何會請旨賜婚？」

「奴婢不知。」

「真的不知？那哀家現在告訴妳，南平侯為了妳向皇上請旨賜婚，聽了這個消息妳高不高興？」

「回太皇太后，奴婢聽憑主子安排。」

「怎麼聽妳這口氣好像還不願意似地，妳覺得南平侯配不上妳？」

「奴婢不敢，南平侯身分高貴，是奴婢配不上侯爺。」

太皇太后不屑地冷哼了一聲，「知道妳配不上侯爺就好……要不是侯爺跟我保證妳沒參與姓賀的陰謀，哀家豈容妳還在這裡好好地說話……」

慧馨心中一跳，強自鎮定，面色不改，只在心中仔細捉摸太皇太后話中的意思。說到現在太皇太后的話語中多是對她的責備和羞辱，還沒有真正意義上的懲罰，這樣看來，她應該還不知道慧嘉的事吧？

「看在南平侯的面子上，哀家也不為難妳了，只要妳老老實實回答哀家的問題，對妳犯的錯，哀家可以既往不咎。」太皇太后忽然話鋒一轉，語氣緩和了很多。

慧馨卻感覺頭疼，太皇太后態度和善反倒讓她更不敢說話，還不如被她直接訓斥來得輕鬆。

「說吧，那個賤人現在在哪裡？」太皇太后盯著慧馨問道，眼光恨不得把慧馨吃掉。

慧馨心下一抖，指尖用力地掐著手心，才忍著沒讓自己晃動，深吸一口氣，慧馨疑惑地答道：「奴婢不知道您問的是誰？」

「哼，想裝傻？真以為你們謝家做的事沒人知道嗎？什麼得了疫病暴猝，這種理由騙得了誰，漢王是怎麼死的，京裡頭的人不知道，妳身在前線會不清楚？我倒要聽妳親口說說，漢王究竟是怎麼死的？」

「漢王的死因……奴婢沒有見到過漢王的屍身，並不清楚其中真正的緣由，一開始聽人說是暴猝，後來聽南平侯說是被人毒殺身亡，再後來賀公公跟奴婢說漢王是得了疫病病亡……」慧馨如實說道。

「……可憐漢王是先帝親弟、哀家的兒子，身死異地連個確認的說法也沒有，你們都以為哀家不知道，瞞著哀家騙哀家，卻不知早有人給哀家送了信，漢王根本就是被你們謝家害死，被妳那個賤人姊姊害死的！」

太皇太后終於說出來了，慧馨驚恐又趴伏在地上，「太皇太后明鑒，這一定是有心人散佈的謠言，奴婢的姊姊怎麼會謀害漢王，便是給她天大的膽子她也不敢，而且奴婢的二姊也在病亡名單上，還有祥少爺也遭了毒手……」

慧馨心下發苦，不知道是誰給太皇太后送的信，難道賀公公身邊有太皇太后的耳目？不過當務之急還是要把事情賴到底，絕對不能承認。若是鬆了口，只怕慧嘉和謝家都不會有好下場。況且太皇太后對她又是恐嚇又是羞辱，就是想套出慧嘉的下落，只要慧嘉不出現，那就是死無對證，任人再怎麼說，她都可以不承認。

「妳可真會狡辯，這話若是別人說的也許我不會信，但給我傳信的人可是已經死去的漢王妃，那就容不得我不信了……你們都沒想到吧，漢王妃會在臨死前派人送了一封信給我，上面清清楚楚寫明是妳二姊毒殺了漢王！」

慧馨被太皇太后的目光刺得頭皮發麻，漢王妃竟然還留了一手，原本慧馨就覺得，漢王妃讓整個漢王府給漢王殉葬這一手已經夠狠了，沒想到她就是死也要把慧嘉和謝家拖下水。

【第二百六十七回】
震怒（下）

慧馨不知漢王妃在信上怎麼寫的，只得堅持道：「太皇太后，奴婢不知漢王妃為何要這樣誣陷我二姊，只知道往日裡她們之間就不是很和睦，如今她們都已身死，奴婢不知是誰想要詆毀她們，但奴婢相信家姊是不會做這種事情的。」

「詆毀？漢王妃帶著全王府的人殉葬漢王，獨獨妳姊姊一個人不在王府，妳說，她去哪了？你們謝家真是膽大包天，竟然妄想踩著哀家的兒子往上爬，那個賀賊人承諾了你們什麼好處？他不過是一個閹奴，說的話竟比哀家還要管用了……」太皇太后氣上心頭，指著慧馨開罵。

慧馨一肚子苦說不出，雖然有些害怕，但心裡卻對太皇太后有些埋怨。既然太皇太后心疼兒子，那為什麼不乾脆親自去勸解漢王不要造反？明知皇帝想要漢王的命，為什麼不親自去皇帝面前給漢王求情？漢王私底下搞小動作的時候她怎麼不去阻止？事到臨頭卻要求別人想辦法保全她兒子，她要明哲保身，別人就沒有身不由己了嗎？皇帝要殺漢王，像慧馨這種皇帝手下的人，哪裡有膽子違逆皇命！

太皇太后罵了一通緩了一口氣，指著慧馨問道：「妳二姊現在何處？別拿敷衍別人那一套糊弄我，把她交出來，興許我會饒了你們謝家其他人。」

慧馨深吸了一口氣，沉聲說道：「回太皇太后，奴婢二姊已經身亡。」

太皇太后眼皮一跳，眼神泛著寒光，若不是唯一的弟弟這麼多年來第一次開口求她，她也不會連唬帶嚇地追問慧馨。若是平時直接拉下去杖責，一直打到老實交代就是了，可現在南平侯看上了慧馨，從小到大頭一次跟她提要求，她如何能讓侯爺失望……

「妳真要嘴硬到底嗎？妳可想好了，哀家找不到妳二姊，自然只能拿你們謝家出氣，哀家自然也不會允許妳嫁給南平侯……妳如今也近二十歲了，看哪戶人家敢娶妳過門！」

慧馨用力掐了一下手心，「太皇太后，奴婢二姊真的已經去了。」

太皇太后對慧馨的嘴硬是罵了沒用打又打不得，一氣之下跟身後的人吩咐道：「既然她還不肯說實話，把她帶到外面跪著，讓她醒醒腦子好好想想。」

太皇太后身後走出兩位嬤嬤，上前左右架著慧馨，把她拖到了屋門外。

乍從屋裡到室外，慧馨打了一個抖，雙膝原本就跪得有些僵硬冰冷，這屋子外頭可比裡面冷了不只一倍。幸好身上的斗篷一直沒有解下來，慧馨身上多少還可以抵些寒冷。

慧馨咬著嘴唇堅持，心裡頭把漢王妃罵了一遍又一遍，這個狠心腸的漢王妃死了還要害她受罪。慧馨同時也把賀公公責備了一遍又一遍，這辦得什麼差，尾巴也不擦乾淨，竟然讓漢王妃偷送密信進京。

也不知過了多久，慧馨心裡頭又擔心謝睿和盧氏他們，太皇太后會不會派人去抓他們，她出來這麼久還不回去，謝睿會不會擔心她找過來。千萬不要啊，太皇太后興許對慧馨下不了手，可是對謝睿，她估計不會這麼溫和了……

好在太皇太后還沒找到慧嘉，只要慧嘉不出現，事情就還有轉機。跟她一起來杜府的那個丫鬟不知夠不夠聰明……若是她偷著進來就好了，最好能讓她帶話出去，到無名茶樓找侯爺的人，這種情況只有南平侯才能救得了她。

慧馨這邊算計著該怎麼遞消息出去通知侯爺，旁邊的一間屋子突然傳出了一陣嬰兒的哭啼聲。只見一群人呼啦啦地跟著太皇太后，往那屋子跑去，究竟誰的孩子這麼金貴？連太皇太后都緊張成這樣……

慧馨想著自個的心事，只抬頭看了一眼那邊的慌亂，沒將此事放在心上。只是那屋裡的嬰兒哭聲嘶啞，不像一般的嬰兒那般響亮，感覺似乎是生病了。

漸漸孩子的哭聲小了，慢慢地再聽不到了，應該是睡著了吧，而太皇太后一直待在那個屋裡沒有出來。慧馨心想，要不她在這裡跪一會然後假裝暈過去？興許太皇太后會看在侯爺的面子上饒了她……

也不知過了多久，慧馨凍得渾身發抖，忽然感覺眼前一片人影閃過，有人急匆匆地往裡面行去。

慧馨渾身僵硬地抬頭，看著那人進了嬰兒的房間，太皇太后帶著一行人又回到了剛才的屋子，太皇太后站在門口回頭看了一眼慧馨，慧馨忙恭敬地低了頭，只聽了一聲冷哼，一群人便消失在門口。又過了一會，有幾個人圍著一個人走了進來，慧馨抬頭看去，這一看可把她嚇了一跳，那個被人圍在中間的人正是慧嘉！

慧嘉自然也看到了跪在一旁的慧馨。慧馨瞪著眼睛咬著唇，這可怎麼辦？太皇太后竟然把慧嘉找出來，這下子再也賴不掉了……

慧嘉在慧馨面前停了一下，後面的人立馬推了她一把，慧馨只得跟她默默搖了搖頭，慧嘉眼神一黯，便跟上了前邊人的步子。

過了一會，杜三娘出來叫慧馨進去，三娘看著慧馨步子有些蹣跚，忙上前扶著她，慧馨對著她微微一笑，見三娘面色一鬆，臉上帶了些歉意。慧馨心下了然，雖然是杜家把她騙過來的，但三娘也是不得已，沒必要因此與她生隙。

走到門口，慧馨便鬆開了三娘的手臂，示意三娘先進去，她跟在後面一步一挪地進了屋。屋子裡，慧嘉一人跪在地上，慧馨往她身邊走了幾步也跪了下去。這些年，慧馨雖不是一帆風順，但也只有今晚跪人的時間最長，即使在顧承志和袁橙衣跟前，她也沒受過這個罪。

慧嘉看起來比慧馨更加平靜，她如今除了一條命，還有什麼值得別人惦記。

太皇太后端著一碗熱茶飲了一口，看了一眼跪在地上的謝家姊妹斥道：「妳們倒是好姊妹，一個是死不肯說實話，一個是死到臨頭還為另一個求情。哼！妳們有什麼資格在哀家面前說話。」

太皇太后等著慧嘉，心頭火越燒越旺，就是這個女人毒害了她的兒子，英俊神武的漢王就是死在這個他自己的枕邊人手裡。什麼是蛇蠍婦人？就是這個叫謝慧嘉的女子了。

太皇太后忽然朝著慧嘉把手裡的茶碗扔了過去，茶碗磕在慧嘉的額頭後落在地上碎了，茶水濺了慧嘉滿臉。

幸好端給太皇太后飲用的茶水都是溫的並不燙人，可慧馨還是被嚇了一跳，她的衣服上也被濺到了幾滴茶水。

慧嘉沒有動，臉上也沒有表情，任由茶水從她的臉上滑下，額頭被砸到的地方沒有破皮，但很明顯地紅腫了起來。

「妳這個賤人，為何要毒害漢王？身為漢王側妃，竟然與外人應和陷害漢王，妳該死！妳該死！」太皇太后指著慧嘉說道。

「漢王犯上作亂，其罪當誅，民女雖為漢王側妃，但亦是大趙子民，大義滅親是無奈之舉。」慧嘉面無表情地說道。

「妳……一個兩個都是尖嘴皮子，開口說話都是頭頭是道，妳說這話是在怪哀家不識大體了？好啊好，這是誰給了你們謝家撐天的膽子？妳一介女子，不好好相夫教子，到頭來還要出賣夫家，漢王府百多條人命都是被妳害死的！」

「除了王爺，漢王府其他人都是漢王妃害死的，若說他們無辜，那該怪漢王妃心狠手辣，容不得別人。我的孩兒也被漢王妃害死了，他才真是冤枉的，太皇太后，您怎麼不幫他討個公道？」慧嘉被太皇太后說得紅了眼睛，瞪著眼反駁道。

「漢王妃為漢王殉葬，那是節義，妳毒殺親夫，害死親子，妳的節義去哪裡了？謝家妄稱書香門第，教出來的竟是妳這樣蛇蠍般的女子！」

「我殺漢王，是為天下百姓，漢王妃殺王府百多餘口，是為私欲，太皇太后，您說的節義究竟指的什麼？」

「啪！」一條人影迅速從太皇太后身後閃出，打了慧嘉一巴掌，只聽那嬤嬤生硬地說道：「在太皇太后面前，哪有妳自稱『我』的份兒，沒規矩！」

這一巴掌搧得突然，慧嘉一時愣在當下。慧馨手握成拳緊咬著嘴唇，一聲不吭地低著頭。

那嬤嬤也不知什麼身分，竟然在太皇太后跟慧嘉說話的時候插嘴，而且看太皇太后的面色，對她很是縱容。

「哼！還真是不知自個的身分了，也不想想以前，別人看得起妳還不是因著漢王的面子，如今漢王不在沒人給妳撐腰了，以後說話可要先想自個的身分，也不看看現在是在誰跟前，竟然敢反駁太皇太后的話，還敢質問太皇太后，真是反了天了。」那位嬤嬤接著訓斥慧嘉道，「太皇太后，依奴婢看，這姊妹兩個怕是狼狽為奸，沒一個說實話，若不給她們吃點苦頭，只怕她們不會悔改。」

【第二百六十八回】
挨打

慧馨抬頭看了那嬤嬤一眼，這位文嬤嬤似乎是太皇太后身邊的紅人，跟在太皇太后身邊幾十年了，論跟太皇太后相識的時間，她比杜三娘短，但因著一直沒有出嫁，在太皇太后面前最有體面，平日在慈甯宮裡也是一人之下萬人之上。

慧馨不知這位嬤嬤為何忽然為難她們，難道以前在什麼地方得罪過她？這麼寒冷的夜裡受刑，即使不重傷也容易留下後遺症。

相較慧馨的擔心，慧嘉則一臉的無所謂，太皇太后看著慧嘉那張臉心生厭惡，揮手道：「把這個賤人先拖出去打五十大板，別把人給哀家打死了，想解脫沒這麼容易，這個叼嘴的丫頭不是嘴硬嗎？就讓她在一邊看著，讓她幫你們數數。」

上來四位嬤嬤把慧馨和慧嘉拖了出去，兩姊妹都沒有求饒也沒哭泣，太皇太后現在氣頭上，哭哭啼啼反而容易惹她更厭煩，總要她把這口惡氣出了，慧馨她們才好說話。慧馨心知慧嘉這頓板子是逃不了，老老實實地受了好過求饒，太早求饒反而火上添油，這才五十板，至少太皇太后沒有一開口就是一百板子，只要留得一口氣，保得性命就好。

慧馨心下嘆氣，慧嘉挨完板子估計就輪到她，看來今晚的皮肉之苦怕是逃不掉了。

只有兩人心中最清楚。

慧嘉被架在一條板凳上，慧馨跪在前面，兩姊妹面對面不禁動容，慧馨咬著嘴唇不讓眼淚掉下來，不管之前兩人之間發生過什麼，都是身不由己的決定，這些年兩個人都不容易，其中得失苦楚，只有兩人心中最清楚。

板子重重地落在皮肉上，劈啪聲響起，慧馨一下下地數著。

太皇太后並沒有出來監刑，文嬤嬤站在一旁盯著她們。忽然文嬤嬤走到慧馨身旁打了她一巴掌，慧馨一下愣住，「這麼小的聲音誰聽得清楚，大點聲數！」

慧馨被文嬤嬤打斷了數數，落在慧嘉身上的板子卻沒有停。慧馨咬咬牙提高了嗓音繼續數，那文嬤嬤又說道：「誰讓妳這麼數的？給我重頭開始！」

慧馨目光一暗又從一開始數起，前邊慧嘉十幾板子算是白挨了。文嬤嬤似乎這才滿意，轉身進了屋。

慧馨目光放在落在慧嘉身上的板子上，感覺心中有股惡氣無法發洩，先前的害怕早已不見，取而代之的是憤怒。她長這麼大還沒這麼憋屈過，就算以前小時候在江寧，也沒像現在這般任人打罵。

慧馨的眼光越來越不善，卻是被慧嘉看在眼裡，慧嘉現在倒是真的不怕死，否則剛才就不會頂撞太皇太后據理力爭了，但她卻不忍心看慧馨跟她一起死在這裡。

今晚之前，慧嘉原本是要休息了，忽然院子裡闖進一夥人，那些人進來拉了她就走，金蕊金竺上來攔人，那些人竟然直接舉刀就砍，最終慧嘉被人帶走，也沒看清金蕊金竺是被人砍了還是趁亂跑掉了。

慧嘉看這些人來者不善，心中便覺得肯定是她毒殺漢王的事洩露了，待被帶進杜府看到跪在外面的慧馨，有一瞬間慧嘉以為是慧馨出賣她，但是後來從太皇太后的言辭聽出慧馨並未出賣她，才會被罰在外跪著。從那一刻起，慧嘉心中感覺很後悔，後悔自己這幾年算計慧馨，致使姊妹二人有了嫌隙。

慧嘉吃力地向慧馨伸出一隻手，慧馨忙握住她的手，姊妹兩人相視無言，慧馨看著慧嘉虛弱的樣子，皺著眉頭深吸了口氣，平撫一下有些暴躁的心緒，她不能衝動，不能再給別人藉口找她們姊妹麻煩。君子報仇十年不晚，先熬過今晚再說。

終於五十板子都打完了，慧嘉趴在凳子上一動也不動，身下的衣裳已經被血水浸透。慧馨眨眨眼睛強忍著淚水，握著慧嘉的手，姊妹兩人靜靜等著聽候發落。

執板的兩個嬤嬤放下板子回屋裡稟報，留下兩個嬤嬤看守著慧馨和慧嘉。

慧馨見兩個留下的嬤嬤正湊在一起說話，便湊在慧嘉耳旁小聲問道：「二姊，他們帶妳過來的時候有沒有被人看到？會不會有人去通知家裡？」

慧嘉已經沒力氣說話了，只輕微地點了點頭又搖了搖頭。她被人帶過來，盧氏派給她的兩個婆子應該也聽到動靜了，即使金蕊金竺受了傷，那兩個婆子也可以去報信，可那時候已經入夜了，京城的城門早已關閉，太皇太后的人有後門可走，謝家的下人可沒本事讓守城門的人為她們開門。

慧馨皺眉，看來慧嘉這頭是沒有指望了，現在只能指望那個被她留在馬車裡的丫鬟有沒有眼色。

文嬤嬤帶著人出來了，慧馨忙又恢復面無表情，這個文嬤嬤她記住了，不管是為了什麼，將來有機會她一定會把這個仇報回來。

文嬤嬤看了慧馨姊妹一眼，嫌棄地說道：「身上這麼髒怎麼見太皇太后，妳們兩人去打水來給她們洗洗……」

那兩個負責看守的嬤嬤對視一眼，她們都是宮裡的老人精，文嬤嬤話裡的意思她們一下就懂，兩人應了聲是，便去杜府的水井裡打水。

沒一會，兩人各提了兩個水桶回來，裡面盛滿了冰冷的井水。兩人看著謝家姊妹不屑地抽了抽嘴角，舉起水桶就朝兩人身上潑去。

四桶寒透骨的井水淋在慧馨兩人身上，慧馨的髮髻被打散了，水珠順著臉頰滑下，濕透的衣衫貼在身上，冷得直打顫。慧嘉被冷水一激，抖著手臂撐起了上半身。

慧馨上前扶著她，慧嘉現在身上帶著傷根本站不起來，就連跪也跪不了，慧馨在她身邊小聲說道：「二姊，妳就這麼趴著吧，小心身上的傷。」

旁邊一聲冷哼響起，「……有心思關心別人，還是想想妳自己吧，她的板子挨完，就該輪到妳了。」

文嬤嬤見慧馨無動於衷，上前用力在背後推了慧馨一把，慧馨沒站穩身子一歪趴在凳子上，原本半撐著身子的慧嘉則滾下了凳子，摔在旁邊的地上昏了過去。

慧馨轉身怒瞪著文嬤嬤，文嬤嬤嘴一撇便要抬手打慧馨，忽然一陣狂風颳過，慧馨眨了下眼睛，就看到文嬤嬤不知怎麼地飛了起來，滾圓的身軀直接砸在後方的牆上。

【第二百六十九回】侯爺駕到！

「滾！」一個低沉的男聲響起，慧馨以為自己出現了幻聽，可下一刻她就落進了一個溫暖的懷抱。

南平侯不知何時進來，院裡的人都沒有注意到，他一掌便把文嬤嬤丟到了牆上，在文嬤嬤飛起的那一刻他似乎還沒到慧馨身旁，只憑掌風便把文嬤嬤甩了出去，可見他此刻非常生氣。

其他幾位嬤嬤像見了鬼一樣往屋子裡跑，南平侯只揮了揮手，兩個跑到門口的嬤嬤就這麼直直地撞在一起，身子一歪就滾進了屋裡，有兩位跑得慢的卻是一頭撞在牆上，雖然沒像文嬤嬤那樣直接昏過去，臉上卻是立馬見了紅。

慧馨愣愣地看著南平侯喃喃道：「你來了……」

南平侯看著慧馨狼狽的樣子又是心疼又是好笑，院子裡鬧出這麼大動靜，屋子裡的人都出來了。太皇太后也被人扶出屋子，她一眼就看到南平侯懷抱著慧馨，臉色一沉重重地哼了一聲。

南平侯好像沒看到太皇太后一般，抱著慧馨往文嬤嬤那邊走去，南平侯低頭看了一眼已經昏迷的文嬤嬤，「敢動本侯的人，該死！」

侯爺伸腳在文嬤嬤的脖頸部位踩了一下，只聽一聲脆響，文嬤嬤的頭就垂向一邊，人就再也沒了生息。南平侯竟硬生生把文嬤嬤的脖子踩斷了……

太皇太后被南平侯的舉動驚得一手捂著胸口，只瞪大眼看著侯爺，話也說不出來。跟著太皇太后的嬤嬤們被嚇得大氣也不敢喘，生怕侯爺一生氣自己會變成下一個文嬤嬤。

慧馨眼見南平侯一腳就結果了文嬤嬤，心口一鬆拉著侯爺的衣襟說道：「我⋯姊⋯⋯」

南平侯對著慧馨點點頭，示意她不要著急。南平侯掃了太皇太后身邊的人一眼說道：「這裡不是杜府嗎？杜家的人就是這樣待客嗎？還不快送兩位小姐去梳洗。」

被南平侯的尖利目光掃過，杜三娘身子一抖，看了一眼太皇太后，見她沒有反駁，連忙揮手招了幾名杜府的丫鬟，把倒在地上的慧嘉抬起來送到旁邊屋子。

南平侯一眼不發地跟著她們也進了那屋子。他把慧馨輕放在一邊的榻上，「妳先換衣服暖一暖，我去處理剩下的事情，不要擔心，等我處理完過來接妳一起走。」

慧馨呆呆地點了點頭，她還算適應事情的突然變化，只是她真是沒想到，南平侯會如此強勢地跟太皇太后作對。

南平侯看了一眼杜三娘說道：「把人照顧好，少一根頭髮，本侯要整個杜府陪葬！」

杜三娘忙低頭應是，連抬眼看一眼南平侯的勇氣也沒有。其他丫鬟更是哆哆嗦嗦上前圍著慧馨姊妹伺候，剛才南平侯一腳踩死文嬤嬤的情形她們可是都看到了。侯爺那神情當真像只是踩死了一隻螞蟻⋯⋯

南平侯囑咐慧馨放心在屋裡待著，然後轉身離開。院子裡已經沒有人，文嬤嬤的屍體也被處理掉了，南平侯轉身進了另一間屋子，太皇太后正坐在裡面等著他。

太皇太后一臉鐵青，這是頭一次南平侯跟她對著幹，還是當著下人的面，一點情面都不留。

南平侯掃了一眼屋裡眾人，眾人頓時感覺一股寒氣飄了過來。南平侯這才上前給太皇太后行禮，太皇太后雖然心裡生氣，可又不捨得為難自己唯一的弟弟，只得揮揮手讓他起身。

「那兩個賤人呢？」

「那兩個不是賤人。」

「你……你是要氣死我嗎？那個女人是哪裡吸引你了，竟讓你不惜跟我對著幹？你知不知道她一直跟哀家撒謊，這個女人根本不值得信！」太皇太后在南平侯面前經常自稱我，她以此來表示對娘家的不同。

「我倒覺得她這樣挺好，至少她撒謊是為了救她的家人……」

「你這是在責怪我？怪我以前沒救下許家的人？」

「我沒資格責怪妳，當年大家都是身不由己，能保得自己的性命就已經不容易了，哪有餘力再去保護其他人……」

「你明知道我對父親和幾位兄弟心有愧疚，你是故意讓我傷心嗎？」

「太皇太后想得太多了，我只是想提醒您她們姊妹也是身不由己，以己度人，您就放過她們吧。再說，冤有頭債有主，您真要給漢王報仇，應該去找上頭那位才對。她們不過是被人利用，您殺了她們又有什麼意義呢……」

太皇太后聽了南平侯這話卻是有些鬱悶，無論如何她都不可能找顧承志報仇，「你這話倒是說得輕巧……」太皇太后哼了一聲不再說話。

南平侯見太皇太后一副憋氣的樣子，心中不屑地輕笑了一下，果然啊，出身許家的太皇太后一向最識大體，根本不會為了私欲去影響大局，即使死去的人是她的父兄和兒子。有時候南平侯會覺得，太皇太后便是這世上最薄情的人。

以前南平侯對太皇太后的薄情冷眼旁觀，但這次事關他在乎的人，他就不會再退讓，漢王死都死了，太皇太后口口聲聲的報仇不過是洩憤罷了。太皇太后欠許家太多太多，偶爾讓她還些人情也是應該……看了看渾身發抖的慧馨和仍然昏迷著的慧嘉，杜三娘吩咐下人又添了兩個火盆在屋裡，三個火盆燒得旺旺的。

慧馨被人扶著坐在兩個火盆中間，熱氣烤著她的手和臉，終於不再發抖了。

杜三娘從屋子裡間的衣櫥裡取了兩套新衣出來，「……這是給喜姊省親預備的新衣，才做了沒多久還沒穿過，妳們先將就著換上吧。」

慧馨點了點頭，看了一眼旁邊床上的慧嘉，幾個丫鬟正七手八腳地給她解衣。因著跪久了，腿一時還恢復不過來，慧馨坐在椅子上由丫鬟們幫她換衣。

還有丫鬟拿了布巾過來給慧馨擦頭髮，慧馨頭髮全都濕透了，那丫鬟邊拿布巾，小心翼翼地把她的長髮托在火盆上方。

慧嘉那邊因身上有傷，杜三娘拿了一瓶傷藥遞給慧馨看，「……這是府裡自配的金創藥，是我那口子給的方子，他當兵打仗的時候就用這藥，用來治傷應該還可以。這會天晚，出去找大夫不方便，要不要先給妳姊姊擦著試試？」

慧馨看了杜三娘一眼，接過藥瓶打開嗅了嗅說道：「多謝三娘，我行動不便，麻煩妳們幫我二姊擦吧。」

杜三娘欣慰地接過藥瓶，親自過去給慧嘉上藥。

慧馨這邊有兩個丫鬟正一人抱了她的一條腿按摩，在冰冷的地上跪了這麼久，後來又淋了水，膝蓋也不知會不會留下後遺症。慧馨皺著眉感覺兩條腿漸漸恢復溫度，僵硬感慢慢減輕。

過了一會，又有丫鬟提了食盒進來，裡面是杜三娘吩咐下人熬煮的薑湯。

慧馨端起一碗，不客氣地咕嘟嘟喝下肚，她雖然自信自己身體這幾年鍛鍊得很好，但也不敢大意，古代生場病可要去掉半條命。

慧嘉還昏迷著，杜三娘便讓丫鬟把薑湯放在火盆上煨著，待她醒來便可以用。

慧馨感覺腿稍好一些，便讓按摩的丫鬟退下，蹣跚著走到慧嘉床邊，坐在床頭給慧嘉把了把脈。脈象有些微弱，慧馨皺皺眉，等會得跟侯爺要幾粒退熱的藥丸，她擔心慧嘉後面會發熱。

慧馨起身歪在另一張臥榻上，緩過氣來便覺得渾身疲憊，雖然現在危機還不算解除，但有侯爺在，她相信侯爺會安撫好太皇太后。

剛才侯爺的強勢連慧馨都嚇了一跳，尤其是那一腳踩死文嬤嬤，不但幫她出了一口惡氣，也讓她見到侯爺的另一面。慧馨並不覺得侯爺有什麼不對，若不是侯爺及時趕到，今晚她和慧嘉可能都會死在文嬤嬤手上。只是她有些疑惑，這個文嬤嬤為何會這樣對她們，她完全想不起來以前哪裡得罪過這個人。

慧馨這會身子放鬆下來，腦子也清醒了，剛才覺得侯爺的硬氣讓她佩服，這會又開始擔心太皇太后會不會生侯爺的氣。畢竟那人是太皇太后又是侯爺的長姊，侯爺這樣維護她們，不免讓他們姊弟生隙……

杜三娘一直坐在床邊的椅子上，不時看一眼慧嘉的情況，但願慧嘉能撐下去別病在杜府裡。

杜三娘側頭看了一眼歪在臥榻上的慧馨，這個女孩子已經長大了，在慧馨小時候她便覺得慧馨心性比同齡的女孩子更加堅強。今晚面對太皇太后的質問，慧馨也沒有退怯，可見她更成熟了。但這些事情並不是杜三娘吃驚的原因，真正讓杜三娘震驚的是南平侯對慧馨的態度。

南平侯可不是個善茬[1]，雲淡風輕間一腳便踩斷了文嬤嬤的脖子，但在面對慧馨時臉上的溫情又不像作假，這個女孩子竟然讓比她大了二十多歲的南平侯動心，她是怎樣做到的？

【注釋】

①意指心地善良、好對付的人。

【第二百七十回】漢王遺孤

剛才慧嘉醒了一會，一群人折騰著給她灌了幾口薑湯。慧馨確認慧嘉沒有發熱，便支著頭靠在臥榻上昏昏欲睡，她此刻身心俱疲，很想找個地方直接躺下。可是侯爺還在那邊跟太皇太后交談，她要是這麼先睡了，就太沒心沒肺了。

忽然旁邊的屋子又傳出嬰兒的啼哭聲，慧馨嚇一跳睜開眼睛，杜三娘已經起身帶了幾個丫鬟往旁邊的屋子去了。

慧馨看著杜三娘出去的身影微微皺起了眉頭，剛才她沒在意這個突然出現的孩子，但這會靜下來細想，便覺得有哪裡不太對勁。這個孩子是哪來的？

這孩子不可能是杜家的子嗣，杜將軍常年不在京城，杜家的幾個少爺都尚未成親，三娘執家一向嚴厲，幾個少爺連通房丫鬟也沒有，而且……慧馨抬眼向窗看去，果然看到幾個人影從窗戶前匆匆閃過，這個孩子連太皇太后都能驚動，杜家的孩子可沒這榮幸。

想到這裡，慧馨突然臉色變得煞白，她想到了一個可能性，既然漢王妃能趕在賀公公之前把給太皇太后的信送出來，那麼也有可能送的不只是一封信。若是她送出來的還有一個孩子呢？

難不成這個孩子是漢王的遺孤！

說起來，漢王妃殉葬整個漢王府的舉動的確有些奇怪，一般人家遇到這種情況都是想盡辦法保下血脈傳承，而漢王妃卻是毒殺了漢王府所有的子女，這實在太不尋常。

慧馨雖未見到那些人的屍體，但也聽金竺描述她親眼看到漢王府大廳裡的慘況。

若是漢王妃真的提前把一個孩子送出來，那她的做法就合理了。漢王府最後下場如此悲催，太皇太后肯定會設法保下漢王最後的血脈，而且世人都只知漢王家眷全都死了，這個孩子便安全了。不但瞞過皇帝，還讓太皇太后最大程度地心疼這個孩子。

也許漢王妃之所以會毒殺全府的人，也是為了蒙蔽賀公公。要不是事出突然，賀公公被漢王妃擺了一道，又怎會讓漢王妃把一個孩子和一封信送到太皇太后跟前……

事實上，慧馨想到的雖不全但亦不遠，這個孩子的確是漢王的遺孤……

杜三娘輕聲哄著懷裡的嬰孩，這孩子是個女孩，不足四個月，前幾天才送到京城，大約是路上吃了不少苦，孩子身子有些弱，這幾天天冷又感了風寒，這會好不容易好些，但小孩子最是鬧人，往往睡上一兩個時辰就會醒來，吃喝拉撒比成年人頻繁多了。

杜三娘皺著眉頭看著這孩子，心中嘆息，雖然這孩子可憐但也真是個麻煩。私藏漢王的遺孤若是被皇上知道了可是殺頭的大罪。太皇太后把孩子交給她臨時照顧，為了掩飾這孩子的身分，她可是頭疼得要死。

話說這孩子也不知是霉星轉世還是福星轉世，出生沒幾天泰康帝就駕崩了，她老爹漢王造反結果又被人害死。這個孩子因著還小，親娘又只是個通房丫鬟，當初漢王駐紮郯城的時候就沒有帶上她們母女，而後漢王一路敗逃，王府裡人心惶惶，更是沒人想起這對母女。後來漢王妃得知漢王被謝側妃毒殺，便馬上寫了封給太皇太后的信，連同這個不足四個月的女嬰一起送進京城。為了瞞過賀公公，漢王妃不惜殺死漢王府其他的人，賀公公被漢王妃這一手弄了個措手不及，壓根就沒想起漢王還有一個剛出生沒多久的女兒。漢王妃的人為了避開賀公公，一路躲躲藏藏，折騰下來比慧馨他們到京的時間還晚。聽說這孩子到京城的時候，身邊侍衛也沒剩下幾個了。

杜三娘懷裡的孩子漸漸安靜了下來，她嘆了口氣，把孩子放進房中間的小床。在杜三娘看來，這孩子就是個掃把星，剛出生沒多久，全家都死了就剩她一個，而她的身分放在誰家都是個致命的祕密。

還好太皇太后已經言明只是讓她暫時養一段時間，會再給這孩子物色撫養對象。看太皇太后的意思是想給這孩子一個正式的身分，就算進不了侯門大戶，也要找個富足的康泰之家。

杜三娘心下不禁同情將要收養這孩子的家族，畢竟養了她就等於在家族裡懸了把利劍，一旦被人發現這個祕密，這把劍就能斬滅一個家族。

杜三娘安置好孩子，留下幾個丫鬟看著，又囑咐了奶娘警醒點，今晚院子裡頭鬧騰，這孩子可能也聽到動靜，所以有點嚇著了。

杜三娘回到慧馨所在的屋子，看到慧馨不解的神情，有些不自在地扯了扯嘴角，本想跟慧馨說說孩子的事，但最終還是閉上了嘴。這個孩子的存在少一個人知曉，便多一份安全。

慧馨心裡懷疑隔壁孩子的身分，但又不能開口問杜三娘，若是這孩子當真是漢王遺孤，可絕不能讓外人知曉。見杜三娘躲開了她的目光，慧馨對這個孩子的身分又有了幾分確定。若這孩子是杜家的，三娘又何必避著她呢？

❖

南平侯這邊還在跟太皇太后討價還價，商量對慧嘉和謝家的處置。

太皇太后不願跟南平侯把關係搞僵，最後只得讓步說道：「……那個賤人死罪可免但活罪難饒，我要她一輩子為我兒子披麻戴孝，可以讓她活著，但謝家的人不能再見她。」

南平侯皺了皺眉，但沒有反駁太皇太后的話，慧嘉怎樣他其實並不在意，只是因慧馨想救慧嘉，他才會出言保下慧嘉，既然太皇太后不打算殺慧嘉了，這樣就夠了。

南平侯沉吟了一會問道：「那謝家呢？妳打算怎麼罰他們？」

「謝家……」太皇太后忽然露出一個諷刺的笑容，「哀家可以給他們一個機會，一個讓他們將功折罪的機會……」

【第二百七十一回】

處置

聽到開門聲，慧馨再度睜開眼睛，一位嬤嬤進來先跟杜三娘耳語了一陣，然後叫慧馨跟她走。南平侯和太皇太后在那邊待了快有一個時辰，該有個結果了。

慧馨跟著那位嬤嬤走到太皇太后跟前，再度跪下行禮。慧馨跪著等了一會，聽到頭頂熟悉的聲音輕咳了一聲，太皇太后才不情願地叫了起。

慧馨起身低著頭聽候發落，只是等了許久也沒見上首的兩人說話。過了一會，杜三娘抱著一個嬰孩進了屋，太皇太后一臉慈愛地從三娘手中接過包著嬰孩的繈褓。太皇太后輕手抱著懷裡的孩子，生恐驚醒了她，臉上的祥和跟對著謝家姊妹時完全不同。

慧馨抬頭看了一眼太皇太后手中的孩子，心中的猜測已經印證了八九分，轉頭看一眼南平侯，侯爺竟然正對著她勾嘴角。好吧，她要相信侯爺，天塌下來有侯爺先頂著。

太皇太后低頭看了一會孩子，便又交回給杜三娘，「……臉色紅潤一些，風寒應是好了，還是先帶她回那邊歇著，哀家這邊要說話，別吵醒了她。」

杜三娘抱著孩子應聲去了，太皇太后這才轉過頭來盯著慧馨看了一會，跟南平侯說道：「也不知道有什麼好的，能把你迷成這樣。」

「別人不需要知道她有什麼好，我自個知道就夠了。」南平侯面不改色地說道。

慧馨嘴角抽搐，她之前理直氣壯地跟太皇太后說她與侯爺沒有私情，可現在這情形只怕是沒人會信了，慧馨一陣臉紅。

太皇太后哼了一聲，對著慧馨問道：「妳可知道那孩子是誰？」

慧馨搖了搖頭，「奴婢不知。」

「那是漢王的女兒，哀家的孫女，漢王妃臨死前派人把她送了出來，沒想到她能歷經一個多月的顛簸活著到京城。你們都沒想到吧？漢王妃不僅送給哀家一封信，還保下漢王的一條血脈。」

慧馨沒有回話，但心裡頭卻在暗自嘀咕，若漢王妃只想保下漢王的血脈，就不該把漢王的其他子女都殺了，顧承志再恨漢王也不會把漢王的家眷全殺光，漢王妃不過是不想漢王的子孫都頂著叛逆之後的名聲活著。

「這孩子，賀公公不知道她還活著，皇上更不知道，想要哀家放過你們謝家，那哀家再交給你們一件事，辦好了你們可以繼續過你們的日子；辦不好，你們謝家就給這個孩子陪葬。」

慧馨深吸了一口氣咬咬嘴唇，她對太皇太后要謝家做的事已經多少猜測到了幾分。其實只要太皇太后不殺慧嘉，不再追究謝家，不論她再提什麼要求，謝家也只有答應的份兒。

「哀家把這個孩子交由你們家撫養，只要這孩子平平安安快快樂樂地長大，哀家便不再為難謝家，這件事……謝家可願為哀家辦？」

「奴婢謹遵太皇太后吩咐。」慧馨忙應道。這種時候容不得她說「不」字，侯爺能讓太皇太后讓步已經是看了他的面子，她不能為了謝家讓侯爺為難。

慧馨靜等著太皇太后繼續往下說，她還沒說要怎麼處置慧嘉，比起謝家，太皇太后對慧嘉更加厭惡。

「至於妳那個賤人二姊，哀家可免她死罪，但活罪難饒。待她傷好，哀家要她披麻戴孝入靜園平安堂，剃度為尼，終身為漢王守靈，永世不得再見家人。」

慧馨心頭一顫，不小心咬破了舌尖，血腥味在口中蔓延，這樣已經很好了，起碼保全了性命，而且不用再擔心身分曝光。慧馨一瞬間便想通了，恭敬地回道：「奴婢遵旨。」

靜園的平安堂比俗世的庵堂好太多，不會有雜人去騷擾，生活條件也不錯，在裡面出家好過在外面擔驚受怕地過日子。慧馨想起了平安堂裡的靜惠師太，慧嘉去了正好可以跟靜惠師太做伴。

太皇太后告知慧馨這些後便讓她退下了，南平侯起身說道：「……沒什麼事了，我也回去了。」

太皇太后瞪了南平侯一眼說道：「你這是急著要送她回家吧？心裡頭只有外人，難得見面也不多陪陪我這個姊姊，你許久沒到宮裡探望我了……」

南平侯彈了彈衣襟說道：「您在後宮也別做得太過，皇上敬著您，您也得給太后留點面子，她怎麼說都是皇上的親娘，她跟皇后鬥來鬥去，您摻和個什麼勁？您一旦支持了皇后，後宮可就成了一邊倒，皇上未必樂意看到這情形，後宮裡還是保持平衡最好。至於我，以後還是少往宮裡湊了，我可不想遭皇上忌憚。」

太皇太后聽了南平侯的話，無奈地點了點頭，也沒再繼續留他。

南平侯走到門口，忽然身子一頓，回頭掃了屋子裡一眼，眼中閃過一道厲光，「大姊，妳今晚為了給漢王報仇大動干戈，這事要是傳到皇上耳裡，他可不會高興。」

太皇太后順著侯爺的目光把屋裡的嬤嬤們掃了一圈，嚇得幾位嬤嬤全都撲通跪在地上直呼：「太皇太后饒命啊！」

太皇太后眼神一暗沒有發話，南平侯看了一眼太皇太后，嘴角一勾便出了屋子。這些嬤嬤們平日裡仗著太皇太后作威作福，以前他是懶得說，但是今晚她們欺負慧馨，那就不要怪他不留情面了。以太皇太后謹慎了幾十年的性子，今晚知道這事的幾位嬤嬤，肯定是不會再留活口。

南平侯出了屋直接去找慧馨，慧馨這邊正跟杜三娘商量，怎麼把慧嘉弄到大門口的馬車上去。眾人用被子把慧嘉包了個嚴實，然後四名丫鬟各拉著慧嘉身下床褥的四角，就這麼折騰著往大門口去。

慧馨跟在眾人後面，杜三娘則又去了太皇太后那邊。南平侯上前拉住慧馨，低聲說道：「我送妳回去，妳坐我的馬車，讓妳二姊坐謝家的馬車。」

慧馨點了點頭，慧嘉身後受了傷，整個人只能趴在車裡。慧馨看著丫鬟們把慧嘉安置好，才跟著侯爺上了許家的馬車。

慧馨剛在馬車裡坐定，便聽到外頭杜三娘說道：「謝司言，太皇太后讓我提醒您忘了這個了！」

【第二百七十二回】奪權

慧馨挑開車簾，一眼便看到杜三娘懷裡抱著孩子站在車旁，南平侯從後面探出頭，見慧馨有些微愣，便伸手把杜三娘懷裡的孩子接了過來。

南平侯拉著慧馨回到車廂裡，馬車緩緩地開動。慧馨看著侯爺懷裡的孩子，皺眉皺成了一團。

南平侯噗哧笑了一聲，慧馨不滿地看了侯爺一眼，好吧，她知道侯爺見過大風浪，這點小事估計他是不會在乎的。

「妳呀，別把事情想太複雜了，這不過是個小孩子罷了，連四個月都不到。雖然她身分特殊了點，但孩子本身對謝家並沒有威脅。這麼小的孩子根本就不記事，她將來長成什麼樣就看教養她的人怎麼教了。而且她只是一個女孩子，不用擔心被漢王的餘黨利用。那些送這孩子進京的人，太皇太后估計已經處理掉了，咱們這位太皇太后謹慎著呢，她既然決定保下這個孩子，必然會把一切隱患先打點好。不管漢王妃打的什麼主意，以後這孩子要怎樣都是太皇太后說了算。

太皇太后要謝家養這個孩子，無非是給謝家添堵。謝家幫著賀公公除去了漢王，這是大功一件，雖然皇上現在不好直接以這個為由提拔謝家子弟，但等這陣風頭過去，皇上肯定不會虧待謝家。太皇太后討厭謝家，自然不會讓妳父兄如願，如今這孩子歸謝家撫養，等於是在謝家和皇上之間埋下一個隔閡。只要太皇太后活著一日，謝家的子弟是難出頭了。妳回去後最好提醒一下妳的父兄，以後要多收斂點，還有這個孩子要找個合適的人家收養，不能養在謝家的本家……」

慧馨深覺南平侯的話很有道理，謝家子弟能不能做高官她可不在乎，只是這個撫養孩子的人選卻得仔細考慮。既然太皇太后讓謝家負責，就不能找跟謝家無關的人，而且太皇太后對這孩子還是很疼愛的，也不能把這個孩子交給下人撫養，得給這個孩子一個體面的正式身分。這個人選還真是不好找，得回去跟謝睿仔細商量一下。

「哎，可惜二姊只能出家為尼。」慧馨想到後面車裡的慧嘉，嘆了口氣。

「以妳二姊的身分和她所做的事，太皇太后能允許她在靜園平安堂出家已經是格外開恩，這對她來說也算是個好歸宿。」

南平侯把那孩子放到車裡的軟褥上，大手一撈就把慧馨攬到了懷裡，「……妳今天在外頭跪了這麼久，又淋了水，要注意身子，別生了病。讓我看一下妳的膝蓋……」

慧馨臉色緋紅，雖然有些害羞，但也知侯爺是擔心她，便慢慢解了鞋襪，把衣裙往上拉了拉。

南平侯看著慧馨有些紅腫的膝蓋，從懷裡掏出一個藥瓶，倒了幾滴藥液在掌心。南平侯把藥液在兩手掌心推開，然後把手掌輕附在慧馨的膝蓋上。

慧馨感覺陣陣暖流從侯爺的手掌傳到她的膝蓋，有些微微刺痛但很舒服，感覺兩條腿的血液都被催動，正在快速地流動。

直到慧馨再感覺不到疼痛，南平侯才停了手。慧馨整理好衣裙，從袖子裡掏出一塊帕子遞給南平侯，侯爺接過來擦了擦手。

「宮裡頭出來的人大多都患有腿疾，一到陰天下雨就會刺痛。幸好妳沒在皇宮待多久，腿要好好保護，本侯要娶一個健健康康的謝司言。」南平侯又把慧馨攬到懷裡，調笑著說道。

慧馨有些不好意思地眨眨眼，「我的身子比以前好多了，天天早上都有做你教我的動作。」

慧馨低頭想了想，還是把話問出了口：「聽太皇太后說，你已經跟皇上提賜婚的事了？」

南平侯抬起慧馨的下巴，親了一下她的額頭，「對，皇上沒有立即答應，說要先問問妳的想法，我估計他過幾日便會召見妳，該怎麼回答他，妳要想清楚。我看皇上對這事心裡早就有數，只是還要做做樣子。」

慧馨連連點頭，「我回去先自個打個草稿，肯定要給皇上一個滿意的回答。」想著要戲弄顧承志，慧馨忽然捂著嘴笑了起來。

南平侯見慧馨笑得好像偷了腥的貓一樣，笑著說道：「妳這丫頭當真與眾不同，說到要欺騙皇上，別人早就嚇得話也說不出了，妳倒高興成這樣，真是沒心沒肺。」

慧馨捂著嘴咳了幾聲，拍拍臉頰恢復一臉的正經。扭頭看了一眼縮在繈褓裡，睡得正香的嬰孩，忽然覺得這孩子也滿可愛的，只要謝家小心一些，就可以讓這孩子一輩子也不知道她的父母是誰。

因著慧嘉身上帶傷，馬車走得很慢。再加上兩輛馬車裡有兩個不能被看到的人，慧馨便讓車夫把馬車趕到謝府的後門，派人去把謝睿和盧氏請出來。

謝睿和盧氏今晚過得也不好，慧馨去了杜府好幾個時辰沒有音信，前頭盧氏勸著謝睿，杜三娘跟盧氏雖然算不上熟識，兩家人卻因著慧馨的關係相識了多年，杜三娘若真是病危，請慧馨幫著處理後事也是人之常情。後來謝睿覺得，就算慧馨今晚要歇在杜家，也該派人回來說一聲，便讓盧氏找人收拾了幾件慧馨的衣服給送過去，順便打聽一下消息。結果這派去的人沒走多遠就回來了，跟那人一同回來的還有一位南平侯府的侍衛。侍衛說是來替慧馨傳話，杜府那邊有些事得處理，要晚一會才能回來，讓謝睿夫婦安心。謝睿雖然不明白慧馨怎麼又跟南平侯扯上了關係，但好歹他沒有再往杜府那邊派人。

聽到下人來報慧馨現在後門，謝睿夫妻趕緊往後門這邊趕，他們多少也感覺到今晚的事有些不尋常，待見了門口的馬車和侍衛更是吃驚。

慧馨把謝睿夫妻請上馬車，謝睿看著坐在慧馨身旁的南平侯心下詫異，慧馨卻顧不得跟他解釋侯爺的事情，只是先把今晚在杜府的遭遇給他們講了。

因著慧嘉和嬰孩的身分都要掩飾，再加上慧嘉身上還有傷，慧馨跟謝睿和盧氏商量了一會，決定暫時先把慧嘉和孩子都安置在後花園暖房旁邊的屋子裡。後花園離後門近，那邊走動的人也少。

南平侯派人幫著謝家把慧嘉安置好後才離開，謝睿強打精神送走了南平侯，他還沒從剛才慧馨說的話中反應過來。

慧馨看著謝睿和盧氏有些失魂落魄的樣子也沒有多話，她知道今晚的事對謝家來說是個打擊，謝睿夫妻一時不能接受也在情理之中。

慧嘉和孩子被安置在一個屋裡，用屏風隔開。侯爺離開前，慧馨向他要了幾瓶藥丸，她和盧氏把慧嘉叫醒餵她吃下。

他們這邊剛安頓好，後門上的人又過來報說有人來找，是太皇太后派來臨時伺候小嬰孩的奶娘。

慧馨心下嘆了口氣，太皇太后想得倒是周到，盧氏剛才還跟她說起要給孩子找奶娘的事。

盧氏把兩個奶娘安置在慧嘉的隔壁，留了自個的貼身丫鬟在這邊伺候。謝睿夫妻這才鬆了口氣。慧馨跟著他們一起去了謝睿的書房，他們還有許多事情要商量。

謝睿的書房裡靜悄悄的，三人圍著火盆坐著，謝睿和盧氏是在後怕，太皇太后知曉了慧嘉毒殺漢王的事，謝家如今成了太皇太后的眼中釘，以後的日子怎麼過啊……

慧馨這邊卻在思考誰適合收養這個女嬰，謝家本家是肯定不行，太容易引起別人的注意了。這年頭正式收養孩子不是一件小事，謝家牽扯太多，容易讓人發現破綻。

慧馨看了謝睿一眼說道：「二哥，小妹覺得此事未必全是壞事，雖然咱們得罪了太皇太后，可她也把漢王的遺孤交給我們撫養。只要能把這孩子好好撫養長大，想來太皇太后也不會再跟謝家計較。只是謝家子弟要在官場混出頭，只怕要等太皇太后去世後再說了。咱家還有書院，二哥這幾年不如把精力多放些在書院這邊，從長遠來講，把書院經營好對謝家可是一大助力……」

謝睿心知慧馨說得不錯，便嘆了口氣說道：「……沒想到藏來藏去還是功虧一簣，還害得七妹跟二妹今晚九死一生。」

「二哥，這些話咱們就不說了，總歸是南平侯到得及時，我跟二姊還沒受什麼罪。有句話我一直想說，以前是覺得不合時宜，可是現在卻不能不說了，」慧馨看了謝睿，又看了看盧氏，繼續說道：「在漢王這件事上，父親他……糊塗了，幾乎釀成滅門大禍。二哥，我覺得家裡頭還是該有位更穩重的人掌家才行……」

謝睿有些疑惑，看著慧馨不太明白她的意思，盧氏卻是心中一動，眼睛發亮地看著慧馨，等著她接著往下說。

慧馨深吸了口氣，直視著謝睿說道：「二哥，我希望家裡以後由你來做主。」

【第二百七十三回】兄嫂之心

謝睿倒吸口氣，看著慧馨有些不確定地問道：「七妹，妳這話的意思是……」

「二哥，今日我說這話也是為著我們謝家著想，此次漢王之事有一半錯該由父親承擔，若不是他先中了賀公公的計策，二姊便不會去走這條險路，父親還一直瞞著妳我。此次因他一時貪念差點鑄成大錯，可這錯誤謝家可不能再犯第二次。以前也就罷了，現在漢王遺孤跟我們扯上了關係，咱們家要愈發小心才是，這個孩子的事還是瞞著江寧那邊比較好。父親的個性你也清楚，他若是知道了這個孩子，說不定又要生出什麼不該有的念頭。只怕謝家能逃過一次，未必還能逃過第二次……」

慧馨語重心長地說道。

慧馨之所以這樣跟謝睿說，也是想到以後她要嫁入南平侯府，若是謝家還是謝老爺說了算，還不定謝老爺會藉著侯爺的勢力做出什麼離譜的事。慧嘉已經被他毀了，慧馨絕不願步上慧嘉後塵。謝睿的品性比謝老爺可靠多了，而且盧氏跟她關係也親近，慧馨自然更願意由謝睿掌理謝家。

慧馨的話讓謝睿感覺有些突然，但是盧氏卻眼光大放，她早就對謝老爺和謝太太做事的方式有些不滿，若是能趁這個機會把家裡的大權收到他們夫妻手裡，那真是太好了。

慧馨心知謝睿一時可能還轉不過這個彎，他估計要考慮個幾天才能有決定。慧馨也不急，總歸賜婚的旨意還沒下來，她還有時間改變謝家，「二哥，此事也不急，你可再考慮考慮，跟二嫂商量一下，不管怎樣，小妹是支持你的……」

慧馨眼見盧氏一副躍躍欲試的樣子，心下了然，盧氏肯定會說服謝睿。暫時按下此事不說，慧馨又說起了孩子的事情，「咱們自家的事可以稍後再說，眼前最要緊的是這個孩子該怎麼安排？交給誰養最適合？」

想到還有個孩子，謝睿和盧氏都是一臉沉重，謝睿沉吟了一會說道：「這個孩子身分特殊，一定要找可靠的人家收養，什麼人最合適呢？」想到這個，大家都是一陣頭疼。

慧馨三人沉默了許久，也沒個人有什麼好注意，慧馨掏出懷錶看了一眼，這都快寅時了。

慧馨揉了揉額頭，這個問題太過重要，她折騰一夜真是累死了，腦子也不是很清爽，便開口說道：「要不咱們再多考慮幾日，這幾日孩子暫時就先留在府裡，二嫂要留意家裡頭，別讓人驚擾了太皇太后派來的那兩個奶娘。天都快亮了，大家累了一夜，不如先去休息，咱們再慢慢商量。」

謝睿夫妻也覺得一時半會拿不出個主意，暫時只能先各自回房休息了。

臨分手，盧氏叮囑慧馨道：「妳夜裡淋了水，我叫廚房那邊燒了不少熱水，我讓她們給妳送過去，泡個澡，去去寒氣。」

慧馨回到自個的屋子只覺得渾身疲憊，丫鬟們已經把浴桶裡的水準備好，慧馨在熱水裡泡了一會就上床睡了。

謝睿和盧氏這邊卻沒有這麼快就歇下，今晚的事情太出乎他們夫妻的預料。

盧氏猶豫了半天，終於小心翼翼地問出了這個問題：「夫君，慧馨說今晚是南平侯救了她們，侯爺還為謝家在太皇太后面前求情，太皇太后這才肯放過謝家。在後門的時候，妾身看慧馨好像是跟侯爺一同乘坐侯府的馬車回來……這……南平侯什麼時候跟咱們家交情這麼好了？」

謝睿聽盧氏提起南平侯，也是皺眉不展，「我剛才就想問七妹這件事，可又有些問不出口，怕七妹不好回答……妳們女人家好說話，不如改日妳私下問問她，我總覺得南平侯對七妹的態度有些不對勁……」

說實話，謝睿很不希望事情是他想的那樣，謝家已經出了一個慧嘉，謝睿對於姊妹們嫁入豪門心有忌諱，他真不希望慧馨也落個跟慧嘉一樣下場……

❖

慧馨一覺睡到晌午才醒，一覺起來神清氣爽，除了肚子有點餓之外，身上沒有任何不舒服。慧馨捏捏手臂感嘆道，她的身體真是比一般千金小姐好多了。

慧馨去看望慧嘉的時候，正好盧氏也在那裡，慧嘉已經醒了，聽說早上有些發熱，丫鬟及時餵她吃了慧馨留下的藥丸，過午之後熱度就消散了不少，這會慧嘉正安靜地聽著盧氏說話。

盧氏把昨晚後面的事情跟慧嘉說了，慧嘉已經知曉她傷好後便要入靜園平安堂修行，而旁邊那邊榻上的嬰孩則是漢王的女兒。慧嘉眼神定定地看著嬰孩的方向發呆，這個孩子的生母只是漢王身邊一個小妾的丫鬟，根本沒有人把她們母女放在心上過，沒想到最後竟是這樣一個被眾人遺忘的孩子活了下來。

慧嘉因是傷在身後，只能趴著休息，聽盧氏和慧馨說了一會話便累了。對於慧嘉將要出家這件事，謝家的幾人都很平靜地接受了，包括慧嘉自己。總歸她不用再東躲西藏，天天害怕被人發現身分，時時都有掉腦袋的危險。

從慧嘉那裡出來，盧氏拉著慧馨去了她那裡，把所有的下人都遣了出去，盧氏便把昨晚她和謝睿最想知道的問題拿出來問慧馨。

慧馨心中早知謝睿和盧氏會問起南平侯，並不打算瞞著他們便說道：「聽太皇太后說，南平侯已經跟皇上請求賜婚，要皇上把我許配給他為妻。」

盧氏愣住了，雖然之前她也想過南平侯可能對慧馨有意，但乍聽之下還是很吃驚，不由得拉著慧馨的手說道：「這……南平侯如此尊貴，他怎麼會？咱們家……咱們家可怎麼比得過侯府，侯爺要是欺負妳可怎麼辦？」

慧馨聽了盧氏的話，心下十分欣慰，盧氏能先為她考慮而不是因攀上南平侯這門親戚而欣喜，就憑這一點，慧馨便覺得無論如何也要支持謝睿和盧氏掌理謝家。

【第二百七十四回】
她最合適

慧馨拍了拍盧氏的手，讓她放心，「侯爺對我挺好，這次若不是他，我跟二姊都不知該怎麼脫身……另外，這件事能不能成還要看皇上的意思，咱們家對此事不能多言更不能插手，聽憑皇上吩咐吧。」

「可是……」盧氏覺得心裡十分不安，謝家已經有一個女兒嫁入豪門，結果卻落得只能出家修行，永生不得再見家人的下場。南平侯的身分可比漢王還要重，謝家根本沒法給慧馨撐腰，慧馨嫁過去低南平侯不只一個頭啊……

慧馨心知盧氏擔心什麼，便安慰她道：「……侯爺跟漢王不同，他一向對朝政無心，早就跟朝堂上的大臣們脫離了關係，他雖身分尊貴卻並無野心，就算我嫁過去，恐怕侯爺也不能在官場裡給二哥幫什麼忙了……」

盧氏聽了慧馨的話忙說道：「快別說這個，妳二哥為人正直，從不屑於搞那些歪門邪道，妳也知他最不喜歡的就是犧牲妳們姊妹為他求官路，我跟妳二哥一心只想妳們姊妹能有個好歸宿，能不能幫家裡倒是其次，關鍵是能讓我們安心，別整日掛心放不下。」

慧馨心下感動，知盧氏說的是真心話，也不再矯情，只說要盧氏放心。

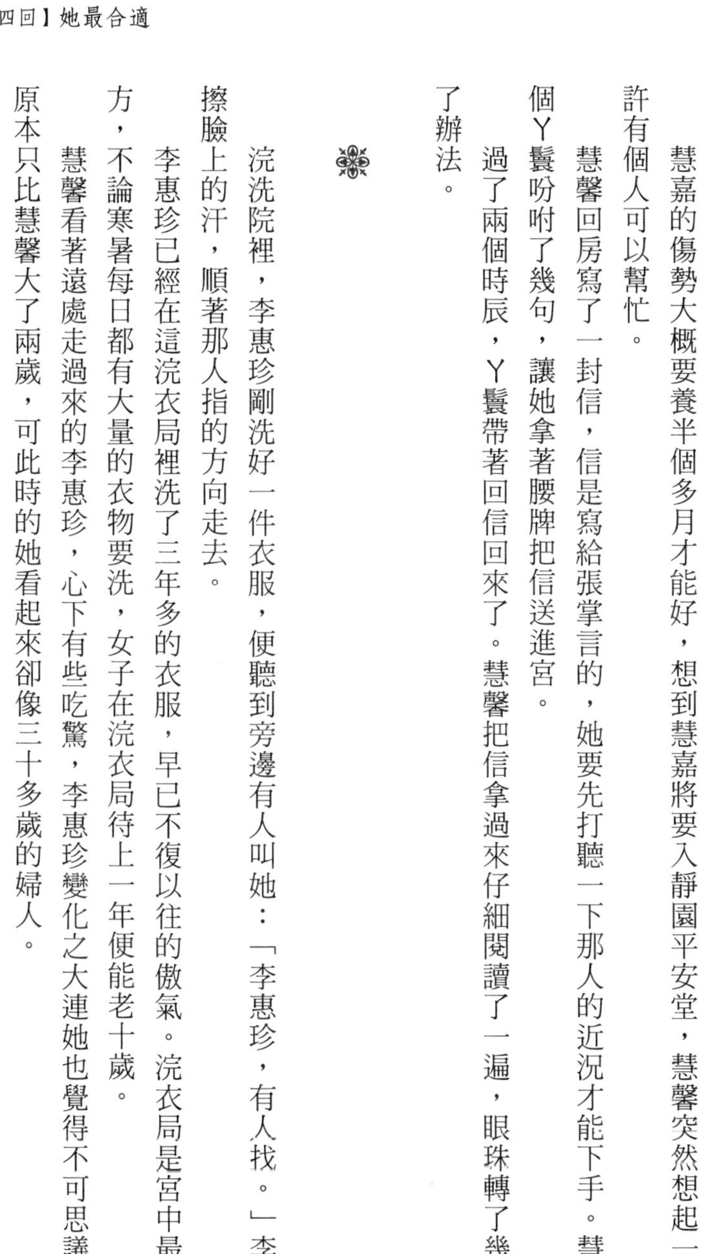

慧嘉的傷勢大概要養半個多月才能好，想到慧嘉將要入靜園平安堂，慧馨突然想起一件事，也許有個人可以幫忙。

慧馨回房寫了一封信，信是寫給張掌言的，她要先打聽一下那人的近況才能下手。慧馨叫來一個丫鬟吩咐了幾句，讓她拿著腰牌把信送進宮。

過了兩個時辰，丫鬟帶著回信回來了。慧馨把信拿過來仔細閱讀了一遍，眼珠轉了幾轉便想好了辦法。

❖

浣洗院裡，李惠珍剛洗好一件衣服，便聽到旁邊有人叫她：「李惠珍，有人找。」李惠珍擦了擦臉上的汗，順著那人指的方向走去。

李惠珍已經在這浣衣局裡洗了三年多的衣服，早已不復以往的傲氣。浣衣局是宮中最辛苦的地方，不論寒暑每日都有大量的衣物要洗，女子在浣衣局待上一年便能老十歲。

慧馨看著遠處走過來的李惠珍，心下有些吃驚，李惠珍變化之大連她也覺得不可思議。李惠珍原本只比慧馨大了兩歲，可此時的她看起來卻像三十多歲的婦人。

李惠珍看到慧馨也是吃了一驚，她一眼便認出了慧馨。二十歲的慧馨長身玉立，少女已經長成，比起當年更多了迷人的成熟韻味，少了青澀稚嫩。一瞬間李惠珍心中泛出一股酸澀之感。

慧馨收斂心神，對著李惠珍客氣地說道：「李姊姊，多年不見，別來無恙。」

「謝司言別來無恙。」李惠珍小心翼翼地回道。雖然她嫉妒慧馨，可這些年的經歷已讓她懂得一時的口舌之快，只會帶來無盡的羞辱和麻煩。

「我前幾日才聽說姊姊在這邊當差，今日終得了空過來看看妳過得可好，姊姊不會怪我來晚了吧？」慧馨微笑著說道。

「謝司言快別這麼說，我現在不過是個浣衣女，哪用勞動您來看我。」李惠珍忙低了頭，她心裡有些不安，搞不懂為什麼慧馨會突然來找她。

慧馨指了旁邊的一棵樹，跟李惠珍說道：「李姊姊，今日日頭大，我們到那邊樹下說話可好？」

李惠珍看了看慧馨，又看了看跟在慧馨身後的瑞珠，點了點頭。慧馨帶著李惠珍走到了稍遠一點的地方，瑞珠則留在原地守著。

「我聽人說浣衣局這裡差事清苦，李姊姊在這裡吃了不少苦吧？」

「豈止是清苦……不過又能怎樣呢，我得罪了皇后娘娘，能保得一條命在，已經是老天開恩了。」李惠珍苦笑著說道。當年的她實在太天真了，竟敢找袁橙衣的麻煩，這些年吃的苦讓她看到了太多的人心。人心難測，這宮裡的人心更難測。

「那李姊姊可曾想過換個地方呢？我雖沒什麼本事，但把宮女換個差事的能力還是有的，只要李姊姊的眼界不要太高，力所能及的要求我都可以滿足姊姊……」慧馨說道。

李惠珍心下一驚，盯著慧馨問道：「謝司言，我在這浣衣局都三年多了，身上財物早就耗光，往日來往的姊妹也早就沒了聯繫，若是您要我做什麼事，雖我有心改善自身近況，可奈何能力實在有限，只怕會讓司言大人失望……」李惠珍心知慧馨突然願意伸手幫她，肯定是有事要她做。雖然她日日盼著離開浣衣局，可她現在也有自知之明，浣衣局再苦也比丟了性命強。

「李姊姊不用害怕，不需要妳做什麼，只想跟姊姊打聽一件事，李姊姊當年是如何知曉靜園的密道？」慧馨盯著李惠珍問道。

李惠珍心下一驚，眼神躲閃地囁嚅道：「什麼密道……我不明白謝司言的意思。」

慧馨微微一笑，放緩了語氣說道：「李姊姊不用害怕，我並不是要追究責任。當年韓家造反，靜園遭遇了一場災禍，妳當時便是從靜園的密道逃生，可妳大概不知道，我當時就跟在妳後面，若不是託了姊姊的福，我當年興許也遭遇不測了。」

李惠珍這下是更加心驚了，這件事情她自認只有自個知道，從來也沒跟別人講過，現在慧馨這樣說，那麼肯定她是知情了。一想到當年慧馨就跟在她後面，她卻絲毫不知，李惠珍便背後一陣冷汗。她果然是自視過高，殊不知她的所作所為早就被別人看在眼裡。

李惠珍苦笑了幾下說道：「真是沒想到……不瞞謝司言，我之所以知道靜園的密道，皆因當年我家祖父在翰林院整理典籍時，無意中看到了靜園的修建圖紙，後來怕我在靜園中出事，祖父便在入園前將密道的圖紙給了我。」

慧馨一聽有圖紙，眼光一亮說道：「那這圖紙不知李姊姊可還保留著？」

「當年為怕圖紙被人發現，我將地圖熟記心中之後，便毀去了。」

慧馨聽到圖紙毀了眼神一暗，又問道：「那李姊姊現在可還記著那地圖，能否麻煩姊姊重新畫一幅給我？」

「這……時隔多年，我只怕有些地方記不清楚了。」李惠珍皺了皺眉。

慧馨心知她還是在擔心慧馨會對她不利，便保證說道：「李姊姊盡可放心，只要姊姊能把密道的地圖重新畫出來，我一定為姊姊換個滿意的地方。妳我相識也有數載，我的品性妳應該知道，我不屑陷害別人，更不會落井下石。不瞞姊姊說，我家中也將有人入靜園，這份地圖乃是為家人所求。」

慧馨見李惠珍還有些猶豫，心知她一時無法相信慧馨，畢竟兩人以前相交並不深。慧馨看看時辰，她這次進宮是私下行動，不宜久留，若是被顧承志和袁橙衣知道問起，她可不好交代。

慧馨招手把遠處的瑞珠叫過來，跟李惠珍說道：「李姊姊若是一時想不清楚，可多思量些時日，我讓瑞珠三日後再來找姊姊，到時姊姊可把決定告訴她，她自會轉告我……」

慧馨相信以李惠珍的性子肯定不甘心一輩子待在浣衣局，她得罪的人又是袁橙衣，沒人敢幫她，慧馨估計是她唯一離開浣衣局的機會了。

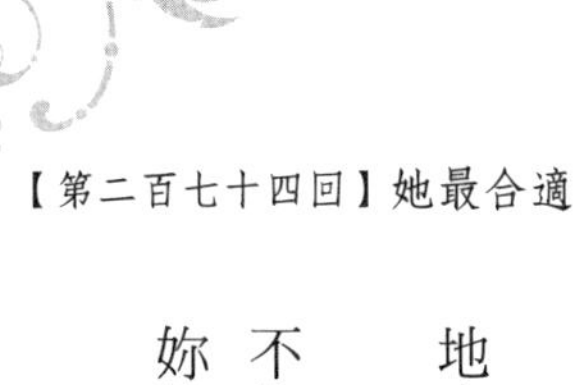

慧馨準備從李惠珍手上拿到密道圖紙後，便把她換到皇莊去。慧馨了解袁橙衣，袁橙衣根本就沒把李惠珍當作對手，估計她現在壓根就記不起李惠珍這個人了。所以把李惠珍弄出宮並不難，單憑慧馨的身分，從浣衣局調走個人，想來沒人敢不給她面子。

❖

慧馨回了謝府便去看望慧嘉，盧氏正抱著那個嬰孩跟慧嘉說話。

原來今日太皇太后派了人來謝府，太皇太后給那個孩子安排了一個假身分，現在這個孩子是名正言順的孤兒，就等著人領養了。

慧馨把她今日進宮找人要靜園密道圖紙的事情跟盧氏和慧嘉講了，慧嘉兩人頭次聽說密道之事都嚇了一跳。

慧嘉皺著眉說道：「妳可別為我做什麼危險的事，我如今已看破紅塵，靜園平安堂是個安靜的地方，能在那裡修行也算是有造化，密道什麼的知不知道都無所謂。」

「二姊，妳放心吧，不會有危險的，我明白妳心意，這條密道就當給妳留的後路吧，太皇太后不許家人與妳見面，以後我們連妳在裡面過得好不好都無從知曉，但有這條密道在，我們也好放心妳的安全不會有問題……」在慧馨看來，知道這條密道總比不知道強，就算用不上，但還能保有一條後路。

慧馨見慧嘉和盧氏還是皺著眉頭，便轉移話題道：「對了，收養這孩子的人家妳們可有什麼想法？我倒是想起一個人，她應該很合適……」

【第二百七十五回】

林端如報恩

「是誰？」盧氏拉著慧馨的手焦急地問道。

「林表姊。」慧馨堅定地說。

盧氏神情愣了一下，「妳是說……林端如表妹？」

「是啊，林表姊成親這些年一直未曾生育，正適合收這個孩子做養女。」慧馨目光炯炯地說道，她怎麼想都覺得林端如是最適合的人。

話說林端如成親這些年，一直沒有身孕，雖然他們夫妻都才二十出頭，趙家也沒有因此責怪林端如，但林端如不免還是有些擔心，為此她還曾找過慧馨，慧馨曾動用她的名義請了位御醫為林表姊診脈，吃御醫開的調養湯藥約有一年左右。

林端如夫妻兩人的品性忠厚，但並不是愚忠不懂變通，再加上謝家這些年一直對他們多有照應，要不然林端如夫妻這些年也不能在京城站得住腳，說起來謝家對林端如夫妻的恩情可不小。慧馨還記得當年林端如出嫁時說過報恩的話，如今讓她幫著養一個女嬰應該不成問題。

林端如這些年把小家經營的風生水起，因著林趙兩家都是書香門第，林端如沒有做生意，但她把錢都拿來買田莊，一來二去，幾年下來手裡也有了上千畝的良田，而且這些良田都在京城附近。

除了莊子上每年產出賺錢，這些莊子本身的價值也翻了好幾倍。雖然手頭上的錢多了，但林家和趙家的家風嚴格，林端如夫妻並沒有因為有錢就奢侈起來，仍然保持著書香之家的作風。這個孩子過繼到林端如名下，有了趙家嫡長女的身分，太皇太后應該會滿意。

盧氏愣了一會說道：「林表妹家……這我得跟妳二哥商量一下才能決定。」

待謝睿回了家，盧氏拉著他關了門，夫妻兩個在房裡商量起收養的事情。

「林表妹家？說起來，林表妹夫妻的品行倒是不錯，這些年跟咱們也親近，雖然不熱絡，卻是比其他的親戚更可靠。」盧氏說道。

「趙家表姑爺也是上進的人，雖然考了幾次科舉都沒中，但一直沒有放棄，潛心研究學問，我正打算聘他做書院的客座講席。趙家家風嚴謹，這幾年有了錢也沒有跋扈。林家表妹一直無出，趙家老太太和表姑爺也從未為難過表妹，一直十分敬重她。雖然這裡頭有趙家忌憚咱們家的原因，歸根究柢還是趙家的家教好。」謝睿說道。

「是啊，而且林表妹持家有方，趙家這幾年產業增加了不少，雖然背後有我們家庇護著，但林表妹眼光準確卻是少不了的。趙家現在雖然沒有權勢，但有咱們家在背後撐著，這京城也無人敢找他們的麻煩。趙家的確是收養這孩子的最好人選……」盧氏說道。

「……不過這事終歸還是要趙家心甘情願才好，明日妳便同七妹一起去找林表妹，先問問她的意思，總不能為了這孩子弄得她在趙家不好做。」謝睿說道。

次日，盧氏和慧馨坐著馬車去看望林端如，兩人先拜見趙老太太，這才跟著林端如到她的房間說話。

盧氏三兩句話便把話題轉到了她們的來意上，慧馨坐在一旁不時插句話。

林端如聽了兩人的話有些吃驚，不過面色卻有些泛紅，好像心情很好的樣子，「收養孩子？這事倒是巧了，我婆婆前幾天遇到一位高僧為她看相，說我們缺一位貴人，只等這位貴人來了家裡，便會子嗣綿延，相公的仕途也會一帆風順。原我是不信的，只因那僧人說時機到了自有人會把貴人送來我家。沒想到，這過了幾天，妳們就把這孩子送到我家來了，如此想來，難道這孩子就是我家的貴人不成？」

林端如早就覺得謝家這些年對她照顧良多，可惜她苦無報恩之法，如今謝家找上門來，她自然一口就應下了。

慧馨一愣，心下感嘆林端如果然聰慧，反應如此之快，雖然她所說的高僧看相之說不知真假，但有了這套說辭，過繼孩子的事情便成了情理之中，而且還給了謝家一個台階下。

慧馨來之前便覺得林端如多半不會拒絕謝家的請求，這會見她爽快地應了，便開口說道：「林姊姊，這孩子的身分我還是要交代一下，她具體生身父母不好說，但這孩子是罪臣之後，是上頭的旨意要救下這個孩子。雖然如此，她的出身總歸有些不好之處，將來少不得要有所忌諱。我們雖將這孩子託付給姊姊撫養，卻不想因這孩子拖累了趙家……」

林端如聽了慧馨的話嫣然一笑，「七妹妹莫擔心，趙家能有今日多虧有表哥表嫂照應，若沒有姨母一家對我的照應，我也過不上現在的日子。我說這話不只是指以前，以後的日子趙家也少不得要謝家多關照。對趙家來說，沒有謝家便不會有趙家，所以這孩子養在我這裡，跟養在謝家是一樣的。因緣際會，你們把孩子送到我這裡，也算是她與我家有緣。這孩子身分的問題我會記在心裡多加注意，絕不會教人察覺。待她過繼到我的名下，我定會當她做親生女兒撫養，她前身的事情便再與她無關。」

慧馨默默點頭，林姊姊果然是最明事理，懂得如何選擇的人。現在看來，幸好當年謝太太好心救了林端如，能撫養漢王遺孤的人選，除了林端如，謝家再找不到能讓太皇太后滿意的人了。

既然林端如這邊沒有問題，下面就是具體進行收養的程序。具體該怎麼做，要等林端如跟趙家這邊商議好後，謝家來配合他們。為了讓事情更加名正言順，回頭還要謝睿跟趙顯文商量舉行個儀式，請長輩們來做見證，剩下這些程序上的事情便不是慧馨需要管的了。總歸漢王的遺孤現在有了著落。慧馨只覺心中的一塊大石落地，她相信林端如會把這個孩子好好撫養成人。

【第二百七十六回】
帝之心

孩子過繼的事情由謝睿夫妻跟林端如那邊處理，慧馨這幾天便閒了下來，不過她倒是一直掛記著李惠珍那邊的消息。

到了約定的日子，瑞珠親自過來給慧馨送信。慧馨打開李惠珍給她的書信，裡面是一張地圖與一張紙條，李惠珍請求慧馨想辦法把她從宮裡調出去，她想到皇莊上做管事。

慧馨看看地圖，雖然不能確定真假，但想來李惠珍不會騙她。皇莊的問題好解決，她只要給浣衣局和皇莊遞個話，自然有人把這事辦好。

除了這份密道的地圖，慧馨還寫了一封給靜惠師太的信，靜惠師太和慧嘉的經歷相仿，有她指點，慧嘉的日子應該會好過些。

慧馨把兩封信一起交給了慧嘉，慧嘉什麼也沒說便收下了，不過看她的神情很是欣慰。

慧嘉盯著慧馨看了一會，忽然說道：「我聽二嫂說，皇上可能將妳賜婚給南平侯？」

「大概是吧，不過皇上還未宣召我問話，事情究竟如何還要看皇上的意思才行。」慧馨有些心不在焉地說道，話說過了這幾天了，顧承志那邊還沒有動靜，他是故意的嗎？

「……我估計自己是沒有機會看著妳成親了，妳以後千萬不要像我這樣，嫁了人，心裡頭要把夫家放在首位……其實不用我這麼說，妳也知道該怎麼做，妳比我聰明，比我更懂人情世故，又不像我這般貪心不足。要好好的過日子，千萬別像我一樣……」慧嘉說著說著眼睛變得有些濕潤。

慧馨也有些心酸，安慰慧嘉道：「二姊，別想這麼多了，雖然太皇太后不准妳出靜園，但總有其他人要進出，待熟悉了裡面的人，進出傳些消息應該不難。」

慧嘉發了一會呆，從枕頭下拿出一串佛珠，閉著眼睛開始默誦佛經，慧馨見此便告辭回了自己的屋子。

慧馨心裡有些煩躁，南平侯跟顧承志請求賜婚已經過去好幾日了，顧承志那邊始終沒有動靜，慧馨擔心莫非是顧承志察覺了什麼？不過也有可能是故意在試探南平侯和她。哎，帝王之心難測啊，這個孩子沒小時候那般直爽可愛了……

慧馨坐到桌邊準備動手畫畫，現在漢王已死，她再也不用再藏著掖著了，想畫就畫。

慧馨還沒動筆，盧氏便差了丫鬟來找她，皇上宣她進宮。終於來了，慧馨深吸口氣，換上宮裝跟著來傳旨的人一起走了。

❁

景仁宮裡，顧承志坐在上首，慧馨跪在地上行禮，顧承志親切地說道：「平身，妳這幾天休息得怎樣？上回妳進宮朕也沒空見妳，聽賀公公說妳可是幫了他大忙，朝廷能這麼快就平定漢王妳也出了不少力啊……」

「託皇上的福了，奴婢幸不辱命。」

「只可惜了妳二姊，她立了頭功卻被狠心的漢王妃害死，朕想封賞她也沒用了……」

沒想到賀公公真的把慧嘉還活著之事瞞下，慧馨一時腦筋急轉，臉上露出戚容，好像被顧承志勾起了傷心事。

「……妳也別太傷心，人死不能復生，朕會記得謝家這次的功績，絕不會虧待你們。」

「皇上憐惜，我等不敢居功，能為皇上盡心是我等的福氣。」

顧承志看著慧馨似是嘆了口氣，有些惆悵地說道：「妳還是這麼善解人意……朕本來想讓妳在家裡多歇息幾日，想來這些年妳跟著朕吃了不少苦，朕心裡著實心疼。可又有事牽涉到妳，不得不召妳進宮。南平侯前幾日跟朕請旨，要聘妳為妻。朕當初曾答應過妳，將來妳的婚事由妳自個做主，雖然南平侯是大趙最尊貴的國戚，但朕還是要聽聽妳的想法，若妳不願意，朕便替妳回絕了南平侯……」

慧馨呆愣在當地許久，好像被顧承志說的事情嚇住了，忽然她反應過來忙跪在地上回話道：「……奴婢任憑皇上做主。」

慧馨低著頭，臉上略顯戚容，顧承志盯著慧馨把她的點滴反應都看在眼裡，心下略點了點頭。

「妳與朕相識多年，情分不同常人，從太子府到聖孫府再到這皇宮，朕最信任的人只有妳一個，妳的脾氣朕多少也清楚，朕不願妳受了委屈，有什麼心裡話只管跟朕講。」

慧馨思索了一會，才皺著眉頭說道：「南平侯身分尊貴，奴婢有幸得侯爺垂青，深恐自個配不上侯爺……」

「這妳不用擔心，南平侯尊貴無雙，但妳也是朕的心腹，朕自會給妳一個配得上侯爺的身分。朕只想知道妳自個的心意。這幾次妳出去辦差，跟南平侯多有相處的機會，妳覺得侯爺這人如何？」

「南平侯是國之頂梁，有他在，大趙天下可定，侯爺為人沉穩，是可託大事之人。」慧馨猶豫著說道。

「妳說的不錯，大趙不能沒有南平侯，朕也不能沒有南平侯。雖然侯爺年紀是大了些，又成過兩次親，但不是一般男子可比，朕聽說有不少女子都在私下愛慕侯爺，妳別看侯爺平時威嚴，但他對親人都很溫和。朕小時候他就很疼朕，教導過朕不少事情……」顧承志笑著說道，好似回憶起了跟侯爺在一起的溫馨時光。

慧馨靜靜地聽著顧承志講述，只皺著眉並未發表意見，看顧承志的樣子分明已經在勸說她同意侯爺的求親了。

顧承志繼續勸說道：「朕知妳心中頗有顧慮，其實朕也沒想到南平侯會傾心與妳，剛聽到侯爺說起時，朕也是吃了一驚。不過侯爺這人情深，前兩任夫人雖也都是賜婚，可並不為侯爺所喜，這一次是侯爺親自提出，想來在他心中妳與別人不同……」

慧馨似是被顧承志的言辭打動，臉上泛著羞澀的紅暈，低頭喃喃道：「南平侯看中奴婢，是奴婢的福氣……」

顧承志目光一閃問道：「朕再問最後一次，若妳還是不願嫁給南平侯，朕絕不強求。侯爺對大趙有功，天下能有現在這般盛平，侯爺有一半的功勞。對朕來說，侯爺不僅是朕的長輩，還是大趙不可或缺的鎮國良將……」

慧馨咬了咬唇下定決心道：「奴婢願意。」

顧承志讚許地點了點頭：「妳放心吧，朕想過了，這次平叛漢王，謝家功勞不小，朕打算封妳為平鄉君，妳出嫁的各項事宜交由宗人府打理，這樣妳的身分也算配得上侯爺了。」

慧馨吃驚地看著顧承志，顧承志要封她鄉君的事她可真是頭一次聽到，雖然只是一個小小的鄉君，可有了這個頭銜，她就不再是平民百姓，而是有爵位的人了。

顧承志看著慧馨吃驚的樣子更加滿意了，他眼光一閃頗有深意地說道：「有了這個身分，也不用怕侯爺會欺負妳了，若是侯爺惹妳不高興，妳儘管來跟朕說，朕自會替妳做主……」

慧馨看著顧承志，見他一直盯著她，便知他話裡的深意，慧馨微點了點頭，跟顧承志頗有靈犀地說道：「奴婢領旨謝恩。」

從宮裡頭出來，慧馨臉色有些沉重，真是沒想到顧承志會封她鄉君。看來顧承志對南平侯還是頗為忌憚，賜給他帶個爵位的老婆。慧馨雖然出身大不如南平侯，但有了這個名頭，在侯府裡就能跟侯爺平起平坐，而不是被侯爺壓低一頭了。不過侯爺和慧馨都不是野心大的人，隨顧承志折騰吧，他們成親後最多在京城待幾個月就去南方逍遙自在了。

回到謝府，慧馨把顧承志的話轉述給了謝睿和盧氏，兩人聽到皇上要封慧馨鄉君也是吃了一驚。慧馨看著謝睿吃驚的樣子，心下一嘆，謝睿入內閣之事是徹底泡湯了。謝家得了慧馨的這個賞賜，皇上不可能再給謝家其他了。

正式的聖旨還要過幾天才會下來，謝家這幾日還算清靜。只是那個孩子的收養手續已經辦好，趙家為此專門設宴請客，謝家的人都去慶賀，慧馨也跟著盧氏去赴宴。

宴會上，林端如全程把孩子帶在身邊，臉上的喜氣掩也掩不住，逢人便說這孩子是他們家的福星，還給孩子起了個小名就叫福兒。

林端如招待謝家人時也沒有特意說什麼，外人完全無法看出這個孩子是從謝家送來，因著之前便給這孩子在一所庵堂記了孤兒的冊子，所以趙家對外的說法是，林端如在庵堂看中了這個孩子。

宴會並不盛大，但卻辦得很精緻，趙家請來的都是遠近很有聲望的人，看得出來趙家為這個孩子頗花心思。

孩子的事情處理好後，慧馨派人往無名茶樓送了封信，跟侯爺約了個時間在茶樓見面。福兒的事和顧承志要封她鄉君的事，慧馨要跟侯爺報告一下。

到了約定那天，慧馨帶著一個丫鬟去了無名茶樓。慧馨一進茶樓，小二便迎了上來，帶著她到了一個包廂門口。慧馨讓小二帶著丫鬟下去吃茶，隻身進了包廂，剛跨進門，慧馨便被一股力道拉進了熟悉的懷抱。

慧馨彎著眼睛笑看面前的人說道：「久等了。」

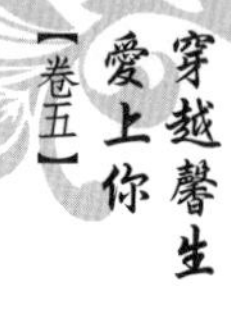

【第二百七十七回】

慧嘉剃度

南平侯親了一下慧馨的額頭，拉著慧馨往旁邊一坐，便迫不及待問道：「皇上已經找過妳了？他怎麼說？」

慧馨看著侯爺急切又小心翼翼的樣子，忽然感到心下一陣甜蜜，再厲害的侯爺也還是有讓他掛心的人和事。

慧馨彎著眼睛點點頭，「皇上已經同意，聖旨應該過幾日就下來了。」

南平侯把慧馨攬在懷裡，下巴抵著她的額頭，慧馨貼在侯爺的胸口聽著他的心跳，這顆心臟比平時跳得更快，都是因為她……想到這裡，慧馨嘴角的笑意久久不能散去。

過了良久，慧馨才抬起頭來，微微皺著眉頭，撇著嘴不滿地說道：「不過他還說要封我做什麼平鄉君……」

南平侯毫不在意地悶笑了幾聲，說道：「怎麼？皇上封妳為鄉君是多大的榮耀啊，妳竟然還不樂意？」

慧馨愣了一下抓著南平侯問道：「妳不介意嗎？皇上封我這麼個稱號，以後我可要跟妳平起平坐了。」

南平侯忽然哈哈大笑起來，「妳覺得我會怕嗎？我的鄉君殿下。」

慧馨看著侯爺開懷的樣子，心下大鬆一口氣，又覺得有些不好意思，便拉著侯爺的袖子揉了兩下，小聲囁嚅道：「哼！就知道侯爺大人厲害，怎麼會把一個小小鄉君放在心裡，害我白擔心。」

侯爺捏了捏慧馨圓翹的鼻子，笑著說道：「本來皇上這主意不錯，可惜他不知道咱們的平鄉君跟我是一條心，就算他封妳為公主，本侯也不怕。」

慧馨在侯爺衣襟上蹭蹭有些癢的鼻子，抬頭看著笑容滿面的侯爺，心下道，好吧，是她小心眼了，咱們侯爺大氣著呢，顧承志那點小心思他壓根就沒放在心上。

從無名茶樓回來，慧馨感覺心情放鬆了很多，倒是謝睿和盧氏這些日子很緊張，雖然聖旨還沒下來，但盧氏已經在盤算著是不是應該把府裡頭整修一下，專門給慧馨修個院子，畢竟以後她可是鄉君了，該住在配得上她身分的地方。

慧馨聽了盧氏的想法，趕緊拉住她說道：「千萬別，我這個鄉君的名頭是怎麼來的，別人不清楚，咱們自家人還不知道嗎？還是低調著點好，等聖旨下了還不定多少人看著咱們眼紅呢，可別再去招人嫉妒了。」

盧氏想了想嘆了口氣，慧馨說得也有道理，便把這事暫時擱下了。

聖旨到的那天，整個謝府都沸騰了，雖然三位當家的主子都已經心裡有數，可聖旨上的內容還是讓他們震驚不已。

以慧馨監軍協助平叛漢王為由，皇上冊封她為平鄉君，同時賜婚南平侯為妻。隨著聖旨而來的還有許多賞賜，這些賞賜都是給慧馨陪嫁用的。皇上的旨意剛傳完，皇后那邊的賞賜也到了，還有太皇太后和太后，隨後還有幾位宮中頗有體面的妃子們也派了賞賜過來。謝府的院子裡堆滿了從宮中送來的金銀珠寶，其中幾件比較貴重的古玩字畫一早便被盧氏先收了起來。

謝家的事情迅速傳遍了京城，京城一片譁然，冷嘲熱諷的人有，吃驚的人最多。不論是慧馨被封為鄉君，還是被賜婚南平侯，這兩個消息都夠讓人震驚。特別是後者，話說自從侯爺的第二任夫人去世後，京裡頭就有不少大家閨秀盯著南平侯夫人的位子，可惜侯爺沒多久就去了南方，而且一待就是好幾年，讓這些人想獻殷勤卻苦無辦法。如今卻被一個名不見經傳的謝家女子得去了，免不了要被人嫉恨。好在明眼人都看得出來，慧馨是皇上的人，也沒人真敢在檯面上說什麼。

這幾日，謝家的門檻都要被來訪的人踩爛了，慧馨每天都坐在正廳裡，接見不停前來探望的親友。為怕別人說謝家目中無人，盧氏天天都拉著慧馨親自招待來人。慧馨嘴角抽搐地揉揉額頭，怎麼以前就沒發現謝家有這麼多親戚朋友在京城呢……

賞賜的東西擺在前院裡，每個來拜訪的人都能看到，慧馨本來不同意這樣做，但謝睿和盧氏堅持這是謝家幾輩子修來的榮耀，要讓整個家族都感受到這份尊榮。見謝睿夫妻堅持，慧馨只好讓步。

慧馨和侯爺成親的日子定在兩個月以後，盧氏這邊已經開始為慧馨準備嫁妝，看樣子，慧馨的這份嫁妝怕是比當年慧嘉出嫁時還要豐厚。盧氏興匆匆地把大把大把的錢財花出去，慧馨瞧著她的樣子眉頭跳個不停。

雖然這些日子的高調讓慧馨有些不適應，但她心情還是很好，只有一件事讓她想起來有些無奈，江寧那邊傳來消息，謝老爺謝太太會親自前來京城為慧馨操辦婚禮，還有謝家其他幾房的太太也會過來參加。不過他們都來也好，正好有些話該說，上次慧馨跟謝睿說讓他當家的話可不是隨便說說的。

過了幾日後拜訪的人漸漸變少，慧馨鬆了一口氣，而且慧嘉的傷勢也好了。太皇太后那邊派了御醫來給慧嘉檢查傷口，第二日宮裡就送了信，說是三日後會有人來接慧嘉入靜園。

❖

謝家一下子又陷入了陰霾之中，下人們有些摸不著頭腦，只覺得這幾日府裡三位主子的臉色都不好看，大家不知道出了什麼事，只得小心翼翼服侍。盧氏為了慧嘉的事，這幾日直接閉了府，偌大的謝府一反前幾日的熱鬧，一下就又冷清了下來。

倒是慧嘉臉上沒什麼變化，一見了慧馨和盧氏便同她們談佛法，反過來勸解她們想開些。

到了日子，宮裡來的人夜裡來到謝府，慧嘉的包袱已經整理好，來人卻不允許她帶，說是平安堂一切不缺，況且慧嘉是去出家，這些俗物都不需要了。慧馨看了來人一眼沒有說話，把慧嘉手裡的包袱接過放下。慧嘉所帶的東西裡最重要的便是慧馨給她的兩封信，她已把這兩封信貼身放著，其他東西帶不帶已無所謂。

而慧馨這邊卻是想著，靜園和平安堂不是一個鐵籠，回頭她去皇莊那邊打聽一下，再找人把包袱捎進去給慧嘉。

慧馨看著載著慧嘉的馬車漸漸遠去，目光有些茫然，她想起了小時候，因著年齡的關係，慧嘉是除了慧琳之外，跟她相處時間最長的姊姊。還記得那年慧琳出嫁後，她們跟著謝太太去大召寺祈福。慧嘉借了本《永州八記》給她，當時慧嘉對她說了什麼來著，慧馨有些記不清了，但是她卻還記得當時便感覺慧嘉的性格太過激進不是幸事，是不是從那時起就註定了慧嘉今日的結局……

對於慧嘉的感情，慧馨一直都覺得很複雜，之前很長一段時間兩姊妹冷戰，那時的慧馨確實對她很失望，但是後來卻又很同情她。說起來，她如今能得到平鄉君這個爵位，皇上又很乾脆地同意她和南平侯的婚事，這裡頭慧嘉起了很大的作用。慧嘉毒殺漢王的舉動，無疑讓顧承志更加信任謝家，更信任慧馨，而這個功勞卻無法落在慧嘉身上。皇上封慧馨為平鄉君，雖有他的深層用意，但也是對謝家的一種補償。

雖然現在有太皇太后在上面壓著謝家，但只要熬到太皇太后去世，謝家出頭是指日可待。從某種程度上說，是慧嘉成就了慧馨，也成就了謝家。

對慧馨來說，慧嘉可說是她的恩人，沒有當年慧嘉嫁給漢王，慧馨永遠也沒機會進入靜園，沒有機會認識顧承志，更沒有機會認識南平侯。所以慧馨此時總覺得自己虧欠慧嘉許多，因此想盡辦法要幫助慧嘉，改善她以後的生活環境。

慧嘉坐在馬車裡，最後一次回頭看了看身後的謝府，一滴眼淚順著臉頰滑下。身後的謝府對她來說是陌生地，之前她從來沒在那裡住過，可是那裡卻是她的家，以後卻是再也不能回到那裡了。載著慧嘉的馬車經由皇莊那邊的路，一直行到靜園的北門停下。外頭的人扔給慧嘉一件黑色帶帽的斗篷，讓她把自個裹了個嚴實。

進到平安堂的正殿，裡面的人已經等著。慧嘉解下斗篷，主持上來跟她說了幾句話，便把她引到佛前的蒲團。

慧嘉跪在蒲團上低著頭，主持解開她的髮髻，青絲如瀑般瀉在她的背後。

主持口中念念有詞，拿著剃刀一刀刀地把慧嘉的髮絲削去，慧嘉閉著眼睛默誦著佛經。

太皇太后的人看著剃度儀式完成才離去，主持拿了一套灰色的麻布僧衣交給慧嘉。因太皇太后說過要慧嘉一輩子為漢王守孝，所以慧嘉只能穿麻衣。

慧嘉回屋換過衣裳，拿出藏在懷中的兩個信封。慧嘉拿著那幅地圖沉思良久，最終她走到桌邊的燭臺旁，把地圖放在燭火上燒成了灰燼。無論將來如何，她都不打算離開平安堂了。

慧嘉拿起另一個寫有「靜惠師太親啟」字樣的信封，出了屋……

【第二百七十八回】

聚會

送走了慧嘉，慧馨開始在府裡專心備嫁，婚禮用品有宗人府那邊準備，不用她操心。但是還有許多陪嫁的物件要她親手製作，尤其盧氏要求所有的衣服全部都要新的，於是在京城櫻彩樓訂做了四季衣裳，每季八套。在滴翠閣訂了配衣服的首飾三十二套，盧氏還要去脂瓊閣訂胭脂水粉，被慧馨費盡力氣攔了下來，臉上塗的東西還是她自個製作最放心。

因著現在可以自由自在畫畫了，慧馨便找人買了些可以用來染布的顏料，她想在衣服上畫畫，做幾套水墨山水的衣裙，這一來，她整日裡領著丫鬟們忙得熱火朝天。

這些日子是慧馨重生到這個時代過得最輕鬆的時候，想到好久不見的朋友們，慧馨發了帖子請她們出來玩。

欣茹、欣雅和欣語三人都是孩子的娘了，這幾年除了替袁橙衣傳旨的時候見過面，大多時候都只是擦肩而過，這次有機會重聚，大家都很高興。

慧馨約見面的地方是欣茹名下的少兒書局，如今的少兒書局早已擴建，聽說書局所在的整條街變成了書局街。新開的書局有專門賣書的，也有專門賣成人版連環畫。

慧馨提前到了少兒書局門口，看著整條街的變化很是新鮮，見欣茹她們還沒到，便進了其他的書局裡逛逛。

慧馨聽店裡的夥計介紹了半天，原來現在大趙連環畫冊不只在京城一個地方興起，連外地的一些大城市也很流行，尤其是江南一帶，竟出了不少非常受歡迎的畫冊，連京城都從那邊訂貨。

畫冊的內容也越來越豐富，有教育性質的，有故事性的，天馬行空的故事。畫風也漸漸多樣，有水墨風的，有寫實風的，也有趣版的。話說這個趣版還是從欣茹手上流行起來……慧馨心下一嘆，這便是未來漫畫的雛形了吧。

從書局裡出來，慧馨看到街邊有些小商販在賣小食，許久沒有這樣逛街了，慧馨帶著丫鬟往小商販走去。

攤上有不少零食，慧馨看了看心中一陣茫然，這些零食對她來說既熟悉又陌生，像是那一塊泛著蜜色的蜂蜜乳酪塊，上輩子她最愛吃了，但是大趙這邊以前並沒有。

聽攤主介紹這些零食有些是從羌斥運來，有些是從羌斥來的原料再於大趙加工。慧馨買了一袋各式各樣的乳酪塊，拿起一塊放入口中。香甜的味道在口中徐徐化開，估計是加入了大趙更精細的食品加工工藝，這乳酪的口感比以前更加細膩醇厚。

慧馨回頭看著繁華熱鬧的街道，想起當年她們之所以把店址選在這裡，是因為這地段雖然人少卻很便宜，沒想到這才幾年就發展成這種程度。不經意間，這個朝代一直不斷地進步。

如今的少兒書局擴建後，二樓成了茶座式的書室，客人交了茶水錢，可以在這裡隨意瀏覽畫冊。

慧馨回到少兒書局，上了二樓的包廂。

慧馨從書架上取了幾本畫冊翻閱，一邊喝著夥計送上的茶。欣茹的書局還是秉承著只製作少兒畫冊的經營路線，因為製作精良，在京城裡倒是獨樹一幟。

慧馨剛看完兩本畫冊，欣茹便到了，這丫頭雖然已經升格為母親，但還是一如往常純真，一見慧馨便拉著她說個沒停，好像要一口氣把前些年沒說的話都給補上。

「怎麼沒把你們家的小少爺也一起帶過來，話說我還沒見過他呢，洗三滿月都沒趕上。」慧馨說道，招手叫丫鬟拿了一包東西過來遞給欣茹，「吶，這些是我給小侄子的禮物，我自個設計再請手藝高超的匠人做的，雖然不值幾個錢，卻是大趙頭一份來著，保證這些東西其他人一件也沒有。」

這些是慧馨在謝府休假時閒來無事做的，一些益智類的小孩子玩具，雖然欣茹的兒子還小玩不了這些，但孩子總要長大的。

欣茹解開包袱看了看，嘆息說道：「還是妳腦子活泛，總能整出些奇妙的東西，這些東西怎麼玩先教教我。」

慧馨點點欣茹的額頭笑著說道：「妳呀，還跟自個兒子搶玩具。」

慧馨把玩具一件件拿出來，教欣茹怎麼玩，順便把製作方法也告訴她，將來若是玩具壞了，由她們自個修吧，她可不包售後服務。

當欣語和欣雅到的時候，欣茹正在桌子上擺弄他兒子的玩具。見了欣雅，慧馨忙起身行禮。欣雅有郡主的名分，是四人中身分最尊貴的。

欣雅忙上前扶起慧馨，笑著說道：「可別這麼多禮，都是自家姊妹，難道幾年沒在一起聚聚就生分了？」

欣語也在旁說道：「就是，妳若是這麼見外，那我和欣茹還要跟妳行禮，妳現在可是鄉君了。」

慧馨忙說不要，四人笑哈哈地坐下說話，雖然這幾年沒怎麼聯繫過，可四人之間不曾有利益牽扯，大家的關係融洽，說起話來仍然像小時候一般不避諱。

欣語、欣雅和欣茹三人都是有孩子的，其中欣語已經是兩個孩子的母親，她們談天的話題不免就轉到了孩子身上。但是大家沒說兩句，三人的目光忽然詭異地都集中到了慧馨身上。

慧馨詫異地問道：「妳們幹嘛突然用這麼詭異的眼光看著我啊？」

欣茹忽然壞笑著說道：「聽說妳要嫁給南平侯了，那以後我們該怎麼稱呼妳……呢？」

慧馨愣了一下，可不嗎？欣茹三姊妹可是要尊稱南平侯舅爺爺的。

慧馨嗔怒地掐了一下欣茹，笑著說道：「妳們吶！盡會取笑我，我也不要被叫老了，以後只許叫姊妹，誰要敢叫那個稱呼，我就跟誰翻臉！」

聽了慧馨的話，幾個人哈哈笑成了一團。慧馨皺皺眉頭，也無奈地笑趴在欣茹身上，年齡和輩分有時候真是矛盾。

四人玩了半天便散了，慧馨現在是自由身了，以後有的是機會跟大家一起聚會，反倒是三個做了母親的人，牽掛著家裡的孩子呢。

慧馨跟著欣茹她們一起下了樓，正要上馬車前，忽然轉頭看到旁邊的書局裡，好像有個身影非常眼熟……

【第二百七十九回】終見故人

慧馨跟欣茹她們寒暄了幾句，讓她們先走了，她轉身走到隔壁書局的門口往裡面望去。一對年輕的夫婦正在裡面挑東西，他們身後有一個僕婦，懷裡抱著一個粉妝玉琢的娃娃。夫婦兩人都在挑畫冊，那女子挑了好幾本拿在手上，面上神情看似十分猶豫，似乎一本也捨不得放棄。

男子見女子如此，恥笑了一聲：「妳這個樣子是作甚？既然喜歡便都買了，瞧這一副為難的樣子，難道我蔣家還缺這幾個錢不成，教別人看了還以為我虧待妳，連這點錢都不給。」

女子臉一紅，有些委屈地說道：「我又不是因為心疼銀子，只是上回二嫂見我看這些畫冊，說這些都是玩物喪志的東西，叨唸了我好一會呢，我覺得二嫂說得也是有理，我雖笨手笨腳的幫不了嫂子們理家，但不該只知道貪玩。可要我一下都不看了，又老是記掛著畫冊的內容，所以才猶豫著該放棄哪幾本……」

男子皺著眉頭撇了撇嘴，「這有什麼好猶豫的，既然喜歡就全買了。二嫂這人自視清高，喜歡教訓人，她說的話妳聽聽也就算了，別往心裡記著。妳是個內宅婦人，又不去考什麼功名，家裡也不要妳們出頭打理生意，老老實實守著家就是本分了。這些畫冊不過是消遣之物，想看就看，哪那麼多計較，難道妳還有什麼大志向不成？要我說二嫂就是平日裡管得太多，連二哥都嫌她嘮叨，妳別管她，想買就買……」

說著，男子吩咐店裡的夥計把女子挑的幾本書都包起來，女子似乎還有些迷茫，不過卻很聽自個男人的話，只站在一旁看著男人付書錢。

那男子見女子一副小媳婦的樣子跟在他身後，似乎又有些不滿，皺著眉頭教訓女子道：「妳這人也真是，都是當娘的人了，一點威嚴、一點主見也沒有，要不是嫁給我，看妳以後還怎麼過日子？妳也爭氣點，咱們蔣家可是大趙數一數二的皇商，別的沒有就是有錢，妳出門用錢儘管使，畏手畏腳反而墮了咱家名聲。還有啊，這幾年咱家沒少找妳娘家幫忙，說起來家裡頭妯娌間妳面子最大，怎麼到頭來妳反倒成最弱的了？我說妳平時在人前要把腰直起來……咱們現在也有兒子了，若妳在人前總是唯唯諾諾，以後連累咱們兒子被人看不起，那我可不饒妳……」

男子嘮嘮叨叨帶著女子出了書局，慧馨看著他們皺著眉頭，她沒有上前相認，站在一邊冷眼看著那對夫婦，多年不見故人，她要先看看那男子對女子好不好。

女子亦步亦趨地跟在男子身後，男子說一句她點一下頭，慧馨看在眼裡心下嘆了口氣搖搖頭。

男子看著女子的樣子，也是嘆了口氣，不滿地搖了搖頭，頗有恨鐵不成鋼的意思。

幾人站在街上，身後僕婦懷裡的孩子掙著手腳依依呀呀地喊聲，女子忙把兒子接過來，小聲詢問孩子怎麼了，孩子的手一個勁地往旁邊賣小食的攤位伸去，小腦袋也是朝那邊伸得長長的。原來這孩子是聞到乳酪乾的香味，叫自個的母親買給他吃。

女子輕聲哄著孩子，「……小寶這些街邊的攤子不乾淨，待回了家，你想吃什麼娘就給你做什麼，你聽話，咱們回家吃好吃的點心，想不想吃玉梅糕啊？娘昨天可是叫劉嬸準備了材料，回去就做給你吃……」

可惜小孩子脾氣上來了，哪裡能聽進父母的勸，加上他也知道自個母親的性子，只要堅持一會，母親就會順了他的心意。

男子在旁邊看得直皺眉頭，虎了嗓子訓斥兒子，「你這小子，就知道吃！出來之前你是怎麼說的？不是答應我會聽話嗎？這會又來耍性子，你再這樣胡鬧，以後再也不帶你出來了！」

小孩子似乎有點害怕父親，直往女子身後躲，兩隻大眼睛可憐兮兮地望著女子。女子頓時母愛氾濫，疼愛地摸了摸兒子的腦袋，轉身也可憐兮兮地望著自家夫君。

男子見狀劍眉倒豎，眼睛一瞪，責備女子道：「兒子小不懂事，妳做母親的要好好教導，怎能被他牽著鼻子走？這些小攤販上的吃食不乾淨，大人吃倒罷了，他一個小孩子，要是吃出問題來怎麼辦？哼！你們母子都不聽話，待回了家，我再好好教訓你們。」

女子被男子訓得羞紅了臉，抱著兒子愣愣地站在當地不知如何是好。男子見了又搖了搖頭，惡聲惡氣地說道：「還要去少兒書局給小寶買啟蒙用的畫冊，還不跟上！」

說完，男子甩袖領頭進了少兒書局，僕婦上前接過孩子，幾個人跟在後面都進了書局。

沒一會，男子又獨自出來了一趟，跟守在馬車旁的小廝交代了幾句。慧馨側身從門外注視著裡面的一家人，雖然剛才有些不愉快，可這會女子和孩子都一臉興奮地挑著畫冊，男子不時在一旁插一兩句話。

過了一會，那名被男子吩咐去辦事的小廝回來了，手上還提了好幾包東西。小廝提著東西跟男子覆命，男子點了點頭讓小廝把東西交給了跟在女子身後的丫鬟。

不知小廝說了什麼，女子好像很高興，臉紅地不時瞥一眼自家夫君，那小孩子更直接，喊著旁邊的丫鬟把紙包打開。女子笑著從打開的紙包裡撿了一塊小食塞到兒子嘴裡，小孩子笑得眼睛瞇瞇的，一會膩在母親身上，一會膩在父親身上。

男子看著妻兒的笑顏直搖頭，一家人買好東西上了馬車。

慧馨目送那家人遠去，原本緊皺的眉頭忽然舒展開來，嘴角還露出一抹難以察覺的笑容。

跟在慧馨身後的丫鬟見慧馨一直盯著那家人看，便上前跟慧馨說道：「小姐，那家的小廝當是去慶春樓買的小食，慶春樓做的小食在京城中頗有聲譽，小姐若是喜歡那些吃食，不如我們也去那邊買點。奴婢覺得那男子說的話在理，剛才您在小攤上買的東西還是少吃為妙，若是吃壞了肚子可不好。」

慧馨笑著看了丫鬟一眼，說道：「天香樓嗎？好，咱們就去天香樓買點吃的。」

慧馨上了馬車，閉目沉思，剛才那一幕在她的腦海中久久沒有散去。

剛才那女子便是慧馨的三姊慧琳，兩人十幾年未見，沒想到會在這裡遇到她。慧馨早些年一直很掛念著慧琳，後來聽說慧琳過得不錯，而且謝家總是有意無意地不讓慧琳參與蔣家和謝家的事情，以至於自從慧琳出嫁後，慧馨一次也沒見過她。

以前從家人的隻言片語中，慧馨對慧琳的夫君印象一直不好，今日看來，此人的確有些太過大男人，不過卻跟慧琳正好合拍。慧琳從小就有些懦弱，心裡向來沒主見，正是需要個強勢的人陪著照顧她。這男子倒是跟慧琳天生一對了，而且剛才男子分明是面惡心善，對慧琳和她的兒子也是真心疼愛。

慧馨想起以前有次慧嘉跟她說起，謝家女兒中只有慧琳是被謝老爺謝太太真心疼愛。慧琳的婚事在眾姊妹中不算最好，卻是最相配。這些年來，蔣家跟謝家沒少來往，兩家人卻很有默契地沒有讓慧琳參與其中，這無疑對慧琳是種保護和縱容，慧琳在謝家的暗中庇護下，得以在蔣家過著風平浪靜的幸福生活。而慧馨她們幾個姊妹卻要為了自個的生活奮鬥，甚至數次經歷生死一線的時刻。這些辛苦和無奈，慧琳都不需要經歷，這才是真正的疼愛。

慧琳有跟她相配的人護著，慧馨心中既欣慰又有些小小的嫉妒。不過，她只是會心一笑就把那份嫉妒放下了。因為現在她也有侯爺，有了跟她相配亦能護著她的人。

慧馨坐著馬車到了慶春樓的門口，她沒有下馬車，直接派了丫鬟進去買小食。

慧馨挑開車簾看看外面，慶春樓似乎比幾年前更加氣派了，記得當年這裡在泰康帝做太子時是由魯郡王管著，看現在這樣子應該是換主人了吧？

正好一批賓客從裡面出來，其中一人竟是六公子。慧馨見六公子拱手送了其他人上馬車之後，並沒有馬上離開，看起來好像是在送客，難道現在慶春樓歸六公子打理了？

六公子側頭往慧馨的馬車方向看過來，慧馨忙挑了車簾大方地跟他點頭致意。六公子興衝匆匆地往慧馨這邊走了過來，慧馨一看不好繼續在裡頭待著，便順勢下了馬車。

六公子上來便跟慧馨行禮，慧馨忙說了免禮，跟六公子笑著說道：「六公子這樣見外，可叫我沒臉了，今日碰巧過來買點吃的，沒想到遇到了你，你這是……？」

「平鄉君既然路過此處，不如進去坐一會，讓在下盡點地主之誼。」六公子把慧馨請進了慶春樓。

【第二百八十回】 備嫁

六公子親手給慧馨斟了一杯茶，「……還沒恭喜妳封了平鄉君呢，我下月要去南邊，恐趕不上回來參加妳和侯爺的婚禮，備了點薄禮原想讓家人一同送去，既然今日遇到妳，我就提前送上賀禮，一點心意妳可莫要推辭。」

六公子把桌上的禮盒往慧馨跟前推了推，慧馨笑著接下說道：「沒想到慶春樓現在由你打理了，你要走經商這條路？」

六公子眼光一閃，笑著說道：「皇上有命，我哪敢不從。經商也不錯啊，我打算把慶春樓開遍大趙的各個角落，尤其是南方，現在南方人比北方人有錢啊……」

慧馨眉角一跳，心下了然，開遍大趙各個角落啊，那便表示各個地方都在皇上監視之下了，看來六公子以後便是顧承志在民間的眼線了。

慧馨又跟六公子聊了幾句便告辭，馬上就是用餐時間，她並不打算在外面用飯。六公子派人幫著慧馨把禮盒放上馬車，又包了好幾包各式點心給她。

六公子看著謝家的馬車越行越遠，心中嘆了口氣，真是沒想到南平侯會看上慧馨。在六公子心裡，他曾有幾次想過將來是不是可以跟顧承志請旨，把慧馨嫁給他。雖然兩人並沒有私情，但在南方的那幾年，作為顧承志的左膀右臂，六公子跟慧馨合作得很愉快，雖說不上相濡以沫，但還是很有默契。若是沒有南平侯橫插一杠，也許顧承志也願意看到他們兩個在一起吧，只可惜……。但六公子還是很有自知之明，他是不可能爭得過南平侯的，而且看顧承志的態度，能把慧馨安插在南平侯身邊，他也很高興。

慧馨回到謝府正好趕上吃飯，她跟盧氏和懷仁一起用飯，謝睿去了翰林院中午不回來。用過飯，慧馨讓人把今天出去買的吃食拿過來，跟盧氏一起分了，她拿了一份回自個院子歇午覺。

晌午，慧馨覺得早上出去一趟心中頗有所感，便在桌子上鋪了紙張作畫。畫的內容是今日書局街上的情景，這次她是用木炭畫寫實風格，跟以往畫風很是不同。

因著她現在作畫不再避著別人，屋裡頭的丫鬟見了她的畫都很是驚訝，其中一個丫鬟強烈建議慧馨將這畫裱起來。

慧馨只是笑了笑便把畫放到一邊，許久沒用木炭作畫她的手法已經生疏，今日這幅畫意境還可，但有些地方的線條她並不滿意。

這幅畫慧馨沒有放在心上，卻被正好過來找她商量事情的盧氏瞧了個正著，盧氏把畫一收說是回頭找人裱了掛在慧馨屋裡。盧氏心中早已決定，待慧馨出嫁後，就把府裡重新修正一下，要把慧馨的院子擴建，還要把後花園好好整整，以後慧馨回娘家省親，要有個配得上她身分的地方住。話說多年以後，慧馨在大趙畫壇小有成就，京城謝府還專門有間屋子陳列著她早年的作品，當然這些都是後話了。

❦

過了幾日，南平侯忽然給謝家送了幾筐喜報三元，慧馨洗了幾個放在屋裡，隨手拿著吃。酸酸甜甜的味道在口裡四溢，慧馨笑得眼睛都彎了，侯爺竟然還記得她喜歡吃這個。

這些日子，盧氏忙著給慧馨置辦嫁妝，經常過來找慧馨商量。慧馨每次聽到盧氏又給她買了什麼東西，都是咋舌不已，這才半個來月，盧氏已經花出去十幾萬兩銀子了，可盧氏還是覺得不夠，還在不斷地增加東西。

慧馨嘴角抽搐，什麼時候錢這麼不當錢了……雖然她勸了好幾次，她嫁過去是不缺錢用的，可是謝睿和盧氏根本不聽她的，還是繼續到處採買好東西給她做嫁妝。

這段時間，南平侯晚上來看過她兩三次，兩人晚上坐在房頂上賞月，有時侯爺會帶酒過來，兩人對斟一會，有時侯爺也會帶小吃來跟慧馨分享。

又過了幾日，謝大太太先到了京城，她住在老宅那邊，按輩分應該是慧馨過去拜見她，但現在慧馨有了爵位，便成了大太太到新宅這邊來拜見慧馨。

大太太這次來京城，身邊還帶了兩個娘家的姪女一起過來，慧馨一看就知道是帶過來相親的了。

大太太幾人幾乎天天都到新宅這邊，慧馨懶得應付她們，便以忙著備嫁為藉口不見。盧氏卻是真的忙得腳不沾地，她要買幾處好莊子給慧馨添妝，這些日子正到處轉呢，哪有時間整天在府裡應付大太太。

大太太來了幾日，見這邊人人都忙著，也不好意思天天過來，新宅子這邊才消停下來。

又過了幾日，四太太也到了京城，四房只有兩個兒子，這次都跟著四太太一起來了京城。隨後是三太太帶了小兒子七少爺謝敏一起過來。

二房這邊因著謝太太想走水路反倒成了最後才到的，不過二太太這次來也帶了三位娘家的姑娘一起。謝老爺還要一段時日才能到，江寧書院那邊有些事情讓他暫時走不開。

慧馨瞧著這些人就頭疼，尤其是那幾位姑娘見了她跟見了肉似地，二太太娘家的幾位姑娘看著她的眼神似乎還有些嫉妒。

連著幾日，慧馨給人瞧得直皺眉頭又氣悶，乾脆跟著盧氏天天出去看莊子。雖然二太太到了京城，但給慧馨準備嫁妝的事還是由盧氏負責，二太太畢竟對京城不是很熟悉。

盧氏在京郊買了兩個莊子，其中一個帶個山頭，山頭上有一眼溫泉，盧氏打算在慧馨成親之前把這兩個莊子都修整好，為免她嫁過去之後還要分神整理莊子，便在之前就跟慧馨商量細節，連莊子上的人都讓慧馨自個挑選。

慧馨很喜歡那個帶溫泉的莊子，專門為莊子設計了藍圖，因嫌府裡頭人多，乾脆跟著盧氏一起搬到莊子上做起了監工。

幾位太太原是不同意慧馨搬到莊子上住，但慧馨現在可不怕她們，她說這話的時候壓根就沒想徵求她們同意。第二天盧氏出門的時候，慧馨就直接跟著她一起離開了。

【第二百八十一回】

謝家那點事（上）

慧馨躲在莊子上待了幾天，京城那邊便送信過來說，謝老爺到京了。聽到消息，慧馨並沒有馬上回府，她要先把謝老爺晾個幾天，讓謝老爺明白她可不是慧嘉，不會事事以他為尊。

又過了幾日，天氣漸暖，花兒陸陸續續綻開，幾位太太在京城裡又商量著想辦賞春宴。慧馨一聽消息，冷哼了一聲。漢王之事還沒過去幾天，這些人就要搞花樣了。這麼趕著辦宴會，能賞到幾朵花，還不是想著趁她未嫁之前，以她的名義結交京中權貴。

慧馨收拾了東西跟著盧氏回謝府，一到府裡她就拉著盧氏去找謝太太。

「……聽說家裡頭要辦賞春宴，我覺得此事頗為不妥。漢王之事才過不久，京城中尚有漢王餘黨尚未肅清，這時候辦宴會，若是請的人不當，可是要招惹禍災。再者，二姊才進靜園沒多久，太皇太后估計對咱家還沒消氣呢，家裡頭還是低調些，別觸了太皇太后的霉頭為好……」慧馨說道。

慧嘉之事已是跟江寧那邊說清了，但是漢王遺孤的事情卻是瞞著，謝家這邊只有謝睿夫妻、慧馨和慧嘉知道此事，就連林端如那邊也都說了，要把這孩子的事瞞著謝家其他人。

謝太太被慧馨的話噎了個正著，這次到了京城，慧馨處處不給他們留情面，做事也不像以前那般聽話，可現在慧馨封了鄉君，全家人都要向她叩拜，好在慧馨並沒講究這些禮數，但謝太太他們在她面前卻有些直不起腰來，她說的話也不敢違背。尤其是謝老爺到京後，謝睿把太皇太后震怒謝家的事原原本本地說了，謝老爺謝太太現在也明白太皇太后沒發落謝家看的全是南平侯的面子，以致他們愈發不敢在慧馨面前以長輩的名義脅迫她做事。

謝太太沒敢直接反駁慧馨的話，可一想起其他妯娌，心下又有些氣悶，其他幾房的人現在多少都看出來慧馨對二房不滿，私下裡偶有冷言冷語能聽到，只是大家還不敢在明面上說罷了。

謝太太斟酌了半天詞句，這才說道：「……這天氣漸暖了，妳們姊姊妹妹這麼悶在府裡也沒勁，辦個宴會大家湊夥玩玩，她們還可以在京中交些朋友，妳是做姊姊的，該是多提攜她們才是，要不然免不了要被說咱們清高，封了爵位就不認親戚了……」

慧馨目光一寒，「我這爵位如何得來的，別人不知道，母親還不知嗎？若不是二姊犧牲自個，皇上如何會把這份榮耀給我。謝家有今日，全憑二姊對娘家的付出，如今她落髮修行，姊妹們不知二姊之苦就罷了，如今怕是連她這個人都給忘了吧……既然她們在府裡待得氣悶，那就多去寺廟燒香拜佛，家裡現在也不是沒事做，二嫂忙得人都瘦了，就算她們幫不上忙，但也別來添亂。京郊那邊還有自家的書院，若實在待不住，送她們去書院那邊讀書也好。聽二哥說那邊有專門的女教授，給幾戶大戶人家的小姐們講課，也可讓她們去聽聽，不能因為年紀小就放縱了性子。」

謝太太被慧馨的話說得臉色鐵青，可是提起慧嘉，謝家的確虧欠她太多。謝太太一口氣悶在胸口發不出來，她以前可沒在慧馨面前這麼憋屈過，忍不住抱怨道：「妳這話說得容易，別人家姑娘哪會這麼聽我的，且妳現在當真是有鄉君的派頭，說起話來都是命令口氣，難道還不許別人有其他想法了？」

慧馨冷哼了一聲，說道：「若她們不聽話，那就趁早送回去。京城龍蛇之地，她們出了事我可擔不起。母親莫要怪我強勢，我也不愛多管閒事，只是更怕自個以後落得跟二姊一樣下場，所以有些話雖然不好聽，但還是要說，歸根究柢，我也是為家裡好……」

謝太太悶坐在那裡一時說不出話來，盧氏瞧瞧兩邊，出來打圓場說道：「其實七妹說得在理，這乍暖還寒的時候，京城裡還沒聽說有什麼人家辦宴會，咱們家確實不好出這個頭。幾位姑娘難得來一次京城，不如讓她們去郊外的莊子玩上幾天，待過幾日其他府上辦宴會的帖子送過來，再讓她們去玩玩也好。」

慧馨看看謝太太的臉色，既然盧氏做了梯子，她也不好完全不給謝太太面子，便緩聲說道：「這樣也好，咱們自家不好辦宴會，卻不用避諱別人家的，有機會帶她們去見見世面也好，如此還需要幾位太太多教教妹妹們禮數什麼的，京城講究多，別讓她們出去被別人欺負……」

慧馨這話可是有前車之鑑，當年她跟大房的人留在京城，四姊慧妍跟著大太太出入京城宴會，後來性格變得不太討喜，希望這幾位親戚家的姑娘不要同慧妍一般才好。

謝太太聽慧馨不阻止姑娘們出去赴宴，便壓下心頭的那口氣，算是同意了慧馨的話。

慧馨見謝太太臉色緩和下來，便把這事按下不表了，要怎麼勸說其他幾房的人那是謝太太的事，她可懶得管。不過藉著這個機會，有些事情她還是要做。

「其實有件事情我想了許久，雖然此事實在不應該由我這個女兒來提，但是這段時間家裡實在發生了太多不好的事，如再不解決我實在放心不下。」慧馨看了一眼謝太太，又看了一眼盧氏繼續說道：「咱們謝家雖說延續到現在人口並不多，但是各房的兄弟都很有出息，再加上叔伯們互相扶持，這些年來發展得著實不錯，但卻也因個別的決策錯誤，差點釀下大禍……」慧馨說到這裡停了一下，謝太太和盧氏都知她說的「個別」指的便是謝老爺，兩人臉色都有些尷尬。

慧馨又繼續說道：「……我想著到我們這一輩，謝家也傳了四代，曾祖因逃荒跟本家早就斷了聯繫，這幾十年咱們這一脈早已獨立，不如乾脆就獨自出來自立門戶。」

【第二百八十二回】
謝家那點事（下）

謝家曾祖當年逃荒出來便跟本家失去聯繫，之後謝家香火也一直不太旺盛，到了謝老爺這一輩，出了謝老爺兄弟四個，還有兩個堂兄弟。只是那兩個堂兄弟與讀書一道沒什麼天分，只在鄉下做富家翁，兼著管理祖墳。雖然謝家從曾祖開始自個建了族譜，可這些年卻一直沒有真正把家族的規矩確立，幾十年也沒選過族長，家廟也沒建。

慧馨之所以這樣說，便是要謝家把家規立起來，看如今的形勢，謝家崛起不過是時間問題，若是以後沒有個盡責的族長，反而麻煩更多。她趁這個機會支持謝睿做族長，這樣她才能放心，也免得以後謝家利用她和南平侯的名頭做些過分的事。

謝太太聽了慧馨的話很是吃驚，盧氏則並不意外。

慧馨看了一眼謝太太和盧氏，沒再繼續說什麼。這種家族選族長的事，女孩本是沒有資格參與，但是誰讓慧馨現在腰桿子硬呢，為了她自己也為了謝家，這件事情她是管定了。她可不想以後老是被娘家拖後腿，為娘家操心。

慧馨不好直接插手此事，但是態度要擺出來，「這事具體怎麼做我就不參與了，母親和二嫂可以跟父親和二哥商量商量，此事於謝家只有利沒有弊。」

說完，慧馨也不多待，留下盧氏跟謝太太仔細思量，她估計謝老爺很快就會找她談話。二房這邊雖然只有謝睿在翰林院任職，官品比大老爺、三老爺和四老爺還低，但是有慧馨在，二房卻是比其他三房更有權勢，謝老爺不會放過這個好機會的。

待慧馨離開後，盧氏看了看謝太太的臉色，說道：「母親，兒媳覺得七妹所提之事可行，謝家確實該選個族長了……」

謝太太不知想到了什麼，對盧氏說道：「老爺現在外出訪友，待他回來……不，還是派人把他叫回來，此事重大，延誤不得，妳馬上派人去找老爺，讓他趕緊回來。」既然二房想靠慧馨的支持，最好是在慧馨出嫁前就把此事定下來。

盧氏按謝太太的吩咐迅速行動起來，下午謝睿下差回來，謝太太拉著他關門說了半天的話，晚上謝老爺趕回家中，一夥人又閉門商談到半夜。

❖

次日，慧馨一早去給謝太太請安，毫不意外地見到了謝老爺。

謝太太給盧氏使了個眼色，盧氏帶著一眾丫鬟退下，把丫鬟都趕得遠遠的，她親自守在了門口。

謝老爺盯著慧馨，慧馨坦然地坐在那裡不避他的目光。良久，謝老爺語氣不是很好地開口說道：「這幾年，妳的翅膀硬了啊，聽說前幾天還頂撞妳母親？」

慧馨看了謝太太一眼，謝太太側頭避開了慧馨的目光。

慧馨心下不屑，說道：「女兒只是關心家人，怕家人惹禍，難道這也有錯？我不想步二姊的後塵，也不希望其他姊妹落得跟二姊一樣下場。妹妹們不懂事，我替她們多擔待些，也是我這個姊姊應該做的。」

慧嘉的事現在就是謝老爺謝太太的軟肋[1]，慧馨可不會爛好心輕易放過他們。

謝老爺臉色一沉，「這些事情都過去了，不提也罷。妳昨天跟妳母親提的事，可是真心的？」

「自然是真心，難道女兒還能說這些話來誆騙長輩不成，」慧馨說道：「想來這麼重要的事，父親跟叔伯們應該早有考慮了吧？與其一直這樣拖著，不如趁現在把這事決定下來。咱們謝家也算小有名聲，家族卻一直沒個章程，對以後兄弟們的仕途可不好……」

謝老爺思索了一會，說道：「妳說得倒也不錯，謝家是該有位族長了……能擔當族長的人必須德高望重有威信，其他人才不會反對，妳覺得家裡誰合適來當這個族長？」

慧馨看了看謝老爺的神色，心知他肯定是想自個來做這個族長，可惜慧馨可不能支持他，「……女兒覺得二哥實是最佳人選。」

謝老爺眉頭一挑，眼中隱現厲色。慧馨卻是不怕，若是以前她自然不敢違逆，可是今非昔比，她可不再怕他了，「……二哥性子敦厚，這些年在翰林院做得也不錯，京城書院打理得有口皆碑，他完全有能力處理家族事務。另外，二哥任職於京城，對朝中局勢了解更快更準確，叔伯們在外任職，每三年必要回一次京城，有二哥照應著全家人都放心。而且，謝家的希望都在幾位兄弟身上，大哥做了儒商，不適合做族長，二哥從各方面來說，都是最適合的。」

「……可是他太年輕了。」謝老爺看了慧馨一眼，沉聲說道。

慧馨淡淡一笑，「若是論年紀，只有大伯父適合做這個族長了，他在長輩中年紀最大，官位也是最高，只是……大伯父官職不如二哥穩定，不能像二哥一樣常年在京，就算運氣好能得到京城附近的差事，可每三年又要換一次，從長遠來說，大伯父並不適合……」

慧馨這樣說，便是提醒謝老爺，若是在謝老爺四兄弟中選族長，那就輪不到二房了，長兄為尊，謝老爺上頭可還有大老爺，大老爺如今是五品官位，謝老爺身無官位，而謝睿也不過是七品。二房若想把族長之位拿到，那就只能從謝睿這一輩中選人。

謝老爺皺著眉坐在椅子上不說話，旁邊的謝太太不知心裡在想什麼，眼神一直閃爍。

慧馨心知謝老爺不會僅憑她幾句話就放棄想法，不過她該說的已經說了，態度也很明確，若是謝老爺覺得靠他自個能掙得過大老爺，他儘管去試好了。

留下謝老爺他們自個思量，慧馨回了院子，現在她該做的都做了，心情更加放鬆，拿出針線來

【注釋】

①指一個人的痛處、弱點。

做活，她最近想給侯爺做條新腰帶。

謝老爺和謝太太這邊還是一屋子的沉默，慧馨離開後，盧氏也自去忙了，如今屋裡只剩謝老爺夫妻兩人。

謝太太眼神閃了幾閃，心中似乎下了什麼決定，看看謝老爺一眼，起身為他斟了一杯茶。謝老爺飲了一口轉頭看向謝太太，皺了皺眉頭說道：「妳可是有話要說？」

謝太太苦笑了一下說道：「老爺在煩惱什麼妾身如何不知，只是如今七丫頭已經大了，不是我們想怎樣就怎樣。但七丫頭說的話也在理，我們常年在江寧，總是不如睿兒在京城便利。還有大房那邊，老爺怎好跟大伯爭，睿兒他們這一輩中，亮哥在外經商無暇打理家事，長幼有序，就該輪到睿兒……只有這樣，其他三房才不會有異議。」

謝老爺眼神一暗，臉色有些不好看，「可是睿兒太年輕，難當大任。」

「妾身覺得，正是因為睿兒年輕才更適合這個位置，謝家的未來在以後，近幾年是不會有太多事務的，睿兒的幾個兄弟也要過幾年才會參加科舉，趁著這幾年讓睿兒多歷練，待將來謝家壯大，他這個族長的位置也才能坐得更穩。而且其他幾房總要回京述職，少不得需要睿兒幫他們打點，這對睿兒在家族裡樹立地位也有好處……將來這偌大的家業還是得交在睿兒手上……」

謝睿畢竟是謝太太的親生兒子，跟謝老爺比起來，謝太太有心更偏向自個兒子一些，所以才想盡力說服謝老爺。

慧馨這邊並沒有什麼擔心，謝老爺雖然急功近利但頭腦還是很聰明，要不然當年也不會輕鬆化解慧嘉嫁給漢王的危機，只是謝老爺為人不夠光明磊落，而且處事不擇手段，否則慧馨也不會如此排斥他做族長了。

又過幾日，慧馨被謝老爺叫了過去，屋子裡頭謝太太、謝睿和盧氏都在，慧馨微微一笑坐在盧氏身旁。

二房這邊經過商議，謝老爺最終決定全家支持謝睿做族長，只是若想讓其他三房的人認可，謝睿便少不了慧馨的支持。

慧馨聽了謝老爺的話，當即表態道：「我會全心支持二哥，有什麼需要我做的，二哥只管跟我說便是。」

謝老爺滿意地點了點頭，說道：「此事目前只是咱們自家在一起商量，事後還需跟其他三房還有鄉下那邊的兩房，各房派來的人一起商議，估計時間上會拖到妳出嫁之後了，到時候若是其他各家有異議，少不得要妳和南平侯出來給妳二哥撐撐場面。」

慧馨微微一笑，「此事不成問題，我現在便可替南平侯應承下來。既然到時候各家都會來人，不如就以二哥名義開個洗塵宴，屆時我和侯爺會一起來參加。」

謝太太忽然看了慧馨一眼，眼光一閃心下驚嘆，慧馨竟然敢替南平侯應承事情，並且答應得如此爽快。謝太太心中一動，連帶著看慧馨的眼神也漸漸有些異樣。

【第二百八十三回】挑選陪嫁

謝太太忽然對慧馨備嫁的事情上了心，原本這些都是盧氏全權負責，現在謝太太每樣東西都要親自過目。

慧馨聽了這個消息，一笑了之，她不缺錢，陪嫁有多少她並不在乎，陪嫁中只有陪嫁丫鬟和陪房值得注意，謝太太估計就是想在這上面動手腳。不過盧氏之前已經跟慧馨說過，陪嫁的人員讓她自個挑，就算謝太太要安插人手，也要先給她過目，到時候看不順眼的通通不要就是，慧馨可不會為難自己。

天氣日漸暖和，京城的各項娛樂活動也漸漸多了起來，謝家在京城算是新崛起的新貴，雖然慧馨還沒嫁給南平侯，可大家都明白，皇帝賜婚那是鐵板釘釘的事，自然都變著法地想跟謝家親近。

盧氏把一疊請柬遞給慧馨，慧馨大略看了一下，便又還給盧氏，說道：「這幾戶人家我沒有什麼交情就不去參加了，回說我在備嫁便可，其他姊妹願意去的，由太太們帶她們去就好。這張羌斥使團的宴會和賽馬會我會親自去，她們有誰想去可以同我一起。」

盧氏先問了慧馨的想法，才又把請柬拿給謝太太看，謝太太自然希望由慧馨領著姑娘們去赴宴。

盧氏並未跟謝太太說她已經先問過慧馨，直接幫慧馨拒絕道：「娘，這幾戶人家跟咱們不熟，慧馨現在身分不同往日，去赴這樣的宴會不妥當，而且即使她去了，這些人家反倒可能放不開，倒不如娘親帶幾位姑娘去，這樣大家反倒不會那麼拘束，估計這些人不過是想跟咱們拉近點關係，慧馨去不去並不重要。倒是羌斥使團的宴會和賽馬會估計會有不少王孫貴戚參加，只有慧馨親自去才能撐起場面……」

謝太太沉思一會覺得盧氏說得也在理，跟著慧馨參加宴會一切都要以慧馨為主，若是慧馨不在，她們反倒自在很多，而且別人就得巴結她們。

因著要去赴宴，謝太太暫時又把慧馨嫁妝的事情放下，謝家的四位太太日日在一起商討事情，大太太和二太太要給娘家的姑娘們相看對象，三太太和四太太則要給自家兒子相看物件。

慧馨過去請安的時候聽了幾次她們談話，聽得她嘴角直抽搐，不過慧馨也有些欣慰，雖然四位太太都是挑三揀四，但她們相中的幾戶人家跟謝家倒還算是門當戶對，沒有妄想藉此攀高枝。想來謝家的幾位長輩還算精明，有了慧嘉這個前車之鑒，現在只求穩紮穩打，後世子孫才可源遠流長。

為了表示她對幾位太太做法認同，慧馨挑了幾件她新打的首飾送給幾位姑娘，這些首飾都是她親手設計，很是別緻新穎。幾位姑娘每人得了兩件新首飾，太太們特意囑咐她們出門時要佩戴。

姑娘們原本覺得慧馨太過高傲，對這位表姊甚是不喜，後來幾位太太特意囑咐，以致她們並不敢把對慧馨的不滿表現出來。可是這段時日出去赴宴，外頭的人都對她們姊妹禮遇有加，從別人口中也聽了不少關於這位表姊做過的事蹟，倒是有些心生敬佩。加上心知別人會高看她們都是託了慧馨的福，便開始對慧馨更加尊敬。

慧馨的嫁妝已經準備得差不多，聽說光東西就價值三十多萬兩，另外盧氏還給慧馨準備了二十萬兩的銀票。

當盧氏帶慧馨去看這些嫁妝時，把慧馨嚇得連連咋舌，謝家真是有錢啊……幸好之前謝家沒人任職高官，否則別人豈不要懷疑謝家人貪腐了。

嫁妝的事情基本算是完成了，再來就只剩陪嫁名單了。這一日，慧馨給謝太太請安時，謝太太提起了此事。

謝太太招手讓媽媽帶進一批女孩子，柔聲跟慧馨說道：「這幾個孩子都是咱們謝家的家生子，知根知柢，妳瞧瞧有沒有順眼的，選出來給妳做陪嫁。」

慧馨目光一閃，全是家生子，那豈不是一家子都捏在謝家手裡頭？這樣的人能對她忠心？

慧馨掃了掃下面的人，笑著說道：「……這可不好，既是家生子，那她們的爹娘必都是府裡的人，這被我帶了去，豈不是教她們骨肉分離，這可不好。」

謝太太臉上笑容一滯，「這有什麼？既是下人這就是她們的命。妳出嫁總是不好不帶陪嫁吧，若要買新人怕是不懂規矩，妳帶去侯府，她們犯錯丟的可是妳的臉面。妳若實在不放心，便讓她們一家子都做陪房，全都跟了妳去。」

一家子？怎麼算一家子？家生子都是幾代人在府中做下人，根深葉茂，爹娘跟著走了，剩下的大姑大姨可還多著呢。

慧馨裝模作樣地思索了一番，然後皺著眉搖著頭說道：「不好不好，侯爺自有規矩，我帶著這麼一大幫子人過去，人家會以為我們謝家不懂事，我看還是找人牙子買幾個新人，或者從府裡挑幾個孤身的帶過去，人數也不要太多，侯府裡頭自有侯府的人，陪嫁的人不過伺候我一個，帶的人多了還以為我多大架子，在侯爺面前擺排場。」

盧氏夾在謝太太和慧馨中間，看看謝太太又看看慧馨，折中了一下說道：「既然七妹看不上眼便算了，不如過幾日叫人牙子帶幾個人過來相看一下，若有合意的便留下，人數不夠再從家裡挑幾個補上？」

慧馨沉吟一會，點了點頭。謝太太如今無法強迫慧馨，也只得同意了。

過了幾日，謝府慣用的人牙子便帶著幾十個女孩子來相看，慧馨只挑中六個年齡稍大些的。她打的主意是，這六個女孩已經十六、七，不管合不合心意，在身邊伺候幾年便可以放出去嫁人。至於將來真正留在身邊伺候的人，她準備去侯府後再自個採買自個調教。

只有六個丫鬟是肯定不夠的，慧馨嫁過去最少也要帶四個貼身丫鬟，八個粗使丫鬟。新買來的這六個就暫時在慧馨的院子裡做粗使丫鬟，剩下的六個空位，盧氏從自個身邊挑了兩個貼身的補進去，謝太太那邊也從她的院子裡挑了兩個，這樣四個貼身丫鬟的位子就滿了。慧馨又從自個院子裡挑了兩個往日覺得比較老實的補上，這樣陪嫁丫鬟的份子就全了。

謝太太還要慧馨再多選幾個粗使的，卻是被她直接拒絕了。慧馨本就不是事事靠丫鬟的那種人，再加上身邊丫鬟三番兩次做出背叛的舉動，她對這些貼身丫鬟本能裡就多了種排斥感。

過了幾日，謝太太又把慧馨叫了過去，還是相看丫鬟的事情。慧馨本以為謝太太還想勸她多帶幾個陪嫁，待到了屋裡見盧氏一臉尷尬，再看看下面站著的幾個女孩子，立時便明白了謝太太的用意。

下面這些女孩年紀大約都在十二、三左右，雖然稚嫩卻個個面容姣好，舉手投足間盡是帶著嫵媚。

慧馨仔細打量了一番這些女孩，個個皮膚白皙細膩，手指細如削蔥，眼神之間略帶媚態，顯然是專門經過調教用來做某些特別的事。

慧馨眼光一寒，盯著謝太太一字一句地問道：「母親，妳忘記了當年三姨娘是怎麼死的了嗎？」

謝太太似乎對慧馨有此一問早有準備，不緊不慢地跟下面的人揮揮手，「先讓她們去外頭等著。」

待外人退了出去，謝太太才又跟慧馨說道：「此一時彼一時，妳如今年紀可不小，身邊多幾個幫手也可幫妳固寵。雖然這話不該給妳們姑娘說，可妳馬上就要嫁人了，有些男女之間的事總要教教妳。往年那些關於南平侯的傳言，若是真的，待妳年紀大了，這些孩子可以幫妳攏住侯爺的心；即便是假的，妳也可以慢慢調教她們，待將來妳懷了身孕，讓侯爺把這些孩子收做通房，總比便宜其他人強吧！」

慧馨看著謝太太，忽然嘴角一揚，臉上竟露出了笑容，謝太太看著慧馨的表情一時有些愣神。

慧馨不屑地說道：「母親甭為我操這麼多心，怎樣與侯爺相處我心中有數。侯爺是什麼身分，哪會看上這種身分的孩子。」

慧馨看了謝太太一眼，見她還沒緩過神來，便接著說道：「母親，當年三姨娘的作為，甚為侯爺所不齒，若是謝家再搞這種事，惹得侯爺不高興，我可兜不住。我瞧二嫂辦事穩重，此番婚禮的事務還是由二嫂操辦吧，母親可把精力放在幾位妹妹身上。母親，您別忘了，這樁親事是皇上欽賜，即便是要往侯府安插人手，那也要由宮裡賜人過來，輪不到咱們謝家，您和父親還是省省心吧……」

慧馨說完這話便起身走了，別怪她不給謝太太面子，面子這東西要給知情識趣的人，謝太太顯然還沒達到這水準。

【第二百八十四回】

赴宴

慧馨一肚子氣地回了自個的院子，一進屋她就呼出了一口氣，臉色恢復正常。慧馨看了窗外一眼，吩咐丫鬟搬了張躺椅放在外頭。

慧馨呼吸著新鮮的空氣，躺在椅子上晒太陽。現在的她其實不把謝太太謝老爺放在心上，她現在不用仰仗他們過日子，當然也不會為了他們真的動氣，謝老爺夫妻於她並不是重要的人。

慧馨心裡明白，現在她和謝老爺夫妻的主從關係倒轉，不能指望他們能很快接受這種改變，但她需要做的就是絕不讓步，才能在一次次對抗中讓他們認清現實……

❖

大約是因為前頭永安帝和泰康帝駕崩離得太近，後頭又有漢王叛亂，大趙近兩三年氣氛都比較沉重。如今朝廷有意展現太平盛世之景，致力於民間活動，京城裡不論上層人士還是民間百姓，活動都不少。

新帝登基，羌斥王派娜仁前來恭賀朝貢，羌斥使團的宴會便是由娜仁做東。當年她在大趙待了好幾年，交友廣泛，這次宴會來的人可不少。

臨出發前，原本應該有五位姑娘跟著慧馨一同前去，但有兩位突然去不了。跟著大太太來的兩位姑娘中一位生了病，另一位決定留下來照顧妹妹。

慧馨跟著盧氏過去探望生病的表妹，這位生病的表妹得的倒不是什麼大病，只是有些水土不服，不適應京城的乾燥，喉嚨有些發癢，嗓子說不出話，喝點潤喉的湯藥去去燥，平時多注意喝水便可。

慧馨看看低頭坐在旁邊的另一位表妹，盧氏正在安慰她。這位表妹完全沒必要留下來照顧妹妹，即使她留下來也沒什麼要做的。不過她似乎打定了主意不跟她們去參加宴會，一邊的大太太似乎有些不滿意，搖了搖頭。

慧馨掃了一眼身後的另外三位姑娘，這三位姑娘臉上似乎有點尷尬又帶點不屑，看來這五位姑娘雖然天天在一處，可關係並不和諧。

既然這邊兩位一個不能去一個不願去，謝家也不好勉強，慧馨便另外帶了二太太娘家的姑娘去赴宴。

三位姑娘跟慧馨坐在一輛馬車上，慧馨在裡面閉目養神。馬車走了一段路，三位姑娘才互相看了看，其中一位想要說話，另一位年紀大些的衝著她搖搖頭，還有一位則微不可見地撇了撇嘴。

原來這五位姑娘關係的確不怎麼好，跟著二太太來的三位姑娘出自二太太的娘家，是江寧當地的名門望族。而跟著大太太來的兩位姑娘則是大太太娘家的親戚，家族只是普通的小門小戶。平日裡，二太太這邊的三位姑娘自然沒把另外兩位姑娘放在眼裡，甚至還私下冷嘲熱諷外加排擠，沒少讓她們吃些暗虧。

是以今日的宴會，大太太家的兩位姑娘便不太想參加，一是因知曉這場宴會參加的人身分較高，去了怕被笑話，二是自覺爭不過另外三位姑娘，去了也只是找不自在。

慧馨從眼縫中把對面三位姑娘的神情都看在眼裡，看來太太們有自個的想法，而這幾位姑娘心裡也有自個的小心思。

慧馨心下嘆了口氣，睜開眼睛掃了三位姑娘一眼。這三位似乎被慧馨的眼神嚇了一跳，瞪大眼睛看著慧馨。

慧馨微微一笑，再怎麼樣這幾位也還是小孩子啊，一點心事也藏不住。三位姑娘互相對視一眼，都有些不明所以。

「妳們這些日子跟著太太們訪友，可曾交到幾個朋友？」慧馨說道。

三人又對視一眼，其中年紀稍大些的答道：「認識了幾位小姐，不過尚算不上朋友，只是談得略為投機些。」

慧馨微微點了點頭，還不傻知道不可輕信外人，「此次娜仁王女主持的宴會必有不少達官貴人參加，而且內院是女子，外院是男子，羌斥風俗沒有大趙這麼講究，他們的府裡多半管得不嚴，人多口雜易生是非，出門前，母親可曾囑咐妳們什麼？」

「姨母交代我們跟在姊姊身邊，不可稍離。」

慧馨沉吟了一會，今日參加的宴會必有她的熟人，少不得要寒暄一會，以她們三姊妹的身分跟在一旁反而有些不合適，便說道：「這倒也沒必要，若是遇到相熟人家的女孩，妳們一處玩耍也使得。只是妳們三人切記不可分開，妳是姊姊要約束好她們兩人，妳們兩個要聽姊姊的話。這種宴會年年有，可年年有人在這種場合出事，大者丟了名節，對於女子來說，跟丟了性命也沒區別了；小者丟了臉面，成了京城的笑柄，對將來說親也有影響。」

三位姑娘聽了慧馨的話，心下大驚，忙追問道：「年年都出事？這可是羌斥王女辦的宴會，難道有人竟然在這宴會上搗亂不成？」

慧馨搖了搖頭說道：「搗亂算不上，但這麼盛大的宴會一年也不過一兩次，機會難得，自然有人會有私念。妳們今日跟著我出來，我便要對妳們負責，有些話也不得不跟妳們說清楚。這種宴會是結識朋友的大好機會，想來幾位太太讓你們一起出來，也是希望妳們能多交朋友，將來不管是否留在京城都是助力。不過與人結交，到什麼程度取決於妳們自個經營。京城的權貴不乏趨炎附勢之人，受利益所驅難免使人與妳們結交多有所圖，因此交往要多留幾個心眼，省得被人拉去當了槍使。」

三位姑娘互相看了看，眼中都有謹慎之色，對著慧馨應了是。

年紀大的那位沉思了一會說道：「姊姊，要不我們還是跟著妳吧，雖然這幾日認識了一些朋友，可她們未必會參加今日的宴會。」

「到時再看吧，若有我相熟人家的姑娘，可介紹給妳們認識一下。妳們也不用害怕，只要自個進退有度，不做失禮的事，別人也說不到妳們頭上。況且，估計也沒人敢明目張膽地找妳們麻煩，我只是擔心妳們不小心入了別人圈套，被人拿來做墊背，替人揹黑鍋，」慧馨說道：「記著一句話：『謹言慎行，遇事多留點心。』這樣的宴會下人不能入內，到時我會跟主人家說一聲，派個人跟著妳們，有他們府上的人在一旁想來是不會讓妳們吃虧的。遇事不要畏縮，更不要強出頭，若真覺得不妥便讓主人家的人來處理。」

這三位二太太娘家的姑娘倒也不傻，出身大家族對各種隱晦的事情略有所耳聞，雖未親身經歷過，卻也知厲害，紛紛把慧馨說的話記在心頭，不敢行差踏錯。

慧馨知道這幾位姑娘雖然有自個的小心思，但卻不會在大事上犯糊塗，謝太太娘家好歹也是名門望族，培養的姑娘即使不聰明卻不會蠢。

待慧馨她們到了宴上，已經來許多人了。侍女引著慧馨去見娜仁，三位姑娘目不斜視地跟在慧馨身後。慧馨用眼角餘光看了看她們，微微點了點頭。

娜仁屋裡已經坐了不少人，大部分慧馨都看著眼熟，尤其是欣茹她們三姊妹比她到得還早。

慧馨與娜仁幾人互相見了禮，娜仁拉著她坐到身邊說話。慧馨左右看了看，這屋子裡的人身分都不低，三位表妹繼續在此有些於禮不合了。

慧馨笑著把三位表妹叫到身邊說道：「……這三位是我表妹，今日帶她們出來見見世面，交幾個閨閣朋友。」

欣茹一聽便上下打量慧馨的表妹幾眼，跟旁邊的侍女吩咐道：「到偏間把幾位小姐叫過來。」又轉身跟慧馨說道：「我們家也來了幾位小姐，正好讓她們互相認識一下，也好一處玩耍。」

「正是。」娜仁說道：「我家也有幾位妹妹這次跟著一起來了京城，這次宴會正是為了讓她們多結交些朋友才辦的，如此正好。」

不一會，侍女領了幾個女孩子進來，眾人互相認識了，娜仁便吩咐幾人去偏房玩耍，慧馨點了點頭，三位表妹也一起過去了。

欣茹看著這些女孩子的身影感嘆道：「瞧著她們，忍不住就想起以前咱們小時候了。」

慧馨瞧她一副深有所感的樣子，心知她想起以前她們參加娜仁的宴會，就是那次顧致遠和崔靈芸被陳香茹算計，之後兩人分手各奔前程，時過境遷，欣茹嫁給了顧致遠，兩人幸福生活至今兒子都有了。

慧馨拍了欣茹一下，打趣道：「羨慕了？妳如今都是當娘的人了，還盡想著玩啊！」

熟知欣茹的人都知道她的性子，屋裡的幾人笑作了一團。笑過一通後，娜仁拉著慧馨的手說道：「我前幾日進宮叩見貴妃娘娘，娘娘說當初在聖孫府多承妳照顧了。我早想找妳一敘，今日終是有機會，我得先給妳道聲謝。」顧承志的後宮如今只有一位貴妃娘娘，便是娜仁的堂妹敖敦。

【第二百八十五回】宴中宴

慧馨笑著說道：「都是該做的，可別說什麼謝，要不就見外了。我許久沒見著貴妃娘娘了，聽說小公主甚是可人，深受皇上疼愛。」

敖敦前段時間誕下了一名女嬰，顧承志的第一個女兒，聽說被他視如掌上明珠，比幾位皇子還受寵。幸好敖敦生下的是個女兒，若是皇子只怕顧承志就不會這麼高興了。顧承志的後宮敖敦的名分僅次於袁橙衣，若她生下的是皇子，加上她背後的羌斥族做靠山，後宮只怕要有番腥風血雨了。

娜仁聽慧馨問起小公主，臉上既有欣慰又有點失望，不過還是興匆匆地說道：「說起小公主當真可人疼，一生下來就會笑，每次皇上抱著她，都會笑個不停，讓皇上高興地一抱著她就不想放下。這小公主真是天之驕女，平日裡也不亂哭鬧，只在有事的時候出個聲，皇上說小公主這是天生聰慧……」

慧馨坐在一旁聽娜仁說話，偶爾插上一句，周圍有些進宮見過小公主的人，便不時地奉承幾句。一屋子倒是氣氛融洽，相談愉快。

陸續又有賓客過來請安，有些留下來跟她們一道說話，有些請過安便去了其他屋子。時至近午，侍女過來請示是否開宴，娜仁看看重要的客人都到了，便吩咐準備下去。

一屋子人相攜往宴廳走去，欣茹拉著慧馨落在後面，小聲說著悄悄話。

慧馨轉頭看到旁邊一位侍女，便向她打聽剛才那些小姐們的情況。那侍女回說，幾位小姐也正往宴席那邊去，待到了廳上，就能看到她們。

眾人分了席位就坐，娜仁自然在上首，慧馨則跟欣茹姊妹坐在一起。慧馨四下張望了一下，見三位表妹跟剛才那幾位小姐坐在一桌，神色之間從容應對，想來她們相處還算愉快。

有幾個位子還空著，娜仁並未等那些人便開了宴，侍女們手捧餐盤魚貫入內。桌上食物精美，不過大家的心思並不在食物上，席面上的人偶爾挾口菜，大多數時候則在交頭接耳。

「瞧見那邊空著的位子沒，那桌應該是薛家的人吧。」

「薛家的幾位姑娘最近可是很活躍啊……」此人話中似有深意。

「聽說前幾日太后又想在薛家挑幾位姑娘進宮伺候皇上，可惜都被太皇太后駁斥了。」

「太后她老人家想得也太好，宮裡頭已經有一位薛主子，還想著往裡塞，皇上肯定不高興，這才請了太皇太后出面駁斥太后……」

「聽說宮裡那位薛主子身子不好，整日病懨懨的，生下的小皇子也是體弱多病……」

「可不是嗎，聽說那位生產的時候，差一點母子倆都沒保住，如今命雖保下，卻落了一身病，那位小皇子也是三天兩頭生病，聽說恐怕活不了幾年……」

「若不是這樣，太后怎麼會如此心急再選薛家女子進後宮。」

「不過皇上卻是不願意啊，話說咱們這位皇上的後宮裡可真是人才濟濟，從皇后到四妃，哪個家族都不是省油的燈……」

「要我說，還是當今聖上厲害，當年若不是有這些嬪妃的家族暗中支持，先帝和漢王都捍不動他……」

慧馨豎著耳朵偷聽旁邊人的談話，心下頗為感慨。當年初入聖孫府之時，顧承志偶爾會流露出對她的特別之情，她心知兩人從小相識，又共同經歷過不可與外人道的事，雖然兩人表面嚴守主僕之別，但心裡頭總會有些不同於別人的感情。但慧馨心境比顧承志成熟得要早，一直只把他當作弟弟看待，而且兩人身分差距放在那裡，慧馨從未想過要做顧承志後宮中的一員。如今看來，幸好她當年沒有動搖過，瞧瞧顧承志的後宮，哪是她這麼一個小老百姓能待的……

感覺身邊有人拉她，慧馨轉頭看向欣茹，果然見她兩眼亮晶晶地望著她。慧馨瞧瞧俯首靠近的欣茹，問道：「幹嘛，妳有啥鬼點子？」

欣茹微微一笑，小聲跟慧馨說道：「哪有什麼鬼點子，就是找妳八卦罷了。妳可知道那邊空著的位子是屬於誰家小姐的？」

「本來不知道，不過剛偷聽到是薛家的。」慧馨挑挑眉說道。

「她們都是只知其一不知其二，那邊兩個位子是薛家小姐的，而那邊兩個位子則是袁家小姐的……妳可知她們幹嘛去了？」

慧馨搖了搖頭，嗔道：「哎呀，妳還賣關子，快些說她們幹嘛去了。」

「這次娜仁進京朝賀，還帶了她的弟弟來，聽說這位羌斥小王子年約十五，深受他父兄姊姊的寵愛，這次娜仁帶他來京，是來求皇上賜婚的……」

「……妳是說袁家和薛家都想要這個賜婚的機會？」

「可不是嗎，袁家若是得了這個名分，就等於皇后有了貴妃做幫手，而薛家剛被太皇太后斥責，進宮之事暫時是沒有指望了，但若有羌斥人支持，那又不同。」

「就算是這樣，那袁薛兩家的小姐這會兒不在席上，難道跑去跟小王子私會了？」

「她們想見那位小王子豈是這麼容易。羌斥人跟大趙混了這麼久了，對大趙人慣用的手段早就摸清，聽說為了避免不必要的麻煩，今日這場宴會還有一場宴中宴。」

「宴中宴？此說何來？」

「待會就能看到了，下午會有才藝表演，這些有心思的小姐們都可上台表演，那幾位袁薛家的小姐早有準備，這會都在下面忙活呢！」

慧馨聽是才藝表演便有些興趣缺缺，「羌斥人現在也愛搞這些了，有什麼看頭……」

「才藝其實是其次，聽說到時候小王子會在樓上觀看，他看中誰便去找皇上賜婚。」

「什麼？」慧馨皺眉，「今日這麼多女眷在這裡，那位小王子在樓上偷看，置其他女眷於何地啊？」

欣茹拍拍慧馨的手說道：「不想參加的人可以待在屋子裡，不過這個消息並沒有對外公佈，只有少數幾家知道那才藝表演的門道，妳的那幾位表妹可要提醒一下，別到時候被人也拉上去表演，袁薛兩家這次是勢在必得，咱們可不跟她們爭。」

【第二百八十六回】
教訓

慧馨點點頭，「待會用過飯就把她們叫到我們身邊吧，妳家那邊也不想自個女兒摻和這種事吧？」

欣茹回道：「我娘家夫家都不愛湊這種熱鬧，等會乾脆帶著她們去院子裡轉轉，老陪著這些人說話無聊得很。」

「好。」慧馨爽快地答道。

用過飯，欣雅和欣語要留下跟其他人周旋，慧馨和欣茹則準備去院子裡轉轉。四人把跟著她們一同過來的姑娘們叫到身邊，讓她們跟著慧馨和欣茹一起去園子裡玩。

侍女領著慧馨她們去了花園，花園裡去年修了一個荷池，如今正是荷花開得正好的時節。園子裡已經有些人在玩了，放眼望去，荷池裡有不少人在放舟蕩漾，池邊有侍女守著，看樣子是府裡為防有人落水特意安排。

池邊的涼亭裡也有人在裡面玩耍，另一邊的柳樹下則有人在垂釣。只是垂釣的人有些不專心，不時四下張望，跟身旁的人說話，一會又拈了旁邊放的茶點來吃。

慧馨轉身詢問跟在身後的幾位姑娘是要玩水還是釣魚，見她們一時想不好，便讓她們自個湊堆玩，想玩什麼就找侍女。

欣茹吩咐侍女也給她們弄一條船，岸上吵鬧，不如泛舟停在湖上來得愜意。

慧馨見三位表妹還站在她身後沒走，便問道：「怎麼不去玩？跟她們相處得不好嗎？」

三人搖頭說道：「……幾位小姐都很好相處，只是剛才我們聽人說，前廳那邊一會有才藝表演，好幾位小姐都會參加，我們想著……」

「我知道妳在想什麼，這麼好的機會能展現平日所學，妳們覺得這是出人頭地的好機會，是嗎？」

三位姑娘都沒說話，不過看神情就知她們的確是這樣想的。

慧馨嘆了口氣，說道：「妳們以為別人會因妳們彈得一手好琴，或者寫得一手好字，便高看妳們嗎？琴棋書畫這些東西不過是修身養性，拿來消遣的東西，別人真正在意的還是妳們的家世。不是我攔著妳們壞妳們的姻緣，今日的宴會實是別人的一場戲，妳們在旁邊看看就行了，若參與其中，是禍不是福……」

慧馨見三人還有些不解，便說道：「……妳們仔細瞧瞧，在這邊玩的人多，還是待在前廳的人多，看看前廳的人都是什麼身分，若前廳那邊真是什麼好事，為何跟妳們一起的那幾位小姐都不去前廳？這幾位小姐可是出身侯府和國公府的……前廳的事妳們就別想了，今日能博得那幾位小姐的好感就不枉費出來一趟了。」

雖然三位姑娘心下還是不明白，但聽慧馨如此說，只好仍舊去找剛才一起的幾位小姐玩耍。

慧馨見三人跟著別人上了一條小船後這才放下心，想來她們還沒大膽到背著她偷跑到前廳去。

欣茹過來拉著慧馨上了船，見她還皺著眉便打趣說道：「還在擔心妳那三個表妹？妳母親娘家的妹妹跟妳遠著呢，何必這麼上心？」

慧馨嘆了口氣說道：「跟著我一起出來的，總要負責才行。其實她們幾個也是出身望族，家教是好的，但就怕她們受了別人的挑唆做出傻事來，京城不比江寧，這裡水深著呢。」

欣茹也嘆了口氣說道：「誰不是呢？我夫家的幾個小姑子如今也到了說親的年齡，來提親的人倒是不少，可越是人越多就越發頭疼。我們家老太爺也是不愛理事的，可身分又放在那裡，來提親的人有哪個不是衝著老爺子來的，偏偏家裡又想給她們找普通人家，普通人家又哪裡敢上國公府提親……」

「普通人家？國公爺他們能這麼想，可見是真心疼愛妳這幾個小姑子。」慧馨略帶感慨地說道。

欣茹從船中間的茶桌上拈了一塊糕點，說道：「別管她們了，她們自有她們的命數，我們玩我們的。」

慧馨放眼在園子裡掃過，心下一嘆，年年有戲看，只是主角不斷在換。

「過幾天的賽馬會妳去不去？」欣茹忽然問慧馨。

「去啊，好多年沒去過了，還挺懷念的，妳也去吧？」慧馨說道。

「我當然會去，要不咱們一起吧，還是熟人在一起好玩。」

「好啊，包廂由妳負責，我那邊可沒熟人。」

「這個妳放心。不過聽說這次宮裡的幾位娘娘也會來看？」

慧馨點了點頭，「我也聽說了，就是因為這個原因我才非去不可，前段時間宮裡賞了好多東西，趁這個機會我正好謝恩，省得還要專門進宮一趟。」

欣茹噗哧一聲笑出來，「妳可真大膽，連謝恩都要省事。」

「妳也知道，如今後宮裡麻煩得很，進去一趟少活十年，這謝恩的事按說我早該進宮，一直拖著就是看准了這個機會。皇后娘娘從小就愛馬上賽球，她現在雖然不能下場，但肯定會來看。」慧馨說道。

「也就剩妳敢這樣做了，皇上皇后都對妳讚賞有加，待妳出嫁後，輩分還要再升兩等。如今後宮裡爭端不斷，反倒是作壁上觀的太皇太后成了最大，誰都想爭取到太皇太后的支持，連帶著南平侯的身分也水漲船高，這些后妃們以後只怕連妳都要巴結了。」

「所以我就更不敢進宮，後宮嬪妃的好處豈是白拿的。」

「我跟姊姊們現在進宮請安的次數也少多了，妳不知道，當年妳去了聖孫府，我們一直以為妳會跟了皇上，幸好……」欣茹說道。

慧馨搖了搖頭說道：「……我可沒那麼傻。當今皇上是聖明之君，這些嬪妃不管怎麼蹦躂，都跳不出他手掌心的。後宮鬧得越大，這些后妃們就越沒機會插手朝政，互相牽制，誰也別想獨大……」

在慧馨的約束下，這次宴會終是無驚無險地過去了。三位表妹回到家中都略顯失望，似乎這次宴會沒有她們想像得那般風光。

事後，宮裡頭透出消息，羌斥小王子竟然相中了一位御史千金。聽說這位小姐幼年體弱習武強身，練就一身好功夫，使得一手好鞭法，宴會當日技驚四座，被小王子一眼相中。只是這消息傳出來沒幾日，這位小姐竟忽然舊疾復發，沒撐幾日就去了。

慧馨聽到這個消息並不覺得奇怪，正所謂懷璧其罪[1]，不管這位小姐是真死還是假死，薛袁兩家都不會讓她嫁給羌斥小王子的。

當二太太跟三位表妹說起這個消息的時候，三位姑娘均出了一身冷汗，這才領悟慧馨當時那番話的意思。

【注釋】

①原指財能致禍，後也比喻為有才能而遭受忌妒和迫害。

【第二百八十七回】

婚禮前夕

賽馬會的場地在京郊馬球場，活動分為兩部分，上午是賽馬，下午是馬球賽。這種貴族活動，參加的人全部憑帖子才能入場，普通百姓是不能入內的。

慧馨上次來馬球場看馬球賽還是小時候，當年的謝家還沒資格參加賽馬會，而馬球賽則是只有女性才能參加，不分階層的活動。

賽馬會當日一早，慧馨帶著五位姑娘一起上了馬車，她現在的馬車是盧氏專門請人特別定做的，比普通馬車長了兩倍。

二太太娘家的三位姑娘明顯比上回安分了許多，都眼觀鼻鼻觀心老實地坐著。大太太娘家的兩位姑娘臉色卻不是很好，神色間似乎有許多不安。

慧馨微微一笑，安慰她們道：「不用緊張，今日咱們跟敬國公府的人在一處，妳們三個上回認識的那幾位小姐也在，妳們只管一起玩耍便是。今日這活動是為了娛樂，妳們身上可帶了銀兩？」

五人互相看看答道：「……帶了，前幾日姨母便命人給我們備下了。」

慧馨點點頭，「今日的活動有博彩，妳們有興趣可以去試試，既然出來玩了就玩得高興點。」

慧馨她們在城門外等了一會，與欣茹她們的馬車會合後，兩家人一起繼續趕路。待她們到達賽馬場的時候，場內已經很熱鬧了。

敬國公府只有欣茹一人帶著幾位姑娘來玩，謝家這邊也只有慧馨帶著五位姑娘，沒有長輩在，她們這群人算是自由了。

慧馨她們跟著賽馬場的侍女進了欣茹一早定下的包廂，丫鬟們進進出出很快就把包廂裡放滿了各種零食。這賽馬場的老闆當真有眼色，負責招待客人的既有夥計又有侍女，讓只有女眷的客人們方便了不少。

慧馨淨過手拈了一塊點心，邊吃邊走到包廂窗前向外看。這包廂朝著賽場的那一面掛著像百葉窗一樣的竹簾，從左到右共四片，竹簾下則是圍著木欄杆。慧馨便是把最右邊的那一片捲起了一半向外看，這樣裡面的人能看到外面，外面的人卻看不清裡面。

外頭一堆堆的騎手正在場地裡試馬，有些比較出名的馬匹和騎手則被人圍在圈裡，不知在交談什麼。慧馨嘴角一翹，還真有點初級跑馬賽的感覺。

慧馨轉身跟幾位姑娘說道：「先在屋裡待會吧，這會外頭正忙亂，人來人往地不好出去拋頭露面。」

欣茹也說道：「一會馬場的人會送圖冊過來，妳們可以瞧瞧，相中了哪一匹等會叫賽場的侍女過來下注便是。」

幾人在屋裡坐了一會，便有賽馬場的侍女拿了幾本圖冊過來。慧馨趁機跟侍女詢問道：「賽馬會幾時正式開始？」

「……再有一個時辰，皇后娘娘的鑾駕就要到了，今日的賽馬會將由皇后娘娘親自鳴鼓。」侍女答道。

慧馨賞了侍女一角銀子讓她退下，拿了一本冊子看了起來。欣茹一會翻翻冊子，一會到窗口看看。幾位姑娘們見慧馨和欣茹並不管束她們，便也自在許多，湊成堆拿著圖冊嘀嘀咕咕地商量。

慧馨拿著圖冊研究了半晌選定四匹馬，並不是她覺得這四匹馬有實力，而是這四匹馬長得很像南平侯的坐騎……

大家都選好了要投注的馬匹，丫鬟便到外面喚了賽場的侍女過來，侍女把她們下的注都記錄下來，臨走前不忘提醒慧馨她們道：「皇后娘娘的鑾駕馬上就到了，現在外頭和賽場裡已經禁止走動，請幾位夫人小姐耐心等候，有事在門口喚我等便可。」

侍侍女出了包廂，欣茹問慧馨道：「我們幾時過去覲見皇后？」

慧馨沉吟了一會說道：「還是等比賽開始後吧，總不能她們一來我們就過去，耽誤比賽開始，要被人埋怨的。」

過了一會，走道裡傳了聲音，有丫鬟伸頭往外看了一眼，原來是負責護衛的士兵在走道裡清人。賽場裡的騎士們也牽著馬匹列隊站好，整個賽場不過一刻便安靜了下來。

包廂的門被敲響了，這是士兵提醒她們準備迎接皇后鳳駕。包廂的門敞開，慧馨和欣茹帶著一屋子人站在門口，雖然她們見不到皇后，卻一樣要行大禮。

袁橙衣今日並不是獨自前來，貴妃和四妃都跟著她一起來了。她們的包廂在三樓，待她們安了座，賽場叩首的人才被賜起身。

這座賽場的觀賽樓共有三層，但三樓上只有一間巨型大廳，是專門為皇家而設。

慧馨站在賽場一面的圍欄旁往三樓看去，隱約可以瞧見裡面坐滿了人。

開場鼓響過後，馬賽正式開始。待預賽過了兩輪後，慧馨和欣茹準備去覲見皇后。

慧馨囑咐幾位姑娘道：「妳們在包廂裡玩，不要出去，有事吩咐丫鬟們去辦就好。」

慧馨和欣茹相攜行到通往三樓的樓梯，讓守在下面的宮女上去通報。沒一會，便有嬤嬤出來宣她們進去。

屋裡頭的人慧馨和欣茹都認得，一一行過大禮，袁橙衣給她們賜了座。慧馨並未直接坐下，而是對前段時間眾位嬪妃賞賜的東西謝了恩，這才跟著欣茹一起坐下，陪著皇后她們說話。

皇后和幾位嬪妃似乎也對賽馬投了注，她們正在品評場地裡各個馬匹的優劣。慧馨和欣茹原本在一邊心不在焉地聽著，袁橙衣忽然轉身向慧馨詢問意見。

慧馨有些不好意思直說自個不懂相馬之道，又有嬪妃詢問慧馨有否下注，慧馨只說看著好玩跟著別人一起下注賭了四匹馬。

有嬪妃聽了慧馨的話，捂嘴笑道：「平鄉君這辦法倒是好，一下押了四匹馬，最後一輪決賽總共只能有四匹馬參加，若是平鄉君賭中了，那可是穩贏。」

慧馨訕訕道：「娘娘說笑了，就怕我押的那四匹，一匹也沒撐到最後一輪……不過還是承娘娘吉言，我也不貪多，能有一匹進最後一輪就滿足了……」

沒一會，又有人來覲見，慧馨和欣茹便藉機退了出去。其實兩人早就想出來了，只是沒有袁橙衣的話她們不好自個提出。

剛才在裡面慧馨就聽出來了，幾位嬪妃正在較勁呢，都希望自個押的馬勝出。袁橙衣則作壁上觀，瞧著幾位嬪妃互相爭鬥。

從三樓下來，慧馨轉身看了一眼，她很慶幸自己不是那裡面的一員，慧馨深覺自己能與南平侯相識相知是多麼幸運的一件事。

❖

賽馬會結束後，慧馨回到府中又開始過起了閉門謝客，專心備嫁的日子，不知為何，她忽然感覺心情有些躁動，像是害怕的不安，又像是期盼的急切。

隨著成親日子接近，婚禮的各項前期活動也有條不紊地進行著，慧馨為了避嫌，躲在院子裡盡量不外出。

她這幾天經常坐在窗前發呆，有時候畫著畫也會忽然陷入沉思。慧馨這些日子的反常，連院裡伺候的丫鬟也發覺了，盧氏聽說後忙趕來看望慧馨。

盧氏以為慧馨是因婚期在即有些害怕，便說了不少開導她的話。慧馨跟盧氏說了一會話，讓她放心。

其實慧馨這幾日經常想起上輩子的事情，她以為過了這麼多年，經歷了這麼多，對上輩子應該已經淡忘，但因著婚期越來越近，慧馨心神有些迷惘，便時常回憶起以前的時光。

活了兩輩子，這是頭一次要嫁人，但願也是唯一一次……慧馨稀里糊塗地想著，雖然跟侯爺兩情相悅，但畢竟頭一次經歷婚姻，在慧馨心裡除了希冀，還有那麼一點對未知的恐懼。

慧馨看著窗台上的花又發起呆來，待她回過神來有些無奈地自嘲了一會，拍拍胸口舒了口氣。還有兩天就要成親，慧馨是越發心神不寧了。

這天夜裡，慧馨沐浴過後，將丫鬟都遣了下去，獨自坐在窗邊看書。

一陣花香飄過，慧馨眨眨眼抬頭望去，果然見到南平侯正立在她對面，侯爺手裡還拿了一朵粉紅色鮮花。

慧馨嘴角一翹撲入南平侯懷裡，南平侯低下頭用下巴蹭著她的額頭。兩人靜靜抱在一起，良久才分開。

南平侯把手中的花往慧馨眼前一晃，「今日跟人去山上玩，無意間看到的，想著妳一定喜歡便給妳送來了。」

慧馨接過還連著花莖的鮮花，從櫃子上取了一只花瓶，將花插在裡面放上窗台。南平侯攬著慧馨，兩人坐在窗邊說話。

慧馨戳了戳南平侯的胸膛，一本正經地說道：「就快成親了，你這個時候跑來可不好，教人看到了成什麼樣子。」

南平侯抓住慧馨作怪的手，笑著說道：「想妳便來了，我倒想看看誰敢管本侯。」

跟南平侯說著悄悄話，慧馨感覺原本躁動的心漸漸平靜了下來，趴在侯爺的胸口聽著他的心跳，心裡便再無雜念。

待在謝府最後的兩天就在平靜中度過了，連盧氏受命來教授慧馨夫妻床笫之事，慧馨也是微笑著接過盧氏手裡的圖冊。

【第二百八十八回】
成婚

隆泰二年八月初八，天未亮，慧馨所住的院子已是燈火通明，丫鬟媽媽們進進出出，所有的陪嫁丫鬟都集中到慧馨的院子裡。慧馨一早便被丫鬟叫醒，梳洗一番後靜坐在屋裡等著。

慧馨昨夜上床後以為自己會失眠，沒想到卻在無意間睡了一場好覺。感覺肚子有點餓，慧馨小口吃了兩塊點心便不敢再吃。婚禮歷時比較長，為避免中途上廁所，慧馨不敢多吃，水也只喝了兩小杯。

天剛微亮，盧氏便帶著一位陌生的夫人進了慧馨房間，這位夫人夫家姓劉，是宗人府選定的全福夫人。

劉夫人接了紅包，在屋子裡張望了一下，見丫鬟們都打扮好了，點了點頭，上前跟慧馨道賀，指點丫鬟們服侍慧馨先去沐浴。

盧氏陪著劉夫人說話，待慧馨出來便讓丫鬟服侍她換了大紅的嫁衣。

慧馨坐在梳粧檯前，劉夫人先給她梳了頭插上珠釵，又在她的肩頭鋪了帕子，給她上妝。

描眉畫眼一番收拾妥當，慧馨看著鏡子裡的人，一瞬間有些恍惚。雪白的臉大紅的唇，彎彎的眉襯著一雙大大的眼睛，怎麼看怎麼像上輩子奧運會的吉祥物福娃……慧馨忍不住笑了出來，露出

嘴邊小小的酒窩。

丫鬟端了飯進來，慧馨在劉夫人的指點下舀了大大的一口含在嘴裡，劉夫人手拿紅紙，讓慧馨把飯吐在上面。慧馨吐出來的飯，一半要放在謝家的米櫃上，一半要放在許家的米櫃上。

做完這些，慧馨的屋子裡湧進來一群人，各房的太太們帶著姑娘們進來道喜，左一句右一句說著吉祥話。

在這群人中，慧馨看到了慧琳，自從慧琳出嫁後，這是她們第一次正式見面，那次在書局街上的偶遇，慧馨誰都沒有提起。

慧琳是二房的長姊，但性子卻是單純軟弱，跟慧馨多年不見，神色倒還自然，就是說話時有些怯意。

慧琳跟慧馨道喜，慧馨詢問了她婚後的生活，兩人淺談幾句便無話了。

慧馨心下嘆息，時間讓人生疏了。當年她跟慧琳關係極好，可後來卻是跟慧嘉牽扯更多，世事無常啊！

待丫鬟來報開席了，盧氏便領著一群人去了席上。

慧馨看著窗台上花瓶裡的花朵發呆，這是那夜南平侯送來的那朵花，不知這花是什麼品種，花瓣的邊緣已經開始發蔫，顏色也漸漸褪去，褪變的過程卻是另外一番風趣。

屋裡靜悄悄的，忽然一個小人偷溜進了屋，慧馨瞧著小人左顧右盼生怕被人發現的樣子，嘴角微微一笑。

這偷跑進來的小人正是謝睿的兒子謝懷仁，小懷仁從小就很親近慧馨，這段時間聽說慧馨要出嫁，小懷仁很不高興，一直躲著不肯見慧馨，弄得家裡的人哭笑不得。

慧馨瞧著懷仁正要跟他打招呼，小懷仁忽然做了個手勢讓她噤聲，就瞧著小懷仁趁著旁邊丫鬟沒注意，一下撲到了慧馨懷裡。

旁邊的丫鬟聽到動靜，大呼著過來要把懷仁拉開，「少爺小心啊！別把七姑奶奶身上的衣裳弄亂，這衣服穿起來可費勁了。」

慧馨的陪嫁丫鬟們都要跟著全福夫人去許家，這會留在慧馨身邊照顧的都是盧氏的丫鬟。

慧馨揮退了丫鬟，「沒事，小心一些就好，妳們去忙妳們的，我們姑侄說會兒話。」

懷仁側頭見丫鬟走開了，便大著膽子在慧馨身邊膩了一會。慧馨瞧著他明明一副小孩樣卻要裝大人狀，不禁逗著他玩笑起來。

懷仁抬頭看著慧馨的臉，小臉皺成了一團，「姑姑，妳怎麼變成這樣了？」

慧馨哈哈大笑起來，旁邊的丫鬟也是捂了嘴笑道：「少爺，這是婚妝，女子出嫁都是這樣的。」

院子裡忽然又吵嚷起來，大概是前面筵席散場了，有人來慧馨這邊說話。

懷仁裝模作樣地嘆了口氣，踮起腳用小手拍了拍慧馨的肩膀，語重心長地說道：「姑姑，妳放心吧，若是那人對妳不好，妳就回來，懷仁會照顧妳的……」

慧馨看著懷仁又是好笑又是欣慰，摸了摸他的頭。

旁邊的丫鬟聽了懷仁的話卻是連聲「呸呸」，雙手合十喃喃道：「……童言無忌，童言無忌，姑奶奶和姑爺百年好合……」

盧氏和太太們進了屋，圍著慧馨說話，幾位姑娘沒過來，許是留在正院看熱鬧了。

盧氏見懷仁在慧馨這裡，忙叫丫鬟把他帶回正院去，「……小祖宗，剛才瞧不見你，原來是跑這裡來了，這裡可不是你待的地方，快回正院去。」

聞得鞭炮聲響，迎親的人來了，盧氏差了小丫鬟到前頭去瞧瞧情況。

少頃，丫鬟們跑回來跟盧氏回話，也不知說了什麼，盧氏臉上竟是一片驚訝，旁邊幾位太太忙上前詢問，盧氏把丫鬟的話轉述給太太們，二太太臉上一片驚喜之色。陪同南平侯來迎親的人全是王孫公子，謝家的人豈能不驚喜？

南平侯帶著一眾王孫公子前來迎親，謝家人是又驚又喜，只象徵性地擋了擋便把人放了進來。一眾王孫裡倒是有位謝家的熟人，便是易宏公子。慧嬋只是易宏的妾室，他沒有做為謝家的女婿參加送親，而是跟著南平侯來迎親了。

謝睿硬著頭皮上前搭話，南平侯雖氣勢威嚴，但心知慧馨對這位兄長很是欽佩，少不得也要多給幾分面子。易宏對謝睿的印象不錯，幫他解圍說了不少趣話，氣氛倒是沒有僵硬。

跟著南平侯來的人平日裡或許看不上謝睿，但今日以後謝睿可就是南平侯的小舅子了，身分水漲船高，一眾王孫跟謝睿說起話來竟是哥倆好的樣子。

南平侯先去給謝老爺磕頭，雖然南平侯現在成了他的女婿，可面對南平侯，謝老爺還是一陣心虛，見侯爺行了禮，趕緊上前把他攙起來。見此情景，跟著南平侯來的幾人捂著嘴偷笑，這世上受得起南平侯叩首的人還真是不多……

南平侯轉身又去了謝太太屋裡，謝太太抖著手接了侯爺敬的茶，話也說不出口，趕緊叫身邊的媽媽遞上紅包。

重新回到正廳，慧琳的相公蔣公子敬了南平侯上馬酒。

謝老爺見南平侯把手中的酒一飲而盡，連忙說道：「不早了，發親吧！」

易宏站在南平侯身後打量了一番謝老爺，這還是他頭一次見謝老爺，也不知謝老爺是有意還是無意，好像並不認識易宏一般。再加上謝老爺像送瘟神一樣地催著南平侯上馬，易宏心下好笑，這位謝老爺好像跟傳聞中不一樣啊，並不像謝家姊妹說得那麼強勢，反而覺得謝老爺更像一隻紙老虎，在他和南平侯面前只能夾著尾巴。

慧馨神情有些恍惚，沒有聽到盧氏她們在說什麼，只在心底有一個聲音一遍遍地對自己說：「終於到這一刻了……」

蓋頭遮面，慧馨看不清外面的情形，被人扶著上了謝睿的背，謝睿揹著她上了花轎。

劈里啪啦的鞭炮聲中，轎子搖晃著抬了起來，鑼鼓喧天，轎子一顫一顫地往前走。

在鞭炮聲和鑼鼓聲中夾雜著熟悉的人聲，隨著轎子不停地向前，聲音漸漸遠去，最後只剩下鑼鼓聲還能隱隱地聽到。

忍著掀簾回頭看的衝動，慧馨的手指絞著手帕，心中一陣悵惘，一滴眼淚從眼角滑落，終於離開謝家了……轎子走了好幾條街，終於來到南平侯府所在的街道，外頭又響起鞭炮聲。慧馨眨了眨眼，用手帕擦了擦眼角坐好。

轎子停了下來，許家這邊的全福夫人扶著慧馨下了花轎。

慧馨低頭看著腳尖，被人牽著行了禮，送入新房。

慧馨端坐在喜床上，透過蓋頭隱約可見屋子裡人影不少，有女子調笑著催促侯爺快些挑蓋頭。

蓋頭掀起的一刻，燭光閃動，慧馨眨了眨眼睛抬起頭，只見一人正笑盈盈地望著她。

這一刻，慧馨忘卻了周圍的一切，眼中只有面前這人，她清楚地看到對面的人眼光熠熠，倒映著她一個人的面容。

這一刻，往事如風般從慧馨的記憶中閃過，九歲初見，可曾想到今日與之牽手，歷經風霜，尋覓至今，便是為了此時此刻此人。今生有其相伴，得其所再無遺憾。

南平侯看著端坐在床上的人嘴角帶笑，那人的眉眼便是心心念念的，今日終於屬於他的了。曾經以為今生只得孑然一身過下去了，卻沒想到還有一人能讓他心動，讓他長掛心田無法放下。今生得其相伴，再無他求。

佛說：「修百世方可同舟渡，修千世方能共枕眠。前生五百次的凝眸，換今生一次的擦肩。」
我苦苦哀求佛祖，讓我們再結一段塵緣，相戀相伴走過月月年年。
你說：「自你在佛前求與我相遇的那一刻起，我整整失眠了千年。」
我說：「我穿（越）千年來此，為續一段姻緣。冥冥眾中，只為與你相伴。」

尤加利《穿越馨生愛上你第五集》全文完

【番外二】
南平侯的身世（上）

從南方回來已有數月，慧馨今日要去漢王府看望慧嘉。

這幾日宮裡要採選秀女，靜園有不少人要參加，皇后索性給靜園放了假。

杜三娘一早就派人過來，送了新鮮的鴨蛋、鹹鴨蛋、松花蛋，還有幾隻活鴨和活魚。慧馨挑了兩隻活鴨和六條十斤左右的活魚，其中有兩條還是母的，準備帶去漢王府。慧馨帶的東西簡單，但那六條活魚在這年代算得上大禮了。

到了漢王府，慧馨還要是先去拜見王妃。這次王府內院的人沒有攔下木槿，木槿一直跟著慧馨進了內院。

王妃的態度比以前更加和藹，慧馨的頭還沒磕下去，就被扶了起來。王妃拉著慧馨的手誇獎了幾句，一副與有榮焉的樣子。自從靜園南方賑災之行結束後，女士院在大趙的聲勢大漲。

王妃笑著說道：「我娘家有個侄女，跟妳差不多年紀，一直在家裡都要被我哥哥和嫂子寵壞了。我就說還是該送到靜園裡好好調教，家裡頭這才決定明年讓她也入女士院。她只比妳略小幾個月，從小沒離過父母，到時候還要託妳多照顧她一下。」

慧馨心下了然，忙謙虛地應承了，順道還誇了王妃娘家一通，王妃這才放了慧馨去見慧嘉。

慧馨在芳菲苑裡見到了金竺和金蕊，看來王妃已經把慧嘉陪嫁來的丫鬟還給她了。

王嬤嬤端了幾碟她拿手的點心放下，然後跟紅玉一起自覺地出了屋子。

慧馨的目光一直隨著王嬤嬤出了屋子，這才轉過頭來，對慧嘉挑挑眉毛，「二姊最近在王府的日子過得不錯啊！」

慧嘉喝了口茶回道：「託妳的福，妳這次去南方賑災做得不錯，給我也長了臉。王爺說南平侯報上去的功臣，靜園有三十人，妳也在其中，雖然排在後面，不過以妳這個年紀做到這種程度，咱們謝家是教女有方了。」

慧馨了然，這事她已經聽謹飭說過，她們四人的名字都在上面，這樣她們年末升乙院，基本算是定下了，「我哪有做什麼，不過是跟在別人後面幫忙。我能上那名單，終究是南平侯看在西寧侯府的面子上，她們說年末的升階應該沒有問題了。」

慧嘉眼睛一亮，「那妳明年就可以進乙院了？這可好，不用王府出手，就能升到乙院，王爺和王妃更要高看我們謝家。我就知道妳是姊妹中最優秀的，換了其他妹妹連半分也及不上妳。」

慧馨神色一正，有些不贊同地說道：「二姊切莫再這樣說了，咱們謝家的兄弟姊妹應一條心，不該互相比較失了情分。前段時間大伯母竟想託人讓四姊姊去選秀，幸好大伯父心裡明白，這才攔下了。咱們姊妹還有二哥在京裡，都要靠大房照應，切不可跟他們鬧彆扭。再說外面不知有多少人家看著咱們眼紅，就等著看咱們鬧笑話呢。二姊如今在王府過上好日子了，更加該注意言行，別讓人無端挑了錯。」

慧嘉認真看了慧馨一會，才說道：「我這也就是對著妳，往日裡哪敢說這些話。倒是妳，進靜園學了這些日子，膽子倒是比以前大多了，我記得以前在江寧家裡，姊妹中數妳最安靜。」

慧馨無辜地笑了笑：「有什麼辦法，不想辦法做事不行啊。在靜園的日子，我可不只是為自己過的，得為送我進去的父親和叔伯們過，還得為被我搶了位置的姊妹們過。」

慧嘉心知慧馨的難處，轉移話題道：「不說這些了，跟我講講妳們南下的事，聽說日子過得苦得很？」

慧馨扯著嘴角微笑著嘆了大大一口氣，語氣誇張地說道：「可不是，這輩子頭次吃鹹菜窩頭啊！還得自己洗衣做飯，下著雨趕路……」慧馨愁眉苦臉地跟慧嘉講起了她們賑災的經歷。

慧嘉這輩子唯一一次出遠門，就是從江寧到燕京，而她到了燕京後，就沒能再回去。看著慧馨帶著誇張的表情講述她南下的事情，慧嘉只覺得有趣，不過她也明白，慧馨雖看起來像誇張，可她說的都是事實。

慧馨說到最後忽然想起一事，「我一直覺得南平侯對咱們謝家有意見，不過沒想到他最終還是把我的名字報了上去。二姊，南平侯究竟是個怎樣的人？」

「南平侯啊，南平侯也算我朝的一個傳奇人物了。要說起南平侯，就不得不想起穆國公。」

穆國公許培安，是太祖的發小[1]，不僅從小跟太祖一起長大，長大了又跟著太祖打天下，立下

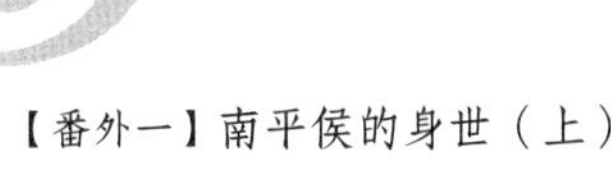

戰功無數，大趙建立後被封為穆國公。

只是穆國公子孫的命運卻一直不幸，穆國公所有的兒子都在早年戰役中陣亡了。

太祖像每個朝代的建立者一樣，大趙建立沒多久，就誅殺了一部分開國功臣。有些人說太祖之所以沒有動穆國公，就是因為穆國公無子。

後來，太祖年事漸高，朝中皇子爭位，大臣分了幾派。太祖為鞏固政權，陸續誅殺了幾個皇子和大臣。也許是年老糊塗了，太祖疑心病越來越重，朝廷人人自危。最終不知聽了誰的讒言，要派四皇子前往虎山剿匪。

穆國公那時只剩下一個女兒，為了保下女婿，穆國公自薦前往。而穆國公此去便再沒能活著回來。誰知那虎山根本沒有匪，而是太祖的陷阱，他沒殺自己的兒子，便殺了兒子的岳父，這是警告，用來剷除四皇子最重要的臂力。更沒料到穆國公出城剿匪時，國公夫人已有了兩個月的身孕，因未滿三個月所以沒有對外公佈。

【注釋】

①意指從小和自己一起長大的玩伴。

【番外二】

南平侯的身世（下）

建武九年，穆國公夫人生下了一名男孩，取名鴻煊。國公夫人請了方大家教授小鴻煊，希望他不必再像穆國公一樣上戰場。

但是許鴻煊長到八歲，還是跟隨四皇子去了西北大營，十三歲上戰場殺敵，十七歲受封南平侯。太祖一直很關心許鴻煊的成長，但是他以穆國公的封號不吉利為由，沒有讓許鴻煊承爵，而是給了他南平侯這個爵位。

許鴻煊十八歲成親，六個月後再度奔赴戰場，在他回京前，南平侯夫人不幸感上風寒去世了。二十歲的時候，許鴻煊被御史彈劾，此後他便悠閒地做起了南平侯，再不過問朝事。

大趙開國曾有三位國公，穆國公、鎮國公和輔國公，三位國公都是在太祖時期過世的，且都無人承襲爵位。如今大趙只有一位敬國公，是當今聖上登基後封的，敬國公是太祖的第十四子，一直與當今聖上交好。

慧馨聽得一陣唏噓，南平侯以前的日子肯定不好過。開國功臣總是不好當，哪個朝代的開國皇帝沒殺功臣呢？

「當今聖上基本是看著南平侯長大的，為了保下南平侯，聖上可下了不少工夫。不過也很值得，就算不提南平侯為平定西北立下大功，這大趙軍中一半多的將領都曾是穆國公的屬下。要知道太祖過世的時候，皇子們只剩下四皇子和十四皇子了。」慧嘉說道。

「人年紀越大就疑心越重啊……」慧馨感嘆道。

「……」

❋

南平侯府裡，許鴻煊正拿著剝好的桔子，一瓣瓣地遞給太夫人。

太夫人看著孝順的兒子嘆了口氣，許鴻煊忙道：「娘怎麼又嘆氣？桔子不甜嗎？」說著他也往自己的嘴裡塞了一瓣，嚼了嚼又道：「好像是不太甜。」

看著許鴻煊故意皺著眉的樣子，太夫人噗哧一笑，「你呀，這麼大的人了，還跟個孩子似地。」

「在娘身邊，我永遠都是孩子。」許鴻煊說道。

看著太夫人又吃了兩瓣桔子，許鴻煊起身倒了杯茶讓太夫人漱口。太夫人年紀大了，桔子這種又酸又甜的東西不能多吃。

屋裡頭只有母子二人，自從賦閒後，許鴻煊只要在家，就會多陪陪太夫人。許鴻煊幫著太夫人把靠枕放平，又取了佛經念給太夫人聽。

太夫人閉著眼睛，耳邊是兒子的聲音。許鴻煊不只長得像穆國公，聲音也像。

當年太夫人嫁給穆國公時，穆國公和太祖還在到處籌集軍糧，在一場場的小戰役中，努力掙扎著壯大。

穆國公、鎮國公、輔國公和太祖都是從小長大的好友，四人一起打江山，建立了大趙。為此，許家失去了六個兒子，除了已經嫁給四皇子的女兒之外的所有孩子。太夫人一度怨恨穆國公把兒子全都送上戰場，後來鎮國公和輔國公相繼暴斃，太夫人才漸漸發現穆國公的無奈。其實當年有人曾說鎮國公更適合做皇帝，可惜鎮國公在一次戰役中傷了右腿。而太祖命最硬，一直活到八十二歲，在這群一起打天下的人當中活到了最後。

當年穆國公明知所謂剿匪不過是太祖的一場陰謀，可他不能不去。只要穆國公還活著，太祖就不會讓許家的孩子活下來。當年懷有身孕的，除了太夫人，還有一名良妾。太夫人沒得選擇，為了保下許家的血脈，她將良妾送到娘家的一個遠親那裡，將其改嫁給了一個落魄書生，聽說她也生下了一個男孩。

太夫人一直希望自己懷的是個女兒，如果是個女兒，太祖應該不會動手了吧。可是偏偏她生下的是男孩，為了向太祖表明立場，又跟穆國公原來的下屬保持距離，太夫人再求了方大家來給許鴻煊啟蒙。可在鴻煊八歲那年，莫名其妙掉進了水池，差點淹死。就是那之後，太夫人才下定決心把鴻煊送去四皇子身邊。

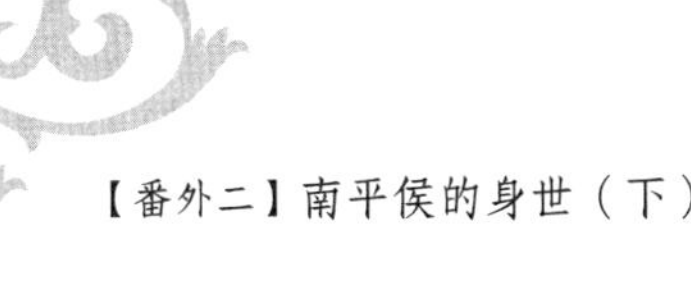

鴻煊被四皇子送去了西北大營，在他十七歲封爵前再沒回過京城。太祖雖下旨召回鴻煊，卻不肯讓他承襲穆國公的爵位，而是另給了一個「南平」的封號。而太祖賜婚給鴻煊的妻子個性懦弱，沒多久也莫名其妙地去了。

當年太夫人期待生個女兒的事情，被人傳得變了樣，太祖送了幾個女孩子過來，說什麼來陪她這個老婆子解悶，說穿了不就是來監視南平侯府的嗎？還敗壞了鴻煊的名聲。幸好鴻煊從小就很懂事，利用這事推了太祖的再度賜婚和軍職。鴻煊沒把權勢放在心中，也沒把京裡那些傳言放在心上，幸好太祖沒活幾年就去了。

太祖活了八十二年，當了三十一年的皇帝，百姓稱讚他英明神武，可是同他一起打過天下的兄弟，還有他的兒子，卻沒有幾個得了善終。

太夫人想起太祖，心中就忍不住怨恨。好在當今聖上對鴻煊情分不同，這個皇帝女婿對他們許家也一直很看重。

「鴻煊吶，你想不想再入朝啊？我看皇上經常讓你幫他辦事，興許他……」太夫人忽然說道。

許鴻煊還以為太夫人已經睡著了，沒想到她突然說起這個，「娘，兒子如今挺好，皇上有吩咐就去當差，沒吩咐又可以關起門來過自己的小日子，比在朝堂上每日還要早起早朝愜意多了。」

太夫人心裡嘆了口氣，心知許鴻煊不肯復職還有其他原因，許家身為外戚，做事總是束手束腳，再加上太子和漢王他們……

「娘，不管怎麼說，太子和漢王都是皇上和皇后的親骨肉，皇上就算有所猶豫，也不會害他們的。皇上不是太祖，對太祖當年的做法，皇上也深受其害，他必不會重蹈太祖的覆轍。」

「只要你們這些孩子能好好的，為娘老了，再不想白髮人送黑髮人了。」太夫人用手揉揉額頭，忽然睜開了眼睛，「兒子，你什麼時候再娶個媳婦啊？我可還等著抱孫子呢。都過去這麼多年了，京裡也沒人再信當年的傳言了，你都快三十五的人，要抓緊時間再找一個了。前段時間皇后娘娘不是還找你提過這事？皇后娘娘提了哪家姑娘啊？」

許鴻煊眼光微閃，起身說道：「娘，我去看看李嬤嬤怎麼還沒回來，她跑到哪裡去做米糕了？這麼長時間還沒回來。」

太夫人見許鴻煊又轉移話題，便要起身攔下他，今日這個娶媳婦的事，她怎麼也要好好跟兒子說說。

屋外卻傳來丫鬟的聲音，鄭管家有事回報，許鴻煊宣了鄭管家進屋。

鄭管家給侯爺和太夫人見了禮，回道：「主子，宮裡傳來消息，皇上給侯爺賜了婚，旨意已經在路上了。」

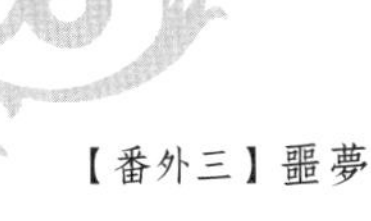

【番外三】
噩夢

宋奎有些不耐地踢了一腳地上跪的人，「消息到底確定沒有？裡頭那個是不是那位？我們都跟了這些天，再不動手就要錯過了。」

地上的人嚇得背後的衣襟已經濕成一片，「小的真是不知啊！那些人防得緊，吃喝拉撒全都不讓外人靠近，兄弟們只能在遠處看個大概，大家都說看樣子就是那位，小的覺得應該錯不了吧……」

宋奎氣得又踢了他一腳，「什麼叫錯不了？若是人不對，那我行動了就會打草驚蛇，這趟買賣可是掉腦袋的事，沒把人認清楚，誰都不許私自行動！」

「大哥，大哥，有消息了！」忽然門外傳來喊聲，一個人影閃身進了屋。

宋奎一巴掌拍在進來人的後腦勺，「叫這麼大聲幹什麼？生怕別人聽不到啊！」

來人摸摸腦袋有些委屈地說道，「不是你吩咐我們一有消息就立刻來報嘛……」

宋奎看著來人不爭氣的樣子心裡又來氣，「囉嗦什麼！快說！是不是有消息確認究竟是不是那位了？」

「不是，是小四傳來的消息，大哥前幾天不是把他支到巨峰鎮蹲點了嘛，他今日傳消息來說，發現那幾幅畫的人在巨峰鎮出現了。」

宋奎皺皺眉頭，「畫上的人？說清楚，哪幾個畫上的人？」

「就是大哥你拿回來的那幾幅畫，小四說看到了一男一女，都是那畫上的人。」

「他當真看到畫上的人了？可看清楚了？」

「小四說他親眼看了，就是那兩個人，他還慫恿巨峰鎮當地的幾個小賊去探路，那些探路的小賊一個也沒回去。」

宋奎臉色陰沉，好一會沒有說話。宋奎本是北方人，十三歲時在家鄉失手殺了人，後來逃到南方，沒想到他在街上混了十幾年，也拉起了個小幫派，一夥兄弟跟著他打家劫舍無惡不作。這次有熟人找上他，給他介紹了樁生意，這次生意不只有錢，對方還承諾事成後可以給他一個身分，一個光明正大不需隱藏在陰暗角落的身份。

從一開始，宋奎就發現這樁生意接的人還不少，也不知那位究竟得罪了多少人，竟然有好幾批人都跟著他們。不過宋奎做這種生意十幾年了，他跟了「六公子」那夥人幾天，總是有種直覺，這好像是個陷阱，所以他不停地派人去接近那夥人，為的就是確認究竟是不是那位。

宋奎的直覺在十幾年中無數次救過他的命，這一次，他決定相信自己的直覺，「召集弟兄，我們立馬趕去巨峰鎮，要快！」

一到巨峰鎮，宋奎就把小四叫到了屋裡，幾幅畫像攤開在桌上。

小四指著其中一幅畫像道：「大哥，就是這小妞！兄弟最先認出來的，就是這個小妞！」若

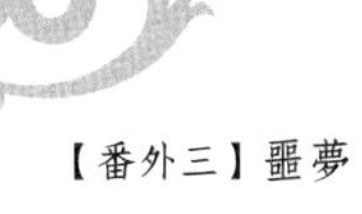

是慧馨此刻在這裡一定會非常吃驚，那幅畫像上的人正是她。

宋奎看了看那幅畫像，「說清楚，你真的沒看錯？」

「就是她，我拿腦袋擔保。雖然這小妞穿的衣服沒畫上這麼漂亮，可她那張臉騙不了人，就憑那張臉放在哪都讓人忘不了，更別說這巨峰鎮了，正是街上的兄弟說巨峰鎮來了美女，我才留意到他們。當時這女的身邊還跟了一個男的，那個男的長得很像這個人。」小四說著又指了另一幅畫像，那上面畫的正是南平侯，「他們打扮說話跟一般老百姓似地，可臉改不了，尤其這女的，不只臉漂亮，那渾身的氣質一看就知道不是普通人家的姑娘。對了，街頭的老混醫還被他們請去看病，聽說老混醫把他們狠宰了一頓。」

「老混醫？你馬上去把老混醫找來，我有事要問他。」

❈

宋奎指著桌上的幾幅畫跟老混醫說道：「他們請你去看病，是給誰看的病？你仔細看看，有沒有見到這幾幅畫裡的人？」

老混醫趴在桌子上仔細看了看這幾幅畫，然後指著慧馨的畫像說道：「就是這個姑娘，她請我去看病的，我老頭這把年紀，頭一次見這麼漂亮的姑娘……不過，病人不是她，那個病人，我看看……是這個人。」老混醫把指頭移到了顧承志的畫像前。

宋奎聽了老混醫的話，看著顧承志的畫像冷笑數聲，終於讓他找到了，他們果然用了替身，不過他們再高明也逃不出他的手掌心。

宋奎確認了消息，迅速做出安排，派人沿著巨峰鎮這條線北上，務必跟上這批人，摸清他們的行蹤。

可惜宋奎低估了這批人，一次陷阱讓他損失了三成人手，之後每次試探都是傷亡慘重，每回派出去的探子都是有去無回。不論白天還是黑夜，這批人都成了宋奎的噩夢。

宋奎深深地後悔，他不該為了搶功，早早就派人去下手，更不該為了獨佔功勞，在一開始找到巨峰鎮這條線索後沒有把消息放出去，以致初期跟這批人單打獨鬥，損失了太多好手。

如今，他已經栽在這批人身上了，死了太多的兄弟，卻連他們的衣角都沒摸到。對於宋奎來說，這趟買賣他已經無法脫身了，雖然他很後悔不該太貪心接下這樁生意。可他心裡很清楚，若是無法幹掉這批人，他就再也不能翻身。死去兄弟的仇不得報，他的名聲就會毀於一旦，這些對一個道上混的大哥都是致命的。

幾十位兄弟在跟這批人的交手中送了命，宋奎的身邊現在只剩了幾個人，這幾個人也有不少都是掛了紅的，而這些人現在也要背棄他。宋奎對剩下的人選擇離開並不奇怪，而且並不生氣，死了這麼多人都是因為他的錯誤決定，下邊人不信任他是在所難免。

最終，宋奎身邊只剩了小四一個人，小四是最早就跟著他的幾個兄弟之一，也是最早那批兄弟中唯一還活著的。

宋奎決定孤注一擲，他帶著小四埋伏在這批人必經的一片山林裡。他已經得到消息，有其他人也要在這裡伏擊，這是一個好機會，只要宋奎和小四能趁亂插一手，那麼宋奎還有洗刷自己名聲的機會，還有把兄弟們重新召集起來的機會。

設伏的那夥人以為他們得手了，可是宋奎不這麼想，生不見人死不見屍，這算不上得手。這批人很聰明很有章法，雖然他們當著追兵跳了崖，可下面並沒有屍體，很可能只是這批人設的局。

當設伏的那夥人全都撤走了，宋奎仍然帶著小四埋伏在山林中，終於在等了三天後，他們發現了那一男一女。

宋奎和小四趁著那對男女失神的一瞬間，放出手中的箭。宋奎在箭頭上抹了劇毒，只要擦破一點皮，這對男女就跑不了。雖然不是那位，但這兩人一看就知不是普通人。這是他的機會！他東山再起的機會！

在兩支箭飛出去的一瞬間，宋奎笑了，他彷彿看到了兄弟們又重新圍繞著叫他大哥的場面。

「噗噗」兩聲，兩粒石頭分別射中了宋奎和小四的額頭，這兩粒石子比那兩支箭更快，以致宋奎死去之時，他臉上的笑容還沒有消失。

【番外四】

再見親娘

慧馨與南平侯兩人成親已有三日，今日一早便上了馬車往謝家行去。三朝回門，慧馨自認對謝家沒有太多留戀，卻還是有種歸心似箭的感覺。

南平侯從後面攬著她，瞧著她興奮的樣子忍不住捏捏她的鼻，「早上不還賴在床上不肯起嗎？這會這麼開心，是急著想去見誰？」

慧馨聽了南平侯這話直翻白眼，她不肯起床都是誰害的？俗話說「男人四十如狼似虎」這話真是一點不假，這才兩天，慧馨的腰就被南平侯折騰得快直不起來了。好在她已二十出頭，身體發育完全、身心健康。慧馨忍不住想到，難怪侯爺這麼積極地教她練功夫，原來是為了這個打基礎。

幸好侯府裡主子少，只有太夫人為了侯爺成親，早幾個月從南方回了京城。前幾年在南方，慧馨跟太夫人早就混熟了，如今相處起來更是如魚得水，把太夫人哄得開心。太夫人又心疼兒子，難得兒子娶了心愛的人，心知兩人新婚正是如膠似漆的時候。這兩日慧馨除了給太夫人請安，其他再沒有事情需要她操心，跟南平侯真正是形影不離。

兩人到了謝府門口，被人迎入府內，慧馨跟著盧氏進了內院，南平侯則跟著謝睿去了書房。

慧馨跟著盧氏進了廳堂，已有許多人等在那裡了。慧馨這次成親，謝家各房都派了人來參加，之前慧馨一心備嫁，顧不上這些親戚，這次回門才上了心。

盧氏心知慧馨估計認不全屋裡的人，便把眾人又介紹了一番，眾人圍著慧馨說了一會話，便很有眼色地相約離去，只說是讓慧馨多多休息。

其他人離去後，盧氏仍然留在慧馨身邊，慧馨猜她定是有重要的事要說，便直接開口問了。

原來盧氏是要跟慧馨說謝家選族長之事。之前慧馨曾答應過會讓南平侯給謝睿助威，如今謝家上下基本都認定了謝睿做為謝家的第一任族長，只等著南平侯有所表示，此事便可定案了。

慧馨曾說可在此事議定後，再由謝睿出面請他們夫妻過來，可謝家人想著還是不要過於打擾南平侯為好，便想趁著這次慧馨回門把事情定下來。說白了，謝老爺還是有些害怕侯爺，只想著跟南平侯還是少見為好，便提議趁早把事情都搞定。

慧馨聽了盧氏話說道：「二嫂放心吧，此事我已與侯爺說過了，他已應承下來，想來外院那邊，父親和二哥一提此事，他便知該怎麼做，早點把這事定下來也好。」

盧氏聽慧馨這樣說，忙喚了丫鬟過來，交代幾句話讓她去外院那邊跟謝睿通報。

放下心事，盧氏詢問起慧馨的婚後生活，慧馨只笑而不語，盧氏見狀便知她和侯爺應是琴瑟和諧，姑嫂二人對視一眼均是露出了笑容。

慧馨和盧氏又說了一會話，提起了後面許家的安排。慧馨說道：「十月中旬，侯府準備走水路南下回上港。太夫人年紀大了，京城冬日寒冷乾燥，怕她老人家受不住，侯爺和我商量著，趁著十月分天氣還不冷，河道尚未結冰，全家到南方過冬。」

盧氏聽了心下有些吃驚，「侯爺竟是又要去南方嗎？」

慧馨微微一笑說道：「南方冬日氣候溫暖，比北方舒服太多，便是當初在江寧也比在京城好過，記得當年初來京城，我和母親都很不適應。將來若是有機會，也讓二哥帶嫂嫂去江寧住上幾日。」

盧氏聽慧馨如此說，本想勸阻的話語也說不出口了，轉而跟慧馨打聽起南方的一些風情。

「對了，走水路會途經江寧，到時我們會回家看看，二嫂幫我跟父親和母親打個招呼，侯爺那邊說不用太過刻意，我們大概會停留個七、八日，請母親看著安排。」

盧氏看慧馨的神色，便知她之所以一定要在江寧停留肯定是想見見二姨娘，這次慧馨成親，謝太太沒有帶二姨娘一起來，本來是故意的，後來發現慧馨對家裡十分強硬，又後悔應該帶著二姨娘一起上京，好歹謝家還有個慧馨的把柄。而如今已成定局，謝家不敢得罪慧馨，謝太太也再不敢用二姨娘的名義來拿捏慧馨了。

❖

二個月後，許家一行人登上了南下的船隻，一行九艘船全都是許家的私船，偌大的許字旗飄揚在船頭。

慧馨他們乘坐的船被護衛在中間，這些船隻都是特製的，比普通商船速度快了兩倍，不到十日，他們便到了江寧。

謝家早接了消息派人等候在碼頭迎接，慧馨扶著太夫人下船上了馬車，南平侯則騎馬跟在她們旁邊。

謝老爺和謝太太提前一個月回到江寧，雖然慧馨說不用刻意準備，但謝太太還是特別把謝家的一個別院重新裝修了一下，安排慧馨他們住在裡面。

次日謝家準備了筵席，太夫人因年紀大不想湊這個熱鬧便留下休息，只有慧馨和南平侯去了正院那邊赴宴。

慧馨到的時候尚未開席，侯爺跟著謝老爺去了書房，慧馨留下與謝太太說話。謝太太說了幾句話，便推託要休息一下，讓慧馨也回自個以前住的地方休息。

慧馨出門走了幾步便碰到大姨娘，大姨娘領著慧馨去了二姨娘的住處。言談間，大姨娘透露出這是謝太太的安排，刻意讓慧馨有機會跟二姨娘獨處一會。

謝家規矩嚴，家族宴會姨娘小妾是沒有資格參加的，慧馨只能私下見二姨娘。慧馨心知是謝太太要討好她，但自個又拉不下這個臉，才讓大姨娘出面。

慧馨進了二姨娘的屋子，丫鬟們都退了出去，屋裡只有二姨娘坐在桌前，似乎正在寫字。

二姨娘聽到動靜抬起頭來，看到慧馨臉上綻出一個笑容。慧馨看著二姨娘感覺眼睛有些濕潤，囁嚅著說道：「姨娘，我回來看妳了。」

二姨娘拉著慧馨的手，詢問起她去京城之後的事，慧馨將這幾年身邊發生的事一一講了，只是略去了其中的艱險，她不想讓二姨娘擔心。

說完自個的經歷，慧馨又問起二姨娘這幾年過得好不好，二姨娘笑著說道：「妳很爭氣，看在妳的面子上，謝家自然不敢把我怎樣，這些年老爺太太對我都很好，吃穿不愁，府裡的下人也是有眼色的，倒比以前過得還好。前段時間老爺太太上京參加妳的婚禮，太太本想要我掌家，是我推辭了。大姨娘這些年幫著太太理家更順手，我無心爭這些，便還是推給了大姨娘。再說，慧嘉雖然去了，但她是為了謝家才犧牲，我不願看著那些下人踩低大姨娘。我本來就只愛看看書寫寫字，那些俗事是懶得管。」

慧馨聽了二姨娘的話，心中大石落地，沉吟了一會說道：「姨娘，以後我會常住在南方，但我會時常派人往這邊送東西，到時也會囑咐來人專門過來看望妳，若姨娘有什麼事便直接和來人講，想來謝家沒膽子敢攔著南平侯府的人。」

二姨娘心知慧馨是放不下她，便點頭應下此事。待慧馨臨去前，二姨娘從旁邊的花瓶裡取出一卷字幅送給慧馨。慧馨打開一看，上面寫著五個字「寧靜以致遠」。

之後幾日，慧馨和南平侯陪著太夫人去了趟大召寺燒香，並在寺廟裡住了兩日。他們住的院子是大召寺專門用來招待貴賓的地方，當年南平侯曾在此處假裝養傷，誘騙漢王派殺手襲擊他。

慧馨想起這事便問南平侯道：「為何漢王要謀害你呢？按說你從未插手當年漢王和太子之爭，漢王又為何會針對你？」

想起漢王，南平侯不屑地笑了一聲：「漢王身邊的謀士曾向他進言，若想得皇位，有兩條路可走，一是結識文官，讓朝臣轉變立場改支持他，迫使永安帝換太子，但這條路耗時會很久；第二條路是起兵造反，名義好找，但起兵這條路上最大的障礙便是我，有我在，漢王就坐不成軍中第一人。」

慧馨點點頭，這話倒是沒錯，以漢王的身分，只有南平侯能擋在他面前，而且事實已經證明，漢王正是輸在侯爺手裡，「這麼說來，漢王當年刺殺你失敗，便起了念頭結交文官，這才動了娶慧嘉的念頭？」

「或許吧，不過這些都是前事了，現今再追究也沒意思。」南平侯說著把慧馨一下抱了起來，「別想那些亂七八糟的事了，我帶妳去個好地方看風景。」

慧馨趕忙抱住侯爺的腰，在熟悉的風聲中，被侯爺帶上了房頂。幾個起落，他們便到了大召寺正殿的頂上，這個位置是整個寺廟最高的地方，從此處向下望去，頗有一種飽覽眾山，盡收眼底的感覺。

【番外五】

在猶豫什麼？

臨近年關，上港城熱鬧非凡，做生意的人擠滿了上港的街道，上港的拍賣行整個臘月都不歇業，日日都有新品推出。

南平侯帶著慧馨去巡視了一趟造船廠，兩人返程途經上港，慧馨想起以前一直沒機會參加拍賣會，便提出要去看看。

拍賣會每天從巳時持續到未時，他們到的時候已經快結束了，不過拍賣會大多會把重頭戲留在後面，所以越到後面會場的人越多。

侯爺帶著慧馨進了拍賣會所的包廂，有夥計拿了冊子進來，給他們略微講解了一下今日拍賣會的各個物件。

拍賣的大多數物品都是稀有、大顆的寶石，慧馨對這些不是很有興趣。南平侯府什麼沒有，光她這次成婚，宮裡賞賜的東西都比拍賣會上的這些更好，不過最後一件物品倒是吸引了慧馨，那是一支小型手槍。

大趙也是有火器的，顧承志手下便有火器營，只是多以長槍為主，至少慧馨從未在大趙見過可以一手握住的短槍。

只是這支手槍明顯偏向觀賞性。槍身上鑲滿了寶石，流光溢彩，與槍相配的鉛彈只有四枚。這支槍與其說是武器，不如說更像收藏品。

南平侯發現慧馨似乎對那把短火槍很感興趣，側身靠在她耳邊說道：「妳喜歡嗎？」

慧馨搖了搖頭，她是想弄一把火槍玩玩，但這種鑲滿寶石的就算了，拿在手上她免不得老要擔心上面的寶石掉下來。「不，雖然這東西有點意思，但太花俏了，反而不實際。」

「咱們家裡有兩支，回頭妳想玩了，我教妳。」南平侯微笑著說道。

臨近年關，上港城終於安靜下來，商戶們陸續歇業回家過年。慧馨和侯爺一商量，準備全家到山裡的那個莊子過年。

這個莊子建在山裡，到了冬天反倒比外面的城鎮暖和，再加上有溫泉，正是冬日度假的好地方。

南平侯府就三個主子，太夫人、南平侯和慧馨，過年的相應準備也簡單，加上莊子上人也不多，相對慧馨要處理的家務就少，一天到晚跟南平侯膩在一起也沒問題。

這日，南平侯和慧馨站在莊子外的一塊空地上，旁邊的桌上擺著一把火槍和四粒鉛彈，百米遠處豎著一面靶子。

南平侯左手摟著慧馨的腰身，右掌握住慧馨的右手，瞄準遠處的靶子便是一槍，鉛彈飛出正中靶心。

趁著侯爺跟慧馨講解要點的時候，守在一旁的侍衛一擁而上，到靶子後方尋找那粒鉛彈。

「這火槍後座力大，妳一個人用時須得兩隻手握著。」侯爺跟慧馨講著火槍的特點，「按說這火槍也算是個奇物，偷襲制勝的好東西，不過缺點卻也很致命，一次只可發射一粒彈子，再要用便要重新填裝，而且這彈子也不易製，每次用過後都得把東西找回來，要不然便是用一粒少一粒。」

慧馨點點頭，這些她都知道，她並不是要當什麼神槍手，學這個不過就是好奇罷了。

侯爺站在慧馨身後扶著她，教她怎麼瞄準，怎麼站位才不會摔倒。

本來兩人挺正經地，也不知從那刻起，慧馨忽然覺得侯爺扶在她腰上的手開始不規矩起來，本來她就瞄不準靶子，這下被侯爺弄得更是苦笑不得，只得放下手裡的槍，在侯爺的手背上掐了一把，「別鬧！這大白天的，周圍都是人，也不怕人笑話。」

慧馨感覺背後的胸膛震動了幾下，聽到侯爺的悶笑，「大白天不假，可這裡只有妳我，何懼別人看到。」

慧馨四下張望，果然一個人影也沒看到，原來這群侍衛早得了侯爺的眼色退了出去。

慧馨無奈地把火槍放在旁邊的桌上，轉身面對南平侯，雙手搭在他的肩上。

南平侯低頭看著懷裡佳人，水般盈盈的雙目，心神有一瞬間的悸動。他活了半輩子了，自認經歷風雨後再不會為什麼所動，可如今在自個妻子身邊卻像個毛頭小夥一般，總是忍不住動情不已，懷裡的人讓她愛不釋手，這般執著的情緒從未有過。

南平侯抱著慧馨幾個起落鑽入了樹林停在了一棵樹上，這種南方的樹種，葉子特別大，正好把兩人都遮住了。南平侯情動之下，熟練地剝光了慧馨的衣裳，扔在旁邊的枝葉上，雖然熱血衝頭，他還記得轉個身，自個背靠在樹幹上。

慧馨嚇得緊抱著南平侯，雙腿緊緊夾著侯爺精壯的腰，生怕掉下樹去。雖然戶外的溫度不高，但慧馨緊貼在南平侯胸前，從他身上散發出的熱氣包圍了她，讓她感覺不到寒冷。

不知是不是因為在戶外更加刺激，南平侯只覺得這股熱情似火般地無法抑制，灼燒著兩人。

慧馨雖然上輩子見識過島國片，但是此番作為卻讓她感覺到前所未有的興奮，越是害羞越是無法克制，只覺得要跟侯爺融化在一處。

粗糙的樹皮摩擦著背後的肌膚，卻無法緩解心底的躁動，南平侯抵著慧馨的額頭，尋找到渴望已久的櫻唇，狠命地汲取著醉人的津液，懷裡人身上散發出淡淡的香氣，讓他沉醉不已。

嘴唇一被放過，慧馨張口大口地呼吸著空氣，抬眼看到侯爺正望著她，只覺熱氣從腳衝到頭頂。慧馨全身泛著羞紅，把頭埋在南平侯懷裡，左手緊緊勾著侯爺的脖頸，右手哆嗦著去捂侯爺的眼睛。

南平侯抱著慧馨，只覺得懷裡的身子好似要化成一灘春水，他一個用力將慧馨抛起只用右手接住，慧馨驚呼一聲緊緊貼在侯爺身上，南平侯左手在慧馨背後摩挲，引得慧馨嬌喘不停陣陣輕顫。

❈

當夜，慧馨靠在溫泉池的邊上休息。白天跟侯爺一通折騰，她可是累得夠嗆，事後她連穿衣服的力氣都沒了，全靠侯爺給她穿了衣服抱著她回來。

想起白天的那場情事，慧馨不免又紅了臉，但她的眉頭也微微皺了起來，閉上眼想起了心事。身邊的水突然一陣激盪，慧馨閉著眼嘴角微微一笑，下一刻身子就落入了熟悉的懷抱。

南平侯輕柔的吻落在慧馨的額頭、眼角、臉頰，最後是嘴唇，一記深吻後，慧馨睜眼微笑著望著眼前的人。

南平侯的手敷上慧馨的腰，輕輕地揉捏著，「疼不疼？」

慧馨搖了搖頭，身子纏上了南平侯的腰，「這溫泉很好，你教我練的那些拳腳也很好。」

婚後，慧馨每天都跟著南平侯鍛鍊，如今也可以耍一些簡單的拳腳，身子骨一天好過一天。

南平侯坐在池裡的岩石上，把慧馨攬在懷裡，雙手按壓慧馨腰部的幾處穴位為她解乏。

慧馨閉著眼睛躺在南平侯身上，享受著侯爺的伺候，感覺到身後有一處火熱抵著她，回頭看去，卻只見侯爺專注地給她按摩。

南平侯見慧馨有些不老實，忙按住慧馨的腰，「別動，妳今天累著了，好好休息一下。」

慧馨握著南平侯的手，轉身面對侯爺坐在他身上，手指輕輕地在他胸口上劃動。

「妳……」南平侯抓住慧馨不老實的手，看到她嘴角那抹狡黠的笑意，寵愛地一把抱住慧馨，往上攏了攏。

慧馨順著南平侯的動作，身子一起一落，水流緩解了她的動作，緩緩地坐在了侯爺的炙熱上。南平侯抱著慧馨輕輕地律動，輕柔的動作帶動周圍的水緩緩地蕩漾，沒有白日裡熱情，卻又有另一番柔情。

在最後的關頭，慧馨情動地弓起身，背上的黑髮落入水中。南平侯停頓了一下，也在慧馨體內釋放而出。

雲收雨歇，慧馨老實地趴在侯爺身上，兩人小聲地述說著情話。

慧馨猶豫了一下，終是把心中的疑惑問出了口：「你……在猶豫什麼？」

南平侯望著慧馨不語，良久他呼出一口氣嘆道：「妳發現了？」

慧馨斟酌了一下詞句說道：「你我已是夫妻，若是我連這也發現不了，怎好意思說自個身心都在你身上呢？有什麼擔心不能跟我說嗎？」

「……妳應該聽說過許家以前的事，我原本應該還有四位兄長，可是他們全都夬年早逝，即使我父親貴為國公也沒能保住他們，」南平侯說道：「我原本以為自己這輩子都不會有子嗣，但是卻遇到了妳，我很想跟妳擁有我們的孩子。」

慧馨心下了然，南平侯深受父兄早逝的影響，一直害怕擁有子嗣，害怕他的孩子也會像他的兄長一樣保不住，所以每次歡好的緊要關頭，南平侯總會有瞬間的猶豫。作為妻子，慧馨自然發現了侯爺的反常，雖然只有一瞬間，但她也察覺到了。

南平侯緊緊地把慧馨抱在懷裡，悶聲說道：「我會保護你們，保護妳，保護我們的孩子。」

慧馨在南平侯的額頭輕輕落下一吻，這是第一次侯爺在她面前露出弱點，慧馨一次次地親吻著侯爺，安慰他的焦躁。

良久，兩人都平靜下來，慧馨握著南平侯的手說道：「我也想要你的孩子，孩子們的路要他們自個走，我們只要盡好父母的責任便是，兒孫自有兒孫福，莫作杞人憂天。」

【番外六】

備受寵愛

順江上，九艘大船形成護衛狀行駛在江面上，其他的商船遠遠地看見那邊飄著的「許」字旗，皆紛紛避開讓道。

一對夫婦模樣的人正站在船頭，男子懷裡抱著一個一歲左右的女童，女子指著江邊兩岸，不停地跟女童說著話。

女童似乎剛學說話不久，發音還不清晰，只是依依呀呀地順著娘親指的地方看去，大大的黑眼睛閃爍著靈光。

一家三口在船頭站了一會便回了船艙，南平侯帶著妻女去了太夫人的房間。

一年多前，慧馨生下一個女兒，南平侯為其取名歡馨，意為希望這個孩子將來能快樂溫馨地與家人生活在一起。

歡馨的出生不只為許家帶來了歡樂，還為家裡的三位主子帶來前所未有的滿足。

南平侯整日抱著女兒不願放手，太夫人那邊也是一日不見便想得慌，幸好慧馨還保有理智，知道小孩子不可寵得太過，於是女兒的教育工作都交給了她，侯爺和太夫人就專職陪歡馨玩樂。

一進屋子便看到太夫人坐在床邊等著他們，侯爺把女兒放到地上，待她站穩後才鬆開手。

為了方便歡馨在屋裡跑跳，慧馨把所有家具物品的邊角都用皮革包了。

歡馨看了爹娘一眼，又瞅瞅前方的祖母，搖頭晃腦地往太夫人那邊蹣跚走去。快靠近時，歡馨忽然快跑了幾步，一個重心不穩便直接撲進了太夫人懷裡。

太夫人眉開眼笑地把歡馨抱起來親了一口，直呼馨兒好能幹。歡馨也咯咯地笑著，烏溜溜的眼睛帶著聰黠地看著後面的爹娘，好似也知道自個剛完成了一個任務，等著爹娘誇獎呢！

慧馨笑著走上前，把歡馨從太夫人身上接過來，南平侯指揮丫鬟們把皮毯鋪在地上。為了方便女兒玩耍，南平侯也不知從哪搞來一張超大、可以鋪滿整個房間的皮毯，整張皮毯是用好幾塊毛皮縫製而成，難得之處在於這幾張毛皮都是同一質地，純白色無一絲雜毛。

丫鬟們把皮毯鋪好，把玩具也放在上面，這些玩具都是慧馨設計，南平侯親手做的。

三位大人陪著歡馨玩耍，慧馨也逗著女兒玩了一會，便抱起她親了一口，跟女兒解釋幾句就離開了。雖然小孩子並不一定能聽懂她的話，但慧馨總覺得，作為母親提前離開總要給孩子一個解釋，免得女兒以為母親不重視她。

這次許家進京是因為顧承志二十五歲壽辰將近，他們要進京朝賀。慧馨這幾天要忙著準備進京後的事務，主要是他們一家這幾年一直留在南方，這趟回來少不得要走動一番，有不少禮物得提前備好。而且他們途經江寧，慧馨準備帶著女兒回趟謝家，讓二姨娘見見外孫女。

這幾年，慧馨雖然沒空去江寧探親，但每隔兩三個月便會派人送些東西去江寧，所以她跟二姨娘之間一直沒有斷了聯繫。

待南平侯進屋時，只見自個媳婦愣愣地看著桌上的圖卷發呆，長臂一伸便把慧馨抱進了懷裡。

「怎麼，捨不得嗎？捨不得就換其他東西，又不是非送這個不可。」南平侯說道。

桌上放著的圖卷，是慧馨親手畫的一副《上港夏夜圖》，是效仿《清明上河圖》所畫的上港夏夜之景。為了這幅畫，慧馨曾跟南平侯連續幾個月每天晚上逛上港城，直到慧馨對上港城的每一個角落都熟悉無比才開始動筆，這幅畫陸陸續續花了慧馨兩年多的時間才完成。

慧馨搖了搖頭，身子向後靠在侯爺的胸膛上說道：「不是捨不得，只是有所感觸罷了。不過幾年時間，上港便如此繁華，記得當年跟著皇上剛到上港之時，可沒這麼多高樓和人潮。」

「永安帝時，大趙便已呈現太平盛世之勢，雖然中間歷經了泰康帝時期和漢王叛亂，但持續時間都不長，影響範圍也不大，當今聖上登基接手的是個太平天下，盛世崛起是早晚的事。」

慧馨同意著點了點頭，顧承志的確佔了天時地利人和，大趙在他的統治下若不能強盛，除非他是個昏君。

因路上在江寧停留六天，許家用了近兩個月時間才到京城。

許家回京這件事，在京城引起了小幅度的震撼，畢竟南平侯府遠離朝堂多年，一般的官員並不留意他們的動向。

無數的請帖和禮物送到了南平侯府，禮物有大部分是送給南平侯長女歡馨的。

慧馨看了看請帖隨手丟在了一邊，以侯府的地位，需要她親自參加的宴會少之又少，如今大趙只有敬國公算是南平侯的平輩。別人給侯府下帖子多數是出於禮數，至於去不去全看侯府的意思。

處理掉請帖，慧馨又查看起女兒的禮物，大部分都是些雕琢精妙的金銀玉器，還有部分玩具，但這些玩具絕大部分走得是奢華路線，一點都不實用。慧馨揮揮手讓人把東西都入了府庫，歡馨才一歲多，這些東西哪用得著。

進京第三日，宮裡頭宣南平侯府一家人進宮覲見。行至宮門，南平侯拿著慧馨繪製的《上港夏夜圖》去覲見顧承志，慧馨則帶著女兒與太夫人去後宮拜見太皇太后。

慧馨左手抱著女兒右手扶著太夫人，三人才走了幾步，便見前方一位公公領著一隊人迎面趕了過來。

這位公公給太夫人和慧馨行了禮，說道：「皇后體恤太夫人和平鄉君長途跋涉進京，怕兩位累著了，特賜兩位乘小轎進宮。」

慧馨客氣地回道：「有勞公公了。」

先扶著太夫人上了轎，慧馨才抱著女兒一起上了後面的小轎。

太皇太后一早就整裝等著太夫人進宮，一見慧馨扶著太夫人進了內殿，連聲說著：「免禮。」一邊叫人趕緊把椅子拿過來給太夫人坐。

雖然太皇太后說了免禮，可太夫人還是堅持行了大禮，只見太皇太后臉色晦暗眼睛有些濕潤，慧馨站在太夫人旁邊也不知道說什麼才好。

一路老實的歡馨忽然在慧馨懷裡扭了起來，慧馨不得已只好將女兒放下地。只見歡馨扭了扭身子，學著慧馨的樣子也給太皇太后行了個大禮，雖然有些不標準，卻是有模有樣。

本來歡馨人小，由慧馨抱著她行禮便可，誰知這小人竟也有心，搞了這麼一齣。歡馨的小人樣，把太皇太后和太夫人都給逗笑了，內殿剛才尷尬的氣氛一掃而盡。

慧馨在心底抹把汗，牽著歡馨站在太夫人身邊。歡馨人小腿無力，站了一會便拽了拽慧馨的手，慧馨又把她抱了起來。

太皇太后跟太夫人敘了幾句話，便把重點轉移到歡馨身上，歡馨畢竟是許家孫字輩第一個孩子。嬤嬤從慧馨手裡接過歡馨，放到太皇太后身邊，歡馨開始有些迷茫地看著自家娘親，見慧馨對著她眨了眨眼，便以為這是另一個遊戲，也不害怕，開心地趴在太皇太后懷裡依依呀呀地叫著。

慧馨並不擔心太皇太后會對女兒不利，不管怎麼說歡馨都是姓許。有歡馨做緩衝，太皇太后和太夫人之間的話題反而越來越多，才不再像陌生人一般生疏。

慧馨站著聽太皇太后和太夫人說話，過了一會，門口有人報皇后來了，隨後貴妃也來了，陸陸續續來了一群顧承志的嬪妃。

慧馨心知這些女人都是來看她家女兒的，南平侯年逾四十才得一女，大家自然都很好奇。

一堆女人圍著太皇太后，盯著歡馨，左一句誇獎右一句讚賞，聽得慧馨嘴角直抽蓄，才多大的孩子連聽慧無雙這種話也能說出來。

歡馨倒是不怕生，安穩地坐在太皇太后懷裡，瞅瞅這個阿姨又瞧瞧那個阿姨，偶爾咧嘴笑笑，拍著手依依呀呀地不知在說什麼。

慧馨始終站在太夫人身側，微笑看著女兒，用笑容安撫著女兒。開朗的母親，才能養出開朗的女兒，所以慧馨在女兒面前從不吝嗇笑容。

慧馨瞧著這群宮妃對著女兒獻殷勤，並不擔心她們會打女兒的主意。

歡馨如今才一歲多，離出嫁還要十幾年，宮中的皇子們眨眼都快十歲了，最多再過幾年皇家就該為他們挑媳婦，在年齡上歡馨就不合適。而皇家也不會提前給皇子定親，因為古代的小孩子很容易夭折，若是太早給皇子定親，萬一那女孩未能長大成人，皇子們豈不是要背上剋妻的名聲。

所以這些宮妃們對著慧馨好，一半是看在太皇太后的面子，一半是出於好奇。也正因為放心，慧馨他們這次回京才會帶了女兒一起。

過了一會，皇上帶著南平侯也來了太皇太后這邊看歡馨，待許家人出宮的時候，身後跟了一隊太監拿著貴人們賞給歡馨的小東西。

回到自個府裡，慧馨瞧瞧了擺滿廳堂的東西，大手一揮又讓人入了庫，抱著女兒笑著說道：「歡馨，這些東西娘都給妳留著，將來給妳當嫁妝啊！」

【番外七】

天降雙星

一大清早，小燕山頂的寺廟裡，一間廂房裡傳出人聲，那人正是剛起床的慧馨。慧馨梳洗過後去給太夫人請安，順便在那邊一起用早飯。歡馨昨夜鬧騰著非要跟太夫人一起睡，太夫人疼她便把她留在自個身邊，南平侯則一早便去探望嚴先生了。

昨日，南平侯帶著一家人上了京城郊外的小燕山遊玩，慧馨昨天也才知道原來小燕山的嚴先生竟然是南平侯的師傅。

慧馨一時驚嘆，這位嚴先生居然還在世，貌似很多年前他就過了百歲，跟侯爺問起嚴先生的具體年齡，南平侯只是諱莫如深地說：「師傅逾百歲後便不再算壽辰。」似乎連侯爺也不知嚴先生究竟多大年紀，如今世人都稱嚴先生為「百歲仙翁」。

在太夫人屋裡，慧馨餵女兒吃早飯，自己也吃了一點，這幾天她胃口不太好，大概是京城天氣太熱太乾燥。

用過飯，一家人帶著丫鬟到山裡頭玩耍，太夫人牽著歡馨的小手說道：「這山裡頭有個瀑布，瀑布下的水潭有一種特殊的小銀魚，這小銀魚煮湯味道最是鮮美，連調料都不用放，今天祖母帶妳過去嘗嘗可好？」

歡馨瞪著烏溜溜的眼珠看著太夫人，也不知有沒有聽說她的話，只一個勁依依呀呀地點頭。

慧馨瞧著女兒小腦袋點得跟瞌睡蟲似地，笑著點了點女兒的鼻子，「小饞貓！」

歡馨被太夫人牽著走了幾步，看到花叢間飛舞的蝴蝶，撒開手就要往花叢裡撲，嚇得一群丫鬟呼啦啦圍上來拉住她。

慧馨瞪著眼睛把女兒抱起來教訓道：「妳個頭還沒那花叢高呢！就敢往裡頭跑，瞧那些花叢裡的枝丫，劃在身上是很痛的。」

慧馨微俯下身，讓女兒伸手觸摸花叢的樹枝，還故意拽住一根輕打在女兒嫩嫩的手心裡。

歡馨手心一疼，嚇得趴在慧馨懷裡，一會又伸頭看著自個娘親。

慧馨嚴肅地教育女兒道：「這便是疼痛了，若是妳亂跑，弄得自個身上痛了，連帶著祖母和母親也要心痛。妳瞧，祖母現在多擔心。」

歡馨握著小手似懂非懂地轉頭看向祖母，果然見祖母臉上表情似乎跟平時不同。歡馨唔了一聲，向太夫人張開了手，太夫人忙把歡馨接了過來。歡馨趴在太夫人懷裡，依依呀呀地拍著太夫人的臉。

太夫人見小孫女如此乖巧，心裡疼得化成了水，抱著歡馨猛親了兩口。

一行人一路走一路玩，歡馨不敢亂跑，只一會瞧著飛過的蟲子好奇，一會又仰著頭望著樹上，好奇地想瞧瞧樹上有什麼東西，一個勁叫個不停，走幾步累了，慧馨便抱著她，休息一會又爬下來自個走。

行到水潭，丫鬟們拿出毛毯鋪在離水潭遠些的地方，家什物件擺好，慧馨把歡馨放在毛毯上。另有丫鬟拿了水囊放進水潭裡，另一個丫鬟往水潭中撒了一把東西，只見水潭中一陣翻騰，拿水囊的丫鬟把水囊提了起來，把裡頭的水倒在一口小鍋中，便看到鍋內隱隱有銀色的小魚游動。

歡馨趴在小鍋邊緣瞪眼瞧著裡面動來動去的小魚，心下好奇伸了一根手指試探性地沾了沾水，感覺這水似乎不像樹枝那樣硬邦邦，便大膽地向水裡的魚兒抓去。

慧馨一手扶著小鍋，一手護在女兒身旁，免得她一個不穩弄翻了鍋子。太夫人跟旁邊的丫鬟揮手，示意再另弄一鍋魚兒熬湯，這一鍋就給自家孫女玩了。

歡馨人小手心小，鍋裡的銀魚更小，折騰了半天她是一條也沒抓到，倒引得慧馨和太夫人哈哈大笑。

歡馨聽到大家的笑聲，臉皺成一團從鍋裡抬起頭，噘著小嘴委屈地看著自家娘親。忽然一片黑影從高處落下，歡馨眼睛一亮，扭了身子歪歪斜斜地往前方的人影走去，臨近時一下撲了過去。

南平侯笑看著女兒，見女兒撲過來，兩手一架便接住了她。歡馨一見自家老爹又來了精神，指著慧馨那邊依依呀呀說了半天。

南平侯抱著女兒走到慧馨旁邊，伸頭往小鍋裡瞧了一眼，問自家女兒道：「歡馨是想要撈魚嗎？瞧爹爹的。」

南平侯大手往鍋裡快速一伸，拿出來時便看到掌心裡幾條小魚撲騰著，歡馨咯咯笑著拍著手。

南平侯把魚兒放回鍋中，大手一鞠，這次他手心向下凹，掌心中存了一團水，水中兩條魚兒游來游去，歡馨笑得眼睛瞇成了彎月。

慧馨站在南平侯身旁，拿帕子幫他擦掉濺在臉上的幾滴水珠，太夫人坐在一旁笑呵呵地望著他們三人，山谷中迴盪著一家子歡樂的笑聲。

❈

是夜，歡馨仍舊跟了太夫人一處歇息，慧馨沐浴過後坐在窗口乘涼，南平侯則在裡間的淨房裡沐浴。

寺廟的廂房不大，慧馨隱約聽到裡面傳來的水聲，發呆中的慧馨忽然想起了小時候跟欣茹姊妹在小燕山遊玩的那個晚上，她和欣茹去山間散步，卻在瀑布下意外看到了美男沐浴。

慧馨撐著腦袋思索，記得當年她回來後畫了一幅美男出浴圖，那幅圖去哪裡了呢？燒了？藏起來了？丟了？

聽著裡面的水聲，慧馨忽然感覺有些手癢，眼珠一轉心下嘿嘿一笑，拿起桌上的筆，鋪開紙作起畫來。

當南平侯沐浴後從裡間出來，便看到自家妻子坐在桌旁盯著桌上的紙張發呆，他好奇地上前瞧了一眼。

桌上的畫中，夜色下瀑布旁的水潭中一位裸體男子正站在水中沐浴，慧馨不知不覺中便把圖中的美男畫成了自家夫君。慧馨正捧著腮對著桌上的裸體美男圖發花痴，完全沒有察覺到侯爺已經到了她的身後。

南平侯看著自家妻子，忽然嘴角一勾，露出一個邪氣的笑，上前從背後把慧馨圈在懷中。慧馨先是一驚然後放鬆了下來，但是她的臉上卻是抑制不住的泛紅，哎呀，發花痴被自家夫君抓住啦！

夏夜燥熱，夫妻兩人剛沐浴過，身上都只穿著單薄的浴袍，這浴袍是慧馨做來專門在夏天穿的，比穿裡衣舒服多了。

溫熱的體息從背後傳來，慧馨臉燒得有些頭暈，雖然兩人成親以來，荒唐事做過不少，可被當場抓住發花痴，還是讓慧馨不禁害羞。

南平侯左手往慧馨腿彎下一提便把慧馨橫抱了起來，慧馨驚叫一聲忙攀住侯爺的脖頸。

南平侯把慧馨平放在床上，他並沒有上床，而是站在床邊看著慧馨。慧馨瞪著眼睛看著侯爺慢慢地解開浴袍的帶子丟在地上，羞得用手捂住了臉。

南平侯好笑地看著妻子指縫中露出的眼睛，輕輕地拉開浴袍，露出矯健的胴體。

慧馨看著侯爺的動作，眼睛也捨不得眨一下，待侯爺單膝跪在床上，解下她的腰帶，兩人緊密地貼在一起，慧馨的手還是捂在臉上沒有放下，此時她還沉浸在剛才侯爺的表演中，心下直呼原來自家夫君也有這麼妖嬈的一面。

南平侯俯身咬在慧馨的手背上，牙齒一下下光顧過慧馨每一根手指，手下也沒有停，逗弄著慧馨胸前的渾圓。話說慧馨生下歡馨後，身材比以前更有韻味，更加令南平侯愛不釋手。

南平侯的吻一路向下停留在慧馨的肚臍處打轉，手指也轉移了陣地挑逗著慧馨身下的祕地。

慧馨一陣輕顫，再也忍不住手搭在侯爺的肩背上，指尖用力地捏著侯爺的肩膀。慧馨自從懷孕後便沒有留過指甲，圓潤的指尖無法在侯爺的身上留下痕跡。

慧馨有些不滿足地輕聲呻吟起來，在南平侯聽來就像一隻小貓在他心底不停抓撓著。

緩緩地輕輕地律動，耳邊是侯爺訴說著情話，慧馨只覺心底渴望更多，忍不住配合侯爺擺動著身體，極度契合的兩具身體交纏在一起，動作越來越快。紅帳翻浪，春宵幾度，不需說。

❖

次日，南平侯帶著慧馨和歡馨上了懸崖，慧馨跟在南平侯身後進了一間茅屋。

屋門正對的竹榻上盤腿坐著一位老者，老者正看著旁邊桌上放置的棋盤出神，南平侯喚了好幾聲，老者才抬起頭看向他們。

這便是那位傳說中的嚴先生了，慧馨看著老者有些吃驚，她一直以為百歲以上的人就算不會形銷骨立，至少也該滿臉老年斑，而面前的這位老者雖然面鬚雪白，但臉龐卻飽滿光潔，看起來只像六十來歲的樣子。

嚴先生似是很喜歡歡馨，抱著她左看看右看看，又摸了摸她的後腦勺。歡馨瞪著眼好奇地打量著對面的老人，忽然衝著嚴先生吹了個口水泡。

嚴先生見狀仰頭大笑，對南平侯說道：「此女有慧骨，可傳功！」

慧馨眼睛一亮，嚴先生這話的意思是待歡馨長大些，可以讓侯爺教她些功夫。雖然她不指望歡馨成什麼武功高手，但侯爺的武功似是對養生很有一套，她自然希望女兒將來也能身體康健。

待南平侯帶著慧馨母女離去時，嚴先生忽然看著慧馨說了一句「天降雙星」，慧馨聽了有些莫名，南平侯臉上卻閃過一絲喜色。過了幾日，慧馨被診出再度有孕，這一次很有可能是雙胞胎。

【番外八】

再有身孕

因著慧馨再度有孕，許家南下的行程被推遲了。因這次慧馨懷的很可能是雙胞胎，南平侯決定要等月分滿四個月後再啟程。

慧馨的孕期過了三個月，便跟謝家那邊送了信，一些相熟的人家也得了消息，陸陸續續有些人過來探望她。

林端如更是趁機帶著養女來給她看了一下，話說這個孩子與許真是趙家的貴人，自從林端如收養她沒多久，便被診出有了身孕，而趙顯文次年便中了進士，後來更是在京城附近謀到差事。雖然職位不高，但可在京城附近當差，全家人便不用長途跋涉。慧馨心知這必是太皇太后暗中關照趙家，如此一來慧馨便更放心了。

這一日，欣茹帶著自家兒子來南平侯府探望慧馨，慧馨正陪著女兒在太夫人處玩耍。陪著太夫人說了一會話，把孩子留在太夫人處，慧馨牽著欣茹去了自個的屋子說體己話。

欣茹眼珠子一轉，看著慧馨的眼神有些詭異地說道：「妳家女兒名叫歡馨，可是侯爺親自取的名字？」

慧馨看著欣茹的怪模樣心下好笑，兩人認識十幾年了，欣茹眨眨眼睛慧馨就能知道她在想什麼，隨即笑著點了點頭。

欣茹給了慧馨一個我知道了的眼神，打趣慧馨道：「看來侯爺很是疼愛妳們母女啊。」

慧馨笑笑回給欣茹一個默認的眼神，其實古代父母大多會在給孩子取名時避開長輩的名字，是為了表示對長輩的尊重，比如謝太太在聽到歡馨的名字時就曾皺眉表示不滿。但是也有一部分長輩為表示對孩子的疼愛，會故意在為孩子取名時加入長輩的名字。尤其有些夫妻為表示夫妻情深，故意將兩人名字結合放入孩子的名字中。

南平侯在為歡馨取名時便是故意用了慧馨的名字，這是他在向外人表示多麼疼愛妻女。慧馨和太夫人都不是老古板，一家人相處和睦，便沒有人反對過。謝太太那邊的不贊同，慧馨壓根就當沒看見。

慧馨和欣茹交流了一會育兒心得，欣茹忽然眼睛一亮，跟慧馨說道：「我們關係如此之好，也是有緣，不如做個兒女親家，把妳女兒許配給我兒子吧！」

慧馨噗哧一笑，拍拍欣茹的手背說道：「妳呀！都做了母親的人了，說話還是這麼不可靠，孩子才多小，就想著談婚論嫁了。我可跟妳說啊，我家歡馨的主我可做不了，打我家女兒的主意得先過侯爺那一關。對了，前段日子侯爺還說，待歡馨滿了六歲就教她拳腳功夫。」

欣茹啞了一下，心下想起自家夫君要教兒子功夫，卻被自己攔下的情景，好吧，兒子是該好好教育一下了。

欣茹心中一定，便決定回去就讓夫君好好教練自家兒子，遂跟慧馨保證道：「妳家歡馨要習武，那我家兒子也不能放鬆，今日回去後就讓他開始練習。」

慧馨和欣茹在這裡拿此說笑，誰知道十幾年後兩人真成了親家。

❖

十五年後，歡馨已過十六歲，今年便要成親，去年南平侯跟敬國公為歡馨和欣茹的長子定了親。這兩個孩子也是有緣，每次許家回京城，這兩個孩子一見面就開打，從小打鬧到大，感情就給打出來了。

慧馨是打從心底願意跟欣茹家結親，兩家本來關係就好，再加上有欣茹做自家女兒的婆婆，歡馨必不會受委屈。

這幾年，南平侯淡出政治舞台，太皇太后也隨著年紀漸長不再插手太后和皇后之間的事情，如今大趙有影響力的外戚已變為薛家和袁家。南平侯和慧馨都不喜歡玩弄權術，自家的兩個雙胞胎兒子對這些也不感興趣。

而敬國公府畢竟姓顧，是真正的皇親國戚，許家不過是有太皇太后在，勉強算是外戚，待將來太皇太后故去，許家便算是真正退出政治舞台了。歡馨嫁入敬國公府，自家兒女將來也有所依仗。

慧馨放下手中的嫁妝單子揉揉額角，歡馨這邊的事情已經準備妥當，但是自家另外兩個兒子也夠讓人頭疼的。這兩個兒子便是慧馨當年懷的雙胎，兩個孩子雖然長相酷似，性格卻是大相逕庭。前幾年，南平侯帶著一家人出海玩了一圈，結果大兒子就此迷上了航海，立誓要做大趙的「船王」。這幾年，大兒子沒少跟著易宏和慧嬋往海上跑。

而小兒子也不知為何，平日裡頗喜歡吊書袋，但似乎又不是真的喜歡。有次侯爺問他將來想做什麼，小兒子很乾脆地答道：「待兒子過了十六歲，便去捐個官，謀個一縣之長做做。」

侯爺便道：「你要想做官，怎麼不做大點的，何必從縣令做起？」

小兒子則說道：「做個縣令就夠了，換大官管的事多，煩！」

慧馨每每想起此事就覺得頭疼，也不知這小兒子像了誰，侯爺和她都不是這脾氣啊。後來慧馨跟南平侯提起這事，南平侯笑著說道：「我瞧這孩子可是像極了妳，十足十就是個小時候的妳。」慧馨無語，只好甩給自家夫君一個白眼。

因著歡馨即將出嫁，一家人能坐在一起用飯的日子越來越少，這幾天，一日三餐許家人都聚在一起用。

南平侯體貼地為慧馨挾了幾筷子她愛吃的菜，慧馨側頭對著侯爺嫣然一笑，也挾了幾筷子放在侯爺碗裡。

話說他們結婚快二十年了，侯爺的面容卻是一直沒變過，慧馨心知這跟侯爺從小學習的內功有關，這套嚴先生傳給侯爺的內功在養生方面頗有獨到之處。

慧馨側頭盯著侯爺看了半晌，眉頭皺了起來，這樣下去，再過二十年她看起來豈不是要比自家夫君老了。

南平侯見自家娘子的眼神越發奇怪，正要開口詢問，忽然見慧馨捂著嘴跑到室外一陣乾嘔。

南平侯忙跟著出去，輕拍著慧馨的背，接過丫鬟手中的水杯親自餵慧馨漱了口。

慧馨喘口氣輕拍著胸口，「大概是這段時間忙著準備歡馨的婚事，有點累著了。」

南平侯卻是不放心，召了御醫來問診，結果卻讓慧馨更為臉紅，原來……她又有身孕了。

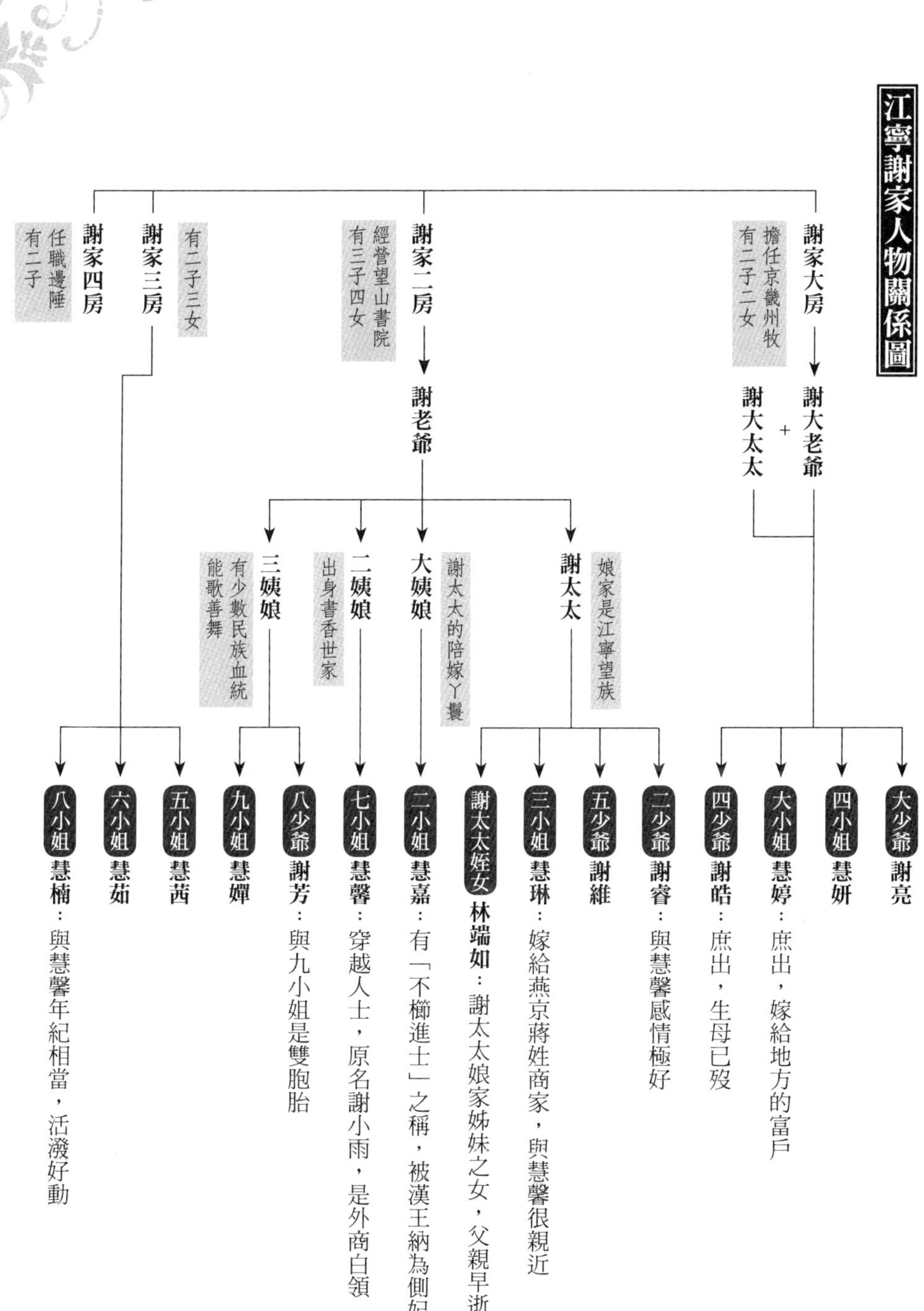

※謝家子女排序，是按四房所有子女年齡一起排名。

大趙國人物關係圖

趙太祖 建武帝 顧雍 ＋ **皇后馮氏**

在位三十一年

大趙國建國四十三年，開國以來第一任皇帝。

↓

趙誠祖 永安帝 顧承隸

目前已在位十二年

大趙國第二任皇帝，太祖的嫡長子，行四。

↓

許皇后

- **皇長子 顧載德**（封為太子） 體弱，常年臥病，秉性淳厚，知文識禮。
  - **太子妃**（薛氏） → p.347
- **皇二子 顧載淳**（封為漢王） 從小跟著永安帝打仗，在軍中頗有威信。
  - **漢王妃** 永昌侯嫡女
  - **側妃** 謝氏，慧馨的二姊慧嘉
  - **侍妾** 李氏

呂婕妤 救過永安帝，代表皇后管理靜園事務

淑麗妃 兵部尚書韓家大小姐，育有十二皇子

王貴妃 育有永平公主

王美人 王貴妃的遠親侄女

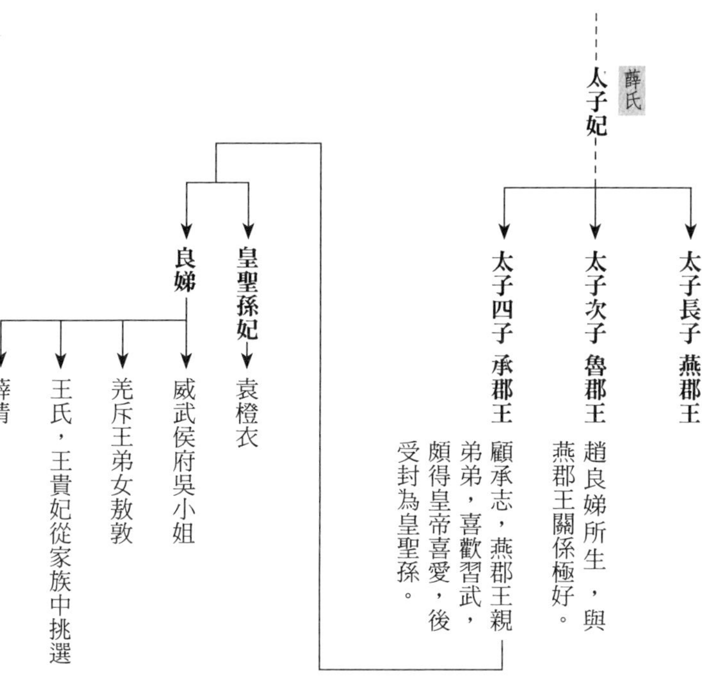

皇室外戚人物

南平侯　許鴻煊：許皇后的親弟弟，當今國舅。幼年跟方大家習文，十三歲又跟隨當今聖上征戰沙場，立下戰功無數。

義承侯府　易宏：義承侯府的大公子。弟弟易六人稱六公子，為承郡王顧承志的伴讀，易家在城內經營無名茶樓。

西寧侯宋家人物關係圖

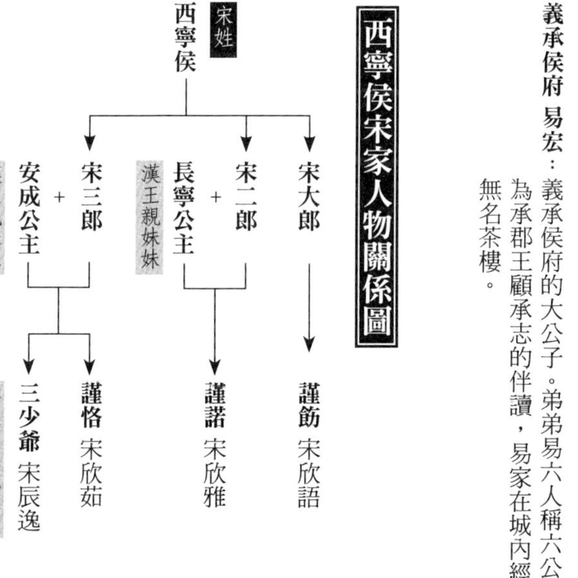

Redbird 005

穿越馨生愛上你

【卷五】越千年，終能共枕眠 / 完（特別收錄八回番外篇）

作者　尤加利
繪者　千帆
完稿　黃祺芸
編輯　古貞汝
校對　連玉瑩
行銷　呂瑞芸
企劃統籌　李橘
總編輯　莫少閒
出版者　朱雀文化事業有限公司
地址　台北市基隆路二段 13-1 號 3 樓
電話　02-2345-3868
傳真　02-2345-3828
劃撥帳號　19234566 朱雀文化事業有限公司
e-mail　redbook@ms26.hinet.net
網址　http://redbook.com.tw
總經銷　大和書報圖書股份有限公司（02）8990-2588
ISBN　978-986-6029-62-2
初版一刷　2014.06
定價　230 元

國家圖書館出版品預行編目

預行編目
穿越馨生愛上你 . 卷五 , 越千年 , 終能共枕眠 / 尤加利著 ; 千帆繪
-- 初版 .-- 臺北市 : 朱雀文化，2014.06
面；公分 .--（Redbird：005）
ISBN 978-986-6029-62-2（平裝）

1. 大眾小說
857.7　　103005532